EIN RANCHER ZU WEIHNACHTEN

WEIHNACHTEN IN HEART FALLS
BUCH 5

VIVIAN AREND

Weihnachten in Heart Falls 5: Ein Rancher zu Weihnachten

Originaltitel: A Rancher's Christmas Kiss © 2022 by Arend Publishing Inc.

Digitales ISBN: 978-1-998508-19-8
Taschenbuch ISBN: 978-1-998508-20-4
Lektorat: Nadine Manz
Lektorat Original: Manuela Velasco
Cover-Design © Damonza
Korrektorat Original: Angie Ramey & Linda Levy

ZWISCHENSPIEL

1. Januar, Heart Falls

Der Gehweg, der zu den Kirchentüren führte, war mit einer dünnen Schicht frischen Schnees bedeckt. Ashton Stewart schnappte sich eine Schaufel, die an der Ziegelwand lehnte, und arbeitete sich langsam vor, um einen Weg frei zu räumen.

Sein Atem bildete weiße Wolken, der eisige Tag war zu schön, um wahr zu sein. Der Januar konnte in Alberta fies wie ein Grizzlybär werden, aber diese niedrigen Temperaturen würden sich erst später im Monat einstellen. Passend zum Anfang des neuen Jahres war es heute ganz gewöhnlich kalt. Also kühl genug, um jeden Atemzug in den Lungen brennen zu lassen und die Augen zum Tränen zu bringen.

Allerdings hübsch wie auf einer Postkarte, mit dem frischen Schnee, der an den Fichten hing. Hätte er einen Tag mit blauem Himmel wie diesen bestellen können, hätte er es getan.

Ashton schnaubte über seine Überlegungen. Als ob *er* das Sagen gehabt hätte. Hätte er der Welt befehlen können, sich so zu fügen, wie er es wollte, wäre er verdammt noch mal sehr viel früher als mit fünfundsechzig an diesem Punkt im Leben gelandet.

Natürlich hätte das erfordert, dass er auch früher schon verdammt viel *schlauer* hätte sein müssen. Es schien, als wäre er der Typ, dem man die Lektionen richtig einhämmern musste, damit sie endlich mal ankamen.

In seiner Tasche vibrierte sein Handy. Er wühlte danach, die Schaufel fiel unbeachtet zu Boden.

Kein Anruf. Keine E-Mail. Verflixte Technik. Was zum Teufel bedeutete *vibrieren* noch mal?

Genau. Ashton schaute auf seine Nachrichten und sah eine von seinem Neffen.

Tucker: Wo bist du?

Ashton wollte nicht antworten, aber er sollte. Sie arbeiteten zusammen, und es könnte ein Notfall sein …

Er schüttelte den Kopf. Was er gerade tat, war das *aller*wichtigste. Tucker würde sich um jegliche Schwierigkeiten kümmern müssen, die jetzt auftraten.

Entschlossen schrieb Ashton zurück.

Ashton: Ich habe den Rest des Tages frei.

Tucker: Toll. Super. Jetzt beantworte meine Frage.

Ashton: Ich bin beschäftigt.

Tucker: Meine Güte, sag mir zumindest, dass du in der Kirche bist.

Ashton: Ja, ich bin hier. Das ist gruselig.

Tucker: Das ist der Pastor, der versehentlich mir geschrieben hat statt dir. Er verspätet sich. Sagt, du sollst den Ersatzschlüssel nehmen, um aufzusperren und reinzugehen. Der Schlüssel ist hinter dem Rosenbusch neben der Kirchentür.

Ashton: Danke.

Tucker: Mit dem Risiko, eine Grenze zu überschreiten, ist alles okay? Brauchst du Gesellschaft?

Ashton zögerte, dann antwortete er: *Alles kommt in Ordnung. Und du solltest wahrscheinlich nicht kommen, denn wenn das passiert, worauf ich hoffe, geht es um alles oder nichts. Ich erkläre es später.*

Tucker: Okay. Ich drücke die Daumen, falls das hilft.

Ashton schaltete sein Handy ab, um weitere Störungen zu vermeiden, dann steckte er es ein.

Falls Sonora seine Einladung annahm, sich mit ihm zu treffen, *würde* alles gut gehen. Das musste er glauben, ganz gleich wie unmöglich das nach all den Jahren schien.

Es dauerte nur einen Augenblick, die Seitentür aufzusperren und hineinzuschlüpfen.

Ashton war bisher noch nie allein in der Kirche gewesen. Es war eine ernüchternde Erfahrung, schweigend durch die Kapelle zu gehen. Ein Ort zum Nachdenken, Überdenken und hoffentlich etwas gegen die Flut an Albträumen zu unternehmen, die ihn in letzter Zeit heimgesucht hatten.

Seine Finger bebten, als er die Haupttüren aufschloss.

Viertel vor zwölf.

Er trat hinaus, um sicherzustellen, dass beide Türen aufgesperrt waren und sich leicht öffnen ließen. Es dauerte nur kurz, seine Jacke abzunehmen und aufzuhängen, bevor er in den Chorraum zurückkehrte und so langsam wie möglich zum Altar schritt.

Sonnenlicht strömte durch die Buntglasfenster, schmückte den ganzen Mittelgang mit bunten Tupfen auf dem Boden. Stille hing in der Luft, eine gedämpfte Ernsthaftigkeit, die nur vom schwachen Geräusch des Windes am hohen Kirchturm durchbrochen wurde.

Gekleidet in seinen besten Anzug, mit polierten Stiefeln und zurückgekämmten Haaren, so ordentlich wie sie nur jemals sein konnten, wäre Ashton sich wie ein Narr vorgekommen, wäre nicht das Hämmern seines Herzens gewesen.

Er schaute auf seine Uhr. Fünf Minuten vor zwölf.

Vielleicht sollte er beten. Das war der Ort dafür, oder? Vielleicht war es ein Gebet, das nötig war, um sein Wunder wahr werden zu lassen.

Er musterte jeden Quadratzentimeter des Raums, während er sich auf der Stelle drehte. Ein paar Kerzen und Schmuck waren noch von der Weihnachtszeit übrig. In der Ecke des vorderen Podiums glitzerte Lametta hell auf dem Baum, der Stern oben saß leicht schief. So ein gewöhnlicher Ort, an dem etwas Außergewöhnliches geschehen sollte.

Bitte, Gott.

Das war die Botschaft seiner Gebete. Die konnte er nicht groß verbessern.

Noch ein Blick auf die Uhr.

Noch zwei Minuten warten.

Zwei Minuten, bis er wusste, ob er die Wahrheit rechtzeitig fand, um seine Seele zu retten.

Zwei Minuten, bis Sonora eintraf.

Oder nicht …

Die Tür öffnete sich hinter ihm mit einem Klicken, und er wirbelte herum zum Sonnenlicht.

GEISTER DER VERGANGENEN WEIHNACHT

Dezember, vor achtzehn Jahren

Fröhliches Chaos tanzte durch die Gänge und oberen Zimmer des neuen Hauses der Fields' in Heart Falls. Die Familienmatriarchin Sonora Fallen lächelte vor Vorfreude, während sie an der Eingangstür stand und das Gelächter, die aufgeregten Rufe und die fröhliche Hintergrundmusik in sich aufsaugte.

Mitte Dezember war ganz schön spät für Aufregung wegen des ersten Schultags, aber sie würden das schon schaffen.

Dann machte sie sich auf die Suche nach ihrer ältesten Enkelin, von der sie wusste, dass sie so weit weg vom Lärm und dem Gedränge sein würde, wie es nur ging.

Und tatsächlich hatte sich die vierzehnjährige Ivy in einen übergroßen Sessel gekuschelt, der in der Ecke des neuen Wohnzimmers stand. Zart wie eh und je waren ihre blassen Wangen in diesem Augenblick tief gerötet. Sie hatte ihren Rucksack auf dem Tisch vor sich und eine Bürste in der Hand.

Sonora setzte sich auf den Hocker. „Willst du, dass ich dir die Haare flechte?"

„Ja, bitte, Oma."

Sie wechselten den Platz. Sonora musterte die schmalen Schultern vor ihr, stolz fiel ihr auf, wie aufrecht sich das Mädchen hielt, ihr Atem ging ruhig und gleichmäßig.

Sonora zog die Bürste langsam durch Ivys lange weißblonde Haare, sie wusste zu schätzen, dass diese kleine Ecke, obwohl das Haus voller Leben und Liebe war, ruhig und friedlich blieb. Genau das, was Ivy brauchte.

Was bedeutete, dass es auch Teil dessen war, was Sonora brauchte – weshalb sie ihre Tochter und ihren Schwiegersohn und deren Familie beim Umzug in diese Kleinstadt begleitet hatte. Sonora drückte die Daumen, dass ihre ganzen Küken sich in ihrer neuen Heimat hier in Heart Falls glücklich niederlassen würden.

„Bereit für die Schule?", fragte sie, während sie mit Ivys Zopf anfing.

„Schon. Schätze ich", fügte Ivy leise an. „Ich weiß, der Umzug zu diesem Zeitpunkt war das Beste für Tansy, und ich bin echt froh, dass wir uns ein paar Monate genommen haben, um sie kennenzulernen, während wir zu Hause unterrichtet wurden. Aber ich befürchte ein wenig, weil wir so spät umgezogen sind, wird es schwer sein, neue Freunde zu finden. Alle anderen sind doch schon seit September zusammen."

Sonora schnaubte wenig damenhaft. „Diese Erinnerung wirst du gleich gar nicht gern hören, meine Liebe, aber das ist eine sehr kleine Stadt. Alle anderen kennen sich vielleicht schon seit dem Kindergarten. Ich bezweifle, dass es groß was geändert hätte, hättest du schon im September angefangen."

Ivy keuchte, dann lachte sie. „Das macht den Stress des ersten Tages nicht unbedingt besser. Du bist furchtbar, Oma."

„Ich bin ehrlich", erwiderte Sonora. „Und darum, wenn ich

dir den zweiten Teil erzähle, kannst du mir absolut vertrauen, dass ich dich nicht hereinlege. Ich verstehe dich und deine Sorgen schon. Ich habe auch ein paar dieser Sorgen, weißt du. Ich mache auch einen Neuanfang, und ich habe keine Schule, die Leute vor mir in einer Reihe aufstellt, um verwandte Seelen zu finden."

Ivy neigte den Kopf. „Ich habe vergessen, dass du auch neue Freunde finden musst."

„Wir dürfen beide ein wenig nervös sein." Sonora brachte das Haargummi an, dann hielt sie inne, um Ivys Gesicht in die Hände zu nehmen. „Der zweite Teil, von dem ich möchte, dass du daran denkst, ist die Tatsache, dass dich nicht jeder mögen muss. *Ein* Freund. Ein freundliches Gesicht ist alles, was wir brauchen, um mit der Reise zu beginnen."

„Auch für dich?"

Sonora nickte. „Ich sage es dir, sobald ich diesen einen Freund finde. Und du machst das genauso, okay? Wir können einander anfeuern."

Ivy neigte das Kinn. „Okay."

Sonora strich den Zopf zurück, er fiel fast bis hinab an Ivys Taille. Sobald sie fertig war, umarmte ihre Enkeltochter Sonora fest. „Ich hab dich lieb, Oma."

„Ich hab dich auch lieb. Jetzt suchen wir Rose und Tansy und sehen, ob deine Schwestern auch schon für ihr Debüt an der Highschool fertig sind."

„Sie haben zumindest einander", sagte Ivy sehnsüchtig, bevor sie sich Sonoras kitzelnden Fingern entzog. „Ich weiß, ich weiß. Ein freundliches Gesicht."

Eine halbe Stunde später dröhnte Malachis Stimme durch das Haus, um die Familie herbeizurufen. „Alle zur Eingangstür. Ich brauche ein Foto fürs Familienalbum."

Wie üblich wurde gerangelt und gezappelt, bis sie alle an

Ort und Stelle standen. Sonora lächelte erheitert, während sie ihre drei ältesten Enkeltöchter betrachtete.

Ivy stand ganz ruhig auf einer Seite, nur der feste Griff mit weißen Knöcheln um ihre himmelblaue Jacke verriet ihre Nervosität. Im Gegenzug dazu brummten die beiden Zwölfjährigen neben ihr vor Energie. Roses lange, dunkle Haare waren kaum mehr wellig, so sehr hatte sie sie gezähmt. Neben ihr war Tansys schmutzigblondes Haar in einem unordentlichen Dutt hochgesteckt, und ihre Augen blitzten, bevor sie schief grinste und dann einen Arm um Roses Schultern legte.

Ivys Haut war weißer als weiß, Tansys hatte einen blassen cremefarbenen Ton, und Roses ein helles Braun. Ihre Oberteile waren grün, gelb und rot.

Ihre Mutter Sophie lachte laut, dann setzte sie die Dreijährige in ihrem Arm auf die andere Hüfte. „Ihr Mädchen habt euch ja so angezogen, dass es zu euren Blumennamen passt. Das hättet ihr mir sagen sollen. Dann hätte ich Fern auch grün angezogen."

Malachi machte eine hektische Geste. „Die Zeit läuft. Familienporträt in zehn, neun, acht ..."

Alle sieben drängten sich aneinander. Fern lehnte seitlich in den Armen ihrer Mutter, fasste nach Sonora und gab ihrer Großmutter impulsiv einen Kuss auf die Wange, als gerade der Blitz losging.

„Zum Auto", verkündete Sophie, die Fern an Malachi weiterreichte. „Oma fährt. Sie und ich müssen ein wenig auf Kundschaft gehen, nachdem ihr alle abgeliefert seid."

Tansy und Rose blieben stehen, um ihrer jüngsten Schwester einen Abschiedskuss zu geben. Ivy blieb an der Tür und winkte Fern herzlich mit den Fingern zu, das Kleinkind erwiderte es mit großzügigen Luftküssen.

Bis die Mädchen an der Schule abgesetzt waren, war

Sonora bereit, einen Kaffee mit Schuss vorzuschlagen, um ihre eigene Nervosität zu beruhigen.

Ihre Tochter schien zuzustimmen. Sophie spähte aus dem Fenster und musterte die vorbeiziehenden Läden. „Haben wir Zeit für Kaffee? Ich könnte eine Dosis Koffein vertragen."

„Was ist mit dem Diner an der Second Street?" Sonora runzelte die Stirn, während sie in diese Richtung fuhr. „Ich glaube nicht, dass ich irgendwelche anderen Möglichkeiten gesehen habe."

„Heart Falls ist sehr viel kleiner als Calgary, aber ich glaube, die Vorteile werden langfristig die Nachteile überwiegen."

Das S & J Café war genauso angelegt und eingerichtet wie jedes eigentümerbetriebene Kleinstadtcafé, das Sonora je gesehen hatte. Die gleichen beigeweißen Keramiktassen, die sie in einer Million Kirchenschränke gesehen hatte. Die gleichen Metallstühle mit Plastiksitzkissen, die gleichen Kunstholztische in den einzelnen Reihen. Diese Ähnlichkeit war auch tröstlich. Sonora wollte gar nichts dagegen einwenden.

Als eine müde wirkende Kellnerin ihre Tassen mit einer schwarzen Flüssigkeit füllte, von der Sonora annahm, dass es Kaffee war, hielt sie ihre Erheiterung zurück.

Sophie musterte ihre Tasse, bevor sie vorsichtig nippte. Die Geschwindigkeit, mit der sie nach der Zuckerschale griff und drei weitere Päckchen aufriss, sagte alles.

„So gut?"

„Der ist sehr ... aufregend." Sophie blinzelte heftig, dann sprach sie leise weiter. „Wir werden für Malachi im Buchladen eine Kaffeeversorgung aufbauen. Sonst wird er das nie überleben."

„Kluger Schritt. Nicht so groß, dass man hier für Unruhe sorgt, aber ein Angebot, damit Leute mit Geschmacksknospen auch andere Optionen haben." Sonora nippte an ihrer eigenen Tasse, dann keuchte sie. „Ach, nein. Vergiss das mit der Unruhe." Sie beugte sich dichter heran. „Kann ich dich überzeugen, dass ihr ein Café aufmacht und keinen Buchladen?"

Sophie lachte. „Nö. Erzähl mir mehr über deine Pläne. Ich weiß, dass der Verkauf bestätigt wurde. Wann gehört dir denn offiziell dein Haus auf dem Land?"

Sonora lehnte sich an die mit Plastik überzogene Bank zurück, ließ den Kaffee stehen und konzentrierte sich auf das herrliche neue Abenteuer, das bald kommen würde. „Am 1. Januar. Es ist noch ein bisschen unwirklich. Denk dir doch nur, mir gehören eine eigene Landparzelle, eine Scheune, ein Reitplatz und ein Haus mit vier Schlafzimmern. Ich bin so aufgeregt, dass ich das Gefühl nicht mal beschreiben kann."

„Ich kann nicht glauben, dass du das echt machst", sagte Sophie, dann hob sie rasch die Hand. „Streich das mal. Ich kann es auf jeden Fall glauben, und ich freue mich für dich, Mom. Ich war immer begeistert, deine Hilfe mit den Mädchen zu haben, besonders in den letzten sechs Monaten, während wir uns mit Tansys Adoption herumgeschlagen und sie in die Familie aufgenommen haben. Aber du hast es verdient, dein eigenes Haus zu haben und nicht die ganze Zeit mir zur Verfügung zu stehen."

„Es war mir eine Freude, zu helfen", sagte Sonora. „Aber es ist Zeit, dass du deine Familie genießt, ohne dass ich die ganze Zeit mit dabei bin. Das ist auch wichtig, weißt du? Deine eigenen Traditionen schaffen. Außerdem können du und Malachi endlich alles ausdiskutieren, ohne dass eine weitere Meinung sich bemerkbar macht."

„Du störst doch nicht", beharrte ihre Adoptivtochter, „und Malachi würde das genauso sagen. Aber ich bin einverstanden, dass du nicht mehr bei uns wohnst, solange du versprichst, uns so oft zu besuchen, wie du magst. Falls du je einsam bist, komm rüber. Bitte?"

Sonora drückte ihr die Hand. „Natürlich. Ich mag euch doch alle, und ich habe vor, mir mindestens eine wöchentliche Dosis Familie abzuholen."

Ihr Essen kam. Die Gerichte waren gut und herzhaft, und während sie aßen, sprachen sie ganz locker wie in einer Familie, die einander mochte. Da sie nur neun Jahre trennten, hatte Sonora ihre Rolle immer mehr als eine Ratgeberin und nicht als Elternfigur für Sophie wahrgenommen.

Das Gelächter tiefer Stimmen drang aus der Ecke des Restaurants heran, und sie drehten sich beide um, um die Männergruppe zu mustern, die sich dort versammelt hatte.

Sechs oder sieben, ein paar standen, während sie mit denen plauderten, die am Tisch saßen. Männer vom Land, schätzte Sonora, aufgrund der robusten Winterjacken und Cowboyhüte derer, die stehen geblieben waren, um zu plaudern.

Ein paar von ihnen hatten Bärte, die man mal zurückstutzen musste. Sonora behielt ihre Meinung für sich, oder zumindest hatte sie das vor, bis Sophie sich herüberlehnte und flüsterte: „Die zwei sind doch Nikoläuse in Ausbildung, oder?"

„Du furchtbares Kind." Obwohl Sonora wusste, woher die jüngere Frau es hatte. Sie zwinkerte ihrer Tochter zu. „Vielleicht hast du recht. Sie können ja die nächsten zwanzig Jahre damit verbringen, den Auftritt zu meistern."

„Das haben sie vermutlich schon, aber wenn sie sich nicht mal vorher kämmen, werden sie am Ende noch eher der Krampus als der Nikolaus."

Einer der Männer, die standen, rückte ein wenig zur Seite, und Sonoras Aufmerksamkeit richtete sich auf die letzte Person der Versammlung.

Das war ja mal ein attraktiver Mann! Sauber rasiert,

ungefähr in ihrem Alter, schätzte sie, mit dunklen Haaren und gebräunter Haut. Ihm sah man auf jeden Fall an, dass er viel Zeit draußen verbrachte, doch es passte zu ihm. Ein wenig ungeschliffen, aber das hatte ihr an Männern schon immer gefallen. Gut zu wissen, dass es in diesem Städtchen auch einige ansehnliche Gentlemen gab, die man bewundern konnte.

Nicht, dass sie ein Interesse daran gehabt hätte, sich jemanden zu suchen. Sie würde zum ersten Mal überhaupt ein eigenes Haus besitzen und allein darin wohnen. Das war genug Aufregung, um sie zufriedenzustellen.

Sie konzentrierte sich wieder auf ihre Tochter und genoss den Augenblick.

Der Vormittag verging wie im Flug. Sophie kehrte zum Haus zurück, während Sonora ein paar weitere Aufgaben erledigte, bevor sie sich aufmachte, die Mädchen abzuholen. Tansy und Rose würden früher oder später den kurzen Weg nach Hause zu Fuß bewältigen, aber Ivy – da kam es darauf an, wie ihre Gesundheit mitspielte.

Doch am ersten Tag? Da bekam jeder einen Chauffeur.

Da sie ein paar Minuten zu früh war, marschierte Sonora zu den Haupttüren der Schule, wo sie vorhatte, die Informationen zu den Weihnachtsferien und die Kunstausstellung in der Nähe des Büros zu betrachten.

Unerwartet saß Ivy an der Seite des Ganges. Sie trug bereits ihre Jacke und ihre Stiefel, die Hände lagen in ihrem Schoß, der Blick war vage auf die Wand gegenüber der Bank gerichtet.

Sonora ließ sich neben ihr nieder und verschränkte ihre Finger in Ivys. „Harter Tag?"

Ihre Enkeltochter blinzelte, als wäre sie überrascht, sie dort zu entdecken. „Hi, Oma. Nein, es war nicht schlimm."

Okay ... „Du bist aber bereit, früher zu gehen."

„Die Lehrerin hat vorgeschlagen, dass ich meine Sachen nehme und dem Andrang entkomme, bevor es in den Gängen voll wird." Ivy rümpfte die Nase und sprach leise. „Ich glaube, sie hat versucht, mir zu helfen, weil ein paar Kinder fies waren."

Die Frage war, wie fies, und konnte Sonora ihre Tochter und sich selbst davon überzeugen, dass es nicht die beste Lösung war, den mütterlichen Zorn auf die Schuldigen herabregnen zu lassen?

„Sie hatten heute einen Test, und den musste ich nicht mitschreiben", fuhr Ivy fort. „Und dann war es so kalt, dass ich zum Mittagessen drinnen geblieben bin. An einem großen Tisch ganz hinten im Klassenzimmer, den ich nicht teilen musste."

„Oh, oh", warf Sonora ein.

Ivy seufzte. „Jemand hat beschlossen, man sollte mich Icy nennen, und nicht Ivy."

Ihre Enkeltochter hob ihre freie Hand, um sich über die Augen zu wischen, und Sonora überdachte ihre Idee noch mal, die Kinder leicht davonkommen zu lassen. Teenager konnten so fies sein.

Aber dann geschah etwas Erstaunliches. Ivy drückte ihr die Finger. „Aber ich habe einen Freund gefunden."

Sonora blinzelte. „Echt jetzt?"

Ivy nickte. „Bevor das Mittagessen rum war, kam dieser Junge wieder zurück in das Klassenzimmer. Er heißt Walker, und er hat mich gefragt, ob es okay ist, wenn wir uns unterhalten."

Interessant. Nicht nur diese Geschichte, sondern die Tatsache, dass wieder ein Hauch Farbe in Ivys Wangen zurückgekehrt war. „Und das war okay?", fragte Sonora.

Ihre Enkeltochter nickte rasch. „Er wohnt auf einer Ranch gleich vor Heart Falls. Er hat drei Brüder und eine Schwester, und sie züchten Pferde und Rinder, und sie haben Scheunen …" Ivy warf einen Blick zu Sonora, wurde sogar noch röter. „Er sagte, seine Schwester Ginny wäre in der Klasse von Rose und Tansy, zusammen mit ihrer besten Freundin Dare, und dass wir alle irgendwann mal auf die Ranch zu einem Besuch kommen sollen. Seine Eltern haben gern Leute dort."

„Na, das war sehr einfühlsam." Sonora tätschelte Ivys Hand und stand dann auf, bevor sie sie zur Tür führte. „Wir werden sie wohl mal besuchen müssen."

„Ich habe ihre Telefonnummer." Ivy wühlte in ihrer Tasche und holte ein gefaltetes Blatt Papier heraus. „Walker hat gesagt, ich soll heute Abend meiner Mom sagen, dass sie seine Mom anrufen soll, denn wegen Weihnachten wird es schnell stressig, und er wollte echt …" Die Wangen des Mädchens röteten sich noch mehr, aber sie schluckte fest, und obwohl sie auf den Boden starrte, während sie sprach, brachte sie die Worte heraus: „Er wollte echt, dass ich die Ranch sehen kann."

Etwas viel Wichtigeres ging hier vor, als dass Ivy von dem netten jungen Mann beeindruckt war. Dass ein Mädchen mit Sozialphobie bereit war, sich mit richtiggehend Fremden zutreffen?

Es schien, als würden in dieser neuen Stadt, in der sie wohnten, rasche Schritte nach vorne geschehen.

Sonora nickte zustimmend. „Na dann. Ich schätze, wir rufen sie mal an."

1

Es war schon sinnvoll, schätzte Ashton Stewart, wenn man bedachte, dass die Silver Stone Ranch gute zwanzig Jahre im Geschäft war, und er von Anfang an daran beteiligt gewesen war.

Sicher wusste er nur, dass das seine Lieblingsbox war. Diejenige, von der er mit ein paar Schritten und einem strategischen Dreh seines Kopfes einen klaren Blick auf alle hatte, die in die Hauptscheune kamen oder gingen.

Als Vorarbeiter musste er den Überblick über alles bewahren. Aber mehr als das mochte er es, alles zu wissen. Er war gerne eine Hilfe und wusste Bescheid, wenn es nicht nur um seinen Job ging, sondern auch, um für die Leute da zu sein, die ihm wichtig waren.

Das bedeutete, er kannte den genauen Augenblick, als Walter Stone aus dem Raum mit dem Sattelzeug kam. Der hochgewachsene, robuste Mitbesitzer von Silver Stone, seine Haut gebräunt von den Stunden, die er draußen arbeitete, streifte sich die Hände an den Oberschenkeln ab und kam langsam durch den Gang, sein Blick musterte die Pferde, ein zufriedenes Lächeln auf dem Gesicht.

Ein guter Mann, Ashtons Boss. Jemand, den Ashton auch gerne einen Freund nannte.

Walter blieb an der offenen Boxentür stehen und tätschelte Lonesome Charlie die Nase, während er mit dem Pferd sprach, das Ashton striegelte. „Du bist ein verzogener alter Mann, was?"

„Na, das ist ja eine nette Art, mit deinem Vorarbeiter zu reden", grollte Ashton gespielt. „Wen nennst du da alt?"

Walter lachte, beruhigte das überraschte Pferd mit einem leisen Zungenschnalzen. „Auf jeden Fall nicht du, wenn man bedenkt, dass das dann auch für mich gelten würde. Wir sind ewig jung, du und ich."

„Schon besser." Ashton arbeitete weiter, warf einen betonten Blick zu Walter. „Du siehst aus, als wärst du für heute fertig."

„Ich schätze schon. Deb hat mir gesagt, ich soll auf jeden Fall zeitig Feierabend machen. Ich habe nicht den Mut, weniger als eine halbe Stunde zu früh zu kommen, wenn sie das so festlegt."

„Kluger Mann", erwiderte Ashton.

Auch wenn das nicht daran lag, dass die Frau dieses Mannes ein Hausdrache war. Nein, Deb war wunderbar, und wenn man sie bei Laune hielt, geschah das eher aus Respekt als aus Angst. Nicht wie bei manchen anderen …

„Wenn du fertig bist, komm doch zum Haus und schließ dich uns an", bot Walter an. „Wir geben ein Grillfest für ein paar neue Nachbarn."

Ashton striegelte das Pferd weiter, seine Erheiterung wuchs. „Ich sage das nur ungern, Boss, aber du kommst mit den Jahreszeiten etwas durcheinander."

„Caleb hat es genauso gesagt, da hat seine Schwester ihm

erzählt, sie würde das Chili besonders feurig machen, um den Schnee auf dem Boden auszugleichen.“ Walter lehnte sich an den Türpfosten der Box, verschränkte die Arme vor der Brust. „Die neue Familie hat Kinder, die fast im Alter meiner drei jüngsten sind, wenn du das glauben kannst. Aber Deb sagte, nachdem sie mit ihrer Mom geredet hat, am besten wäre eine Veranstaltung draußen mit etwas Platz, um sich auszubreiten. Also machen wir ein Lagerfeuer, holen die Schlitten raus und bereiten ein Buffet für alle vor.“

„Klingt nach einem Abenteuer. Ich würde gerne vorbeikommen und Hallo sagen, auch wenn ich vielleicht nicht lange bleibe.“ Ashton grinste seinen Boss an. „Ginnys feuriges Chili reicht als Lockmittel. Sogar mit zwölf Jahren hat das Mädchen schon einiges drauf in der Küche. Einfache Kost, aber mörderisch gut.“

„Dann sehen wir dich später.“ Walter neigte das Kinn und entfernte sich langsam, beim Gehen pfiff er ein Lied.

Im Stone-Haushalt war immer irgendwas los. Mit fünf Kindern – der älteste einundzwanzig und der jüngste fünf – war das zu erwarten. Ashton zog die Bürste langsam über Lonesome Charlies Mähne, beendete zufrieden seine Aufgabe.

Die Silver Stone Ranch war auch für ihn eine gute Heimat geworden, und Ashton war jeden Tag dankbar darum. Es war ein Bonus gewesen, dass er im Lauf der Jahre die Familie wachsen gesehen hatte, besonders, wenn man bedachte, dass er niemals eine eigene gehabt hatte.

Nicht, dass er das vermisst hätte. Nicht wirklich. Das war nie eines seiner Ziele gewesen.

Seine Gedanken wanderten, während er seine letzten Aufgaben erledigte und sicherstellte, dass die Ranchhelfer in der Nachtschicht alle an Ort und Stelle waren. Ashton trat in die Wärme seiner privaten Räumlichkeiten am Ende der langen Schlafbaracke. Er erfrischte sich rasch, damit er hinübergehen konnte zum Haupthaus der Ranch.

Er zog seine Stiefel an, als das Telefon klingelte. Er ging rasch ran, das Kabel war verknotet, während er sich den Hörer an die Schulter legte und wieder an seinen Stiefeln arbeitete. „Ashton."

„Hallo. Habe ich dich in einem guten Augenblick erwischt?" Sein älterer Bruder sprach rasch. „Ich halte dich nicht lange auf."

„Hey, Steve. Ich habe ein paar Minuten. Wie läuft alles? Wie geht es meinem Lieblingsneffen?"

„Tucker ist dein einziger Neffe", sagte Steve trocken. „Körperlich geht's uns allen gut. Tuckers Notendurchschnitt ist allerdings fruchtbar, darum haben Lynn und ich ihn für ein Erziehungsferienlager eingeschrieben. Hoffentlich verbessert er seine Noten, bevor das Schuljahr um ist."

Armes Kind. Der Sechzehnjährige war ein Naturtalent mit Tieren, doch Ashtons Bruder und seine Frau schienen entschlossen, ihn in einen Akademiker wie sie selbst verhandeln zu wollen.

„Sorgt dafür, dass er auch draußen Spaß haben kann, in Ordnung? Teenager denken besser, wenn sie erst mal ihre Energie loswerden können."

Ein genervtes Seufzen kam durch das Telefon. „Unter der Prämisse, dass wir ein Kind haben und du nicht, entschuldige bitte, dass wir deinen Erziehungsratschlag nicht annehmen."

„So ein Schwachsinn, dass ich keine Kinder habe. Ich bin mehr oder weniger der Dad von einem Dutzend Helfer hier auf der Ranch", entgegnete Ashton. „Lass Tucker doch mal was durchgehen. Das ist alles, was ich sage."

„Auf jeden Fall", fuhr Steve fort. „Lynn und ich planen fürs nächste Jahr vor, und wir müssen was bestätigen. Wirst du Tucker den Sommer über wieder nehmen?"

„Natürlich." Ashton genoss es, den Kleinen um sich zu haben, mehr, als er je erwartet hatte. Außerdem wusste er, dass sein Neffe dafür lebte, Zeit mit seinen Stone-Freunden verbringen zu können. Jetzt musste er das nur noch auf eine Art und Weise ausdrücken, wie es sein Bruder hören musste. „Um ehrlich zu sein, Silver Stone plant nächstes Jahr, die Produktion auszubauen. Die ganzen Jungs werden alt genug sein, um zu helfen, also danke, dass sie ihn mir überlasst. Ich werde sicherstellen, dass er eine Menge lernt."

„Schon gut. Ich muss los. Pass auf dich auf."

Das Telefon klickte, der Wählton summte in Ashtons Ohr.

Er legte auf und schüttelte den Kopf, während er seine wärmste Jacke anzog, um zu dem Treffen zu gehen.

Es war schade, dass die stärkste Verbindung, die er zu Steve hatte, sein Neffe war. Ashton war dankbar um Tucker, noch während er sich fragte, wie um alle Welt er und sein Bruder auf so vielerlei Arten so unterschiedlich sein konnten. Es war nicht so, dass sie einander nicht mochten, aber es gab auch nicht viel, das Ashton an dem Mann bewunderte.

Immer noch in Gedanken ging Ashton über den verschneiten Hof dorthin, wo eine Menge Kinder einen kleinen Hügel hinter dem Ranchhaus hinauf stiegen. Der älteste, Caleb, zog einen Schlitten, auf dem sein jüngster Bruder Dusty saß und eine kleine Gestalt, die in leuchtendes Pink gekleidet war. Bei der Fahrt wurde viel mit den Armen gewedelt, was den Fünfjährigen anging, und ein süßes Mädchenlachen stieg von der Neuen auf, die bei Dusty saß.

Ashton nickte Walter einen Gruß zu, während er nach vorne kam, um der neuen Familie vorgestellt zu werden.

Der hochgewachsene Schwarze Mann neben Walter lachte als Reaktion auf irgendeine Anmerkung, den Arm um eine dünne weiße Frau mit blonden Haaren an seiner Seite gelegt.

Eine weitere Frau mit cremig weißer Haut stand ebenfalls

in der Nähe, ein sanftes Lächeln auf den Lippen, während sie über den Hof schaute, wo die Kinder spielten. Die zweite Frau hatte lange hellblonde Haare, mit einer dicken silbergrauen Strähne vorne. Sie hatte nicht dieselben Züge wie die jüngere Frau, aber vielleicht war sie eine ältere Schwester?

„Ach, da ist er ja." Walter deutete auf Ashton, und alle drei Neuankömmlinge wandten sich ihm zu. „Der Vorarbeiter von Silver Stone, unser guter Freund Ashton Stewart. Ashton, komm und lerne mal die neuen Nachbarn kennen."

Der groß gewachsene Mann reichte ihm eine Hand. „Malachi Fields. Das ist meine Frau Sophie."

„Schön, euch beide kennenzulernen. Willkommen." Ashton schüttelte dem Mann die Hand, dann Sophie.

Auf dem Schlittenhang erklang ein lautes Kreischen. Sie drehten sich rechtzeitig um, um zu sehen, wie der zweitälteste von Walters Söhnen hochschoss und in ihre Richtung winkte. „Alles okay. Alle sind in Ordnung", rief Luke, der einen lachenden Haufen Mädchen voneinander löste, wo zwei Schlitten unten am Hügel zusammengestoßen waren.

„Die Kleinen waren aber nicht in diesem Unfall, oder?", fragte Sophie.

„Die hat Caleb", versicherte ihr Ashton, deutete auf die Seite des Hügels. „Er ist ein solider junger Mann. Er wird sich gut um sie kümmern. Ist eure jüngste bei ihm?"

„Fern. Sie ist drei", erklärte Malachi. Er schaute sich um, dann deutete er auf die zwei Mädchen, die mit Luke und seiner Schwester den Hügel hinaufkletterten. „Tansy und Rose, beide zwölf."

„Und Ivy ist unsere älteste mit vierzehn", sagte Sophie. „Walker hat sie mitgenommen, um sich die Pferde anzuschauen."

Ashton nickte, dann wandte er seine Aufmerksamkeit der

letzten Person zu, die er begrüßen musste. Sophie fuhr fort. „Das ist meine Mutter, Sonora Fallen.“

Mutter.

Was zum Teufel?

Ashton schaute zwischen den zwei Frauen hin und her. Wie war das möglich? Sophie wirkte, als wäre sie etwa Anfang bis Mitte dreißig. Sonora war auf keinen Fall älter als Ashton, ganz zu schweigen von über fünfzig. Ihre blauen Augen leuchteten, sie hatten einen silbernen Glanz, in dem Schabernack funkelte. Lachfalten zierten die Augenwinkel, aber nichts, das besagte, sie sollte die Großmutter einer Vierzehnjährigen sein.

Sonora hob eine Augenbraue. „Gibt’s ein Problem?“

Himmel. Ashton hatte gestarrt. Schlimmer noch, die Frau hatte die Hand ausgestreckt, und er hatte sie bereits genommen und stand noch reglos da, ihre Finger in seinen festgehalten.

„Tut mir leid“, sagte er rasch und schüttelte ihr die Hand. „Willkommen in Heart Falls. Das ist eine tolle kleine Stadt. Sie muss noch ein bisschen wachsen, aber ihr solltet alles hier finden, was ihr braucht, um es gemütlich zu haben. Ich hoffe, ihr lebt euch gut ein.“

„Wir tun unser Bestes. Aber ich wohne nicht in der Stadt.“

„Sonora hat sich das alte Pachtgrundstück eine Landstraße weiter gekauft“, erklärte ihm Walter. „Du hast dich doch gefragt, wer da einzieht.“

Ashton war stolz darauf, rasch zu denken, aber irgendwie stellte er fest, dass er nichts zu sagen hatte. „Den alten Crofter-Hof?“

„Genau den“, sagte Sonora glücklich, wandte sich an Walter. „Ich habe vor, irgendwas mit meinem Land anzufangen. Aber es ist vermutlich mehr, als ich brauche. Du hast gesagt, du hättest vielleicht eine Idee?“

„Wir haben früher auf den äußeren Wiesen Heu gemacht.

Wenn du möchtest, soll sich Ashton bei dir melden und dir erklären, wann wir anbauen und mähen, und alles andere. Diese Abmachung hatten wir im Lauf der Jahre mit den anderen Nachbarn."

„Klingt toll." Sonora richtete sich an Ashton. „Wann sollen wir uns treffen? Ich habe an den meisten Tagen diese Woche Zeit, wann immer es also für dich funktioniert."

Er murmelte vor sich hin, seine Zunge und sein Gehirn wollten nicht mitmachen.

Walters freches Grinsen half ihm dabei überhaupt nicht, und Ashton funkelte ihn kurz an, bevor er es schaffte, einen Vorschlag herauszubringen, den Sonora sofort annahm.

Malachi und die Damen bewegten sich weg, um mit weiteren Familienmitgliedern zu reden, die über den Hof zu ihnen herauskamen, sodass Walter und Ashton allein zurückblieben.

Ein leises Kichern drang von einem Freund herüber.

Ashton teilte ganz locker mit dem Ellbogen aus und traf Walter fest in die Rippen.

Das Kichern wurde zu einem keuchenden Lachen. „Tut mir leid", erklärte Walter. „Aber einen Augenblick lang war dein Gesicht einfach unbezahlbar. Ich habe noch nie gesehen, wie du so um Worte verlegen bist." Walter schlug Ashton die Hand auf die Schulter, um ihn zum Grill zu lotsen, der an der Seite des Hauses stand.

„Nicht verlegen um Worte. Allerdings verwirrt", gab Ashton zu. „Das ist Sophies *Mutter*?"

„Ich habe auch keine Ahnung, wie das geht", sagte Walter locker. „Ich schätze, du kannst mehr herausfinden, wenn du auf deinem Date mit der schicken Miss Fallen diese Woche plauderst."

Ashton fuhr zu dem Mann herum und funkelte ihn an. „Das ist doch kein Date."

Walter sagte nichts. Er ging nur an den Grill und begann zu pfeifen, während er anfing, die Roste zu schrubben.

„Du bist ein Esel“, grollte Ashton.

Wieder lachte Walter, so wie es Ashton auch geahnt hatte. „Vermutlich.“ Er schaute ihm in die Augen und grinste noch breiter. „Ein Esel, der eine Gelegenheit sieht, die nur ein Narr ignorieren würde.“

Doch Ignorieren war zu diesem Zeitpunkt die klügste Option. Ganz egal, wie schick die neue Nachbarin war. Ashton brauchte mehr Zeit zum Nachdenken und Überlegen, bevor er irgendwelche Schlüsse oder Entscheidungen traf.

Er war nicht auf der Suche nach einem Wandel in seinem Leben. Nicht wirklich.

„Hol das Essen, und ich mache hier fertig.“ Ashton schnappte sich die Grillbürste von Walter, dann schob er ihn zur Seite. Eine schöne, wenig anstrengende Aufgabe, bei der sowohl sein Blick als auch seine Gedanken auf Wanderschaft gehen konnten. Und falls beide sich in die Richtung von Sonora begaben …

Sollte es eben so sein.

2

Die Farm gehörte ihr offiziell noch ein paar Wochen lang nicht, aber als Sonora am Büro vorbeischaute, um einen weiteren Besuch anzuberaumen, gab ihr die Maklerin einfach den Schlüssel.

„Das Haus steht leer. Ich sehe keinen Grund, weshalb Sie nicht schon mal vorgehen und alles abmessen sollten. Sie können sich ja auch schon mal darauf vorbereiten, einzuziehen, sobald die Bank grünes Licht gibt." Die Frau winkte freundlich, dann ließ sie Sonora allein zu ihrem baldigen Heim aufbrechen.

Kleinstädte. Man musste sie einfach lieben.

Sonora blieb vor der Tür stehen, fragte sich plötzlich, ob sie überhaupt abgeschlossen war. Und tatsächlich drehte sich der Knauf mühelos unter ihren Fingern, und sie schüttelte den Kopf mit mehr Erheiterung als Sorge.

Aber wirklich mal, Kleinstädte.

Die Türangeln beschwerten sich schrill, als sie in den vorderen Eingangsbereich trat. Sie blieb stehen, um ihre Jacke auf einem der bereits verfügbaren Haken aufzuhängen.

Ein langsamer Gang durch das Haus folgte, und Sonora war fast außer sich vor Aufregung, während sie durchging. Es war mehr, als sie brauchte, aber der Preis hatte gestimmt. Zwei einfache Schlafzimmer schmiegten sich hinten in das Haus. Mit Fenstern, die zur Ostseite des Grundstücks hinausgingen, waren die Räume bestimmt jeden Vormittag von Sonnenlicht erfüllt. Das geteilte Bad zwischen ihnen hatte einen Tresen mit zwei Waschbecken und eine kleinere Kombination aus Badewanne und Dusche.

Richtung Norden ging das große Schlafzimmer mit einem angeschlossenen Bad, das alles hatte, was Sonora sich wünschen konnte, nur keine große Badewanne. Und das vierte Schlafzimmer mit etwas, das sie als Kinderzimmer in Übergröße bezeichnet hätte, war der letzte Teil des Schlafbereichs.

Vorne im Haus brauchte man an der ordentlichen Küche nichts zu tun, außer ein paar Kleinigkeiten anzufügen, damit sie individueller wurde. Der gemütliche Raum daneben würde wunderbar als eingebaute Essnische oder für einen langen aufgebockten Tisch gehen.

Das Highlight des Hauses war allerdings das Wohnzimmer. Ein Holzofen, ganz viel Platz für Sofas, und eine atemberaubende Aussicht. Die Fenster waren zu den westlichen Bergen hin ausgerichtet, mit meilenweit offener Prärie vorne und an den Seiten ihres Hauses, ohne ein sichtbares Anzeichen für Zivilisation.

Das einzige Möbelstück im Haus war ein ramponierter alter Stuhl, und Sonora ließ sich darauf fallen, fasziniert von der Landschaft.

„Greg, das hättest du geliebt“, sagte sie zum Geist ihres Mannes.

Während sie sich zurücklehnte, die Beine vor sich ausgestreckt, dachte sie an all die Augenblicke, die zu diesem geführt hatten. Reisen, sich verlieben, eine Familie mit Greg aufbauen, und ihn dann plötzlich verlieren. Die Jahre, in denen sie ihre Adoptivtochter allein aufgezogen hatte, und als sie schließlich bei Sophies wachsender Familie geholfen hatte.

Stille summte in Sonora Ohren. Sie wurde reglos, lauschte, so fest sie konnte.

Nichts.

Keine Stimmen, kein Gelächter.

Nicht nur waren die menschlichen Geräusche nicht vorhanden, genauso wenig die leiseren Hintergrundgeräusche, die es in Häusern mit mehreren Leuten gab. Hier und jetzt schwiegen die Dielen. Keine Waschmaschine und kein Geschirrspüler oder Wasserhähne oder Musik waren zu hören. Das Summen von Elektrogeräten fehlte, und da draußen kein Wind ging, klopften auch keine Zweige an die Wand oder Fenster, und alles blieb still.

Völlig leise.

Ein Lächeln stellte sich ein, zerrte an den Winkeln ihrer Lippen, und eine berauschende Portion Zufriedenheit wogte über sie hinweg, von Kopf bis Fuß.

„Das ist es, was ich brauche. Vorerst zumindest", sagte sie, sprach laut, wie sie es hin und wieder zu Greg tat. Er war schon länger fort, als er ihr Ehemann gewesen war, aber die Angewohnheit blieb. „Die Jahre, in denen ich bei Sophie war und ihre Familie wachsen gesehen habe, waren ein Privileg, das gebe ich nicht auf. Aber das?"

Sie atmete tief ein, dann stieß sie die Luft langsam aus, sodass ihr Herzschlag das einzige Geräusch im Universum war.

Bumm, bumm, bumm.

Sonora fuhr schockiert hoch bei dem lauten, empörenden Lärm an ihrer Eingangstür. Der Stuhl unter ihr sträubte sich gegen die plötzliche Bewegung, und eines der Beine gab nach.

„*Oh.*" Sie fiel, die Luft wurde ihr aus den Lungen

getrieben, als der Sitz des Stuhls auf den Boden knallte, mit ihrem Hintern gleich darauf.

Die Eingangstür wurde aufgerissen, die rostigen Angeln kreischten wie ein wildes Tier, das in einer Falle saß. Eine tiefe Stimme erklang. „Sonora?"

Sie richtete sich wieder zum Sitzen auf und blinzelte fest Ashton Stewart an, der über die Dielen an ihre Seite lief.

„Hi." Locker, ruhig. Zumindest war das die Haltung, um die sie sich bemühte.

Er hielt an, während er schon dabei war, nach ihr zu greifen. Die Sorge in seinen Augen verwandelte sich in Verwirrung. „Hi. Alles in Ordnung?"

Sie hielt ihm eine Hand hin. „Klar. Ich habe nur die Dielen und ihre Festigkeit überprüft."

Starke Finger legten sich um ihre, und er zog sie sanft auf die Beine. „Der Boden sieht gut aus. Dieser Sessel andererseits …"

„Kennst du die Geschichte von Goldlöckchen? Ich habe mich oft gefragt, was ihr auf ihrer schelmischen Mission durch den Kopf gegangen ist." Sonora strich sich den Schmutz und die Splitter von ihrer Stoffhose. „Jetzt kann ich ehrlich sagen, dass sie bestimmt nicht unbeschadet aus dem Teil des Abenteuers hervorgegangen ist, in dem sie den Stuhl zerbrochen hat. Was gut ist."

„Die meisten Leute halten es für ausreichende Bestrafung, von Bären verfolgt zu werden", sagte Ashton trocken.

„Ich bin nicht die meisten Leute." Da sie sich wieder mehr wie sie selbst fühlte, hob sie den Blick zu ihm, ohne verlegen zu sein. „Ich würde dir ja einen Platz anbieten, aber da ich diese Möglichkeit aus dem Weg geräumt habe, willkommen in meinem zukünftigen Heim."

Der Mann drehte sich langsam im Kreis. „Du bist ja eine echte Einrichtungsfee."

Ihr kam ein Lachen. Sein trockener Tonfall, sein Kommentar – alles traf genau ihren Sinn für Humor. Die leichte Zurückhaltung, die sie aufrechterhalten hatte, wegen seines seltsamen Verhaltens während ihres ersten Treffens, wich ein wenig zurück.

Sonora trat zum Fenster. „Im Inneren werde ich früher oder später das haben, was ich brauche. Aber ich hoffe, du kannst mir mit meinen Bedürfnissen unter freiem Himmel helfen."

„Und die wären?" Er stockte. „Walter hat bereits erwähnt, dass wir auf deinem überschüssigen Land Heu machen können, aber ich frage mich, was du mit Tieren vorhast. Willst du Nutztiere halten? Rennpferde züchten?"

Ein weiterer Ansturm von Aufregung traf sie. „Ich kann tun, was ich will, oder?"

Sorge ersetzte die vorher neutrale Miene. „Na ja, auf einer Ebene stimmt das. Du hast einigen Platz, mit dem du arbeiten kannst." Er hielt inne. „Hast du Erfahrung?"

Der Arme. Sonora beschloss, ihn von seinem Elend zu erlösen. „Tut mir leid, ich hab nicht wirklich davon geredet, ein Geschäft aufzuziehen. Ich bin einfach nur aufgeregt wegen der Möglichkeiten, die man hier draußen hat." Einen Augenblick lang dachte sie nach. „Ich würde gern reiten lernen. Und wie man sich um ein Pferd kümmert, und was da alles dazugehört. Und vielleicht einen Hund anschaffen", fügte sie an, bevor er etwas erwidern konnte.

„Du kannst nicht reiten?"

Sie schüttelte den Kopf. „In der Vergangenheit habe ich es ein paar Mal gemacht. Aber ich würde mich nicht als Pferdekennerin bezeichnen. Ich habe aber keine Angst vor ihnen."

„Das heißt nicht, dass du eins besitzen solltest." Er fuhr sich mit der Hand durch die Haare. „Okay, lassen wir das mit dem Pferd mal kurz. Ein Hund – was für ein Hund? Für drinnen oder draußen?“

Es war zu verführerisch. „Ach, auf jeden Fall einen, den ich an beiden Orten haben kann. Einen mit lockigem Fell, etwa so hoch?“ Sie hielt die Hand über den Boden, um ein mittelgroßes Tier anzudeuten. „Ich glaube, die nennt man Doodle. Sie sehen sehr intelligent und freundlich aus. Ich wette, sie würden es lieben, auf einer Farm zu leben.“

Seine Lippen spannten sich an. Er hatte den Hut abgenommen und umklammerte nun die Krempe, hielt ihn so fest, dass seine Handknöchel weiß wirkten. „Ein Doodle. Auf einer Farm.“

„Meiner Farm“, sagte Sonora fröhlich. „Um sich mit meinem Pferd anzufreunden. Auf jeden Fall ein paar Katzen, und vielleicht ein paar Hühner und ...“

„Sonora“, unterbrach er. „Hast du dich schon jemals um Tiere gekümmert?“

„Ein paar“, sagte sie, erinnerte sich an ihre Zeit beim Friedenscorps. Sie hatte ihren Mann und ihre Tochter in Uganda getroffen, und in den ersten drei Jahren ihrer Ehe hatten sie fast alles selbst aufgezogen, was sie gegessen hatten.

Ashton atmete ein, tief und langsam.

Der Arme. Sie wollte ihm gerade andeuten, dass sie scherzte, zumindest wegen des Hundes, als er ganz falsch abbog.

Er stellte sich in ihrem Haus direkt vor ihr auf, schaute ihr in die Augen und sagte ihr, was sie zu tun hatte.

„Du denkst nicht klar darüber nach, also lass mich dir helfen. Ich habe sehr viel Erfahrung in diesem Bereich.“ Sein Tonfall war ruhig, aber herablassend, als würde er mit einem verwirrten Kind sprechen. „Wenn du so einen Schickimickihund willst, bitte, aber dann bleibt er im Haus. Außer du möchtest, dass er ein Snack für die Kojoten und

Wölfe in der Gegend wird. Wenn es Frühling wird, kannst du versuchen, es mit Hühnern zu probieren, aber das macht sehr viel mehr Arbeit, als die meisten Leute denken. Und du kaufst auf jeden Fall nicht sofort ein Pferd. Du kannst eine Weile ein Pferd von Silver Stone ausleihen. Um sicherzustellen, dass du diese Art Ärger wirklich möchtest. Außerdem kann dir dann jemand mit dem Satteln und den schweren Gewichten helfen." Er schob sich den Hut wieder auf den Kopf und hob herausfordernd das Kinn. „Leg doch einen Garten an. Das ist für den Anfang genug Aufregung."

Ihre ganzen früheren Bedenken wegen des Mannes strömten wieder auf sie ein. „Wow. Das ist ein echt ordentlicher Wust von Meinungen, den du da von dir gegeben hast. Willst du mir sonst noch was sagen? Etwa, was für ein Auto ich kaufen soll oder mit wem ich mich ein Heart Falls anfreunden soll? Ah, ich weiß es", sie hob einen Finger, „du kannst mir helfen, zu planen, wo ich mein Scheißegal-Feld anbaue. Aber andererseits bin ich ziemlich sicher, dass das jetzt schon in voller Blüte steht."

Er runzelte die Stirn, während er nachdachte. „Scheißegal-Fe..." Sein Gesicht wurde rot, noch während er abbrach und die Stirn noch fester runzelte.

„Das heißt, was du mir gesagt hast, ist mir scheißegal", machte Sonora sich lustig, bevor sie mit der Zunge schnalzte und den Kopf schüttelte. Aber als sie wieder etwas sagte, war darin keine Boshaftigkeit. „Ich habe doch gescherzt wegen des Drinnen-und-draußen-Hundes. Hast du denn keinen Sinn für Humor?"

„Offenbar nicht", erwiderte Ashton locker, doch seine Lippen wölbten sich nach oben. „Tut mir leid. Ich bin daran gewöhnt, meinen Männern Befehle zu geben, und obwohl ich gute Ideen habe, sollte ich daran denken, dass du eine erwachsene Frau bist."

„Entschuldigung angenommen. Du hast ein paar gute Ideen“, sagte Sonora. „Sich ein Pferd von Silver Stone zu leihen, wäre am Anfang gut. Ich muss nicht alles auf einmal machen.“

„Ich gebe dir meine Telefonnummer. Sobald du die Dinge hier auf der Farm eingerichtet und ein bisschen Freizeit hast, ruf mich an. Ich werde mich darum kümmern, dass jemand da ist, um dir zu helfen und dich einzuweisen.“

Viel besser. Sonora nahm ein Blatt Papier und einen Stift aus ihrer Handtasche und schrieb sich seine Daten auf, bevor sie fragte, ob er sich mal die Scheune neben dem Haus ansehen könnte.

„Ich habe ein wenig Erfahrung mit dem Aufziehen von Tieren“, versicherte sie ihm, während sie in die kühle Stille des Schuppens trat. „Aber ich will mich nicht selbst versorgen. Das habe ich schon mal gemacht, und es ist schon lohnend. Aber ich werde genug Arbeit haben, wenn ich Zeit mit meiner Familie verbringen und in der Buchhandlung aushelfen will. Oh, und hoffentlich ein paar neue Freunde finden.“

Ashton öffnete eine der Boxen, beäugte die Angeln, während er das Tor ein paarmal auf und zu schwang. „Auch wenn ich riskiere, es wieder zu übertreiben, gibt es ein paar gute Leute in der Stadt, und die beste Möglichkeit, wie du die Leute triffst, die für dich wichtig sind, wäre, wenn du an Aktivitäten teilnimmst, die dir gefallen. Ansonsten triffst du vielleicht ein paar tolle Leute, mit denen du nichts gemeinsam hast.“

„In diesem Fall wäre es aber schwer, Gründe zu finden, sich zu treffen, oder?“

Er lachte leise. „Mein Bruder hat immer noch nicht verstanden, weshalb seine Einladungen, mich ihm und seiner Frau beim Bridge anzuschließen, mich niemals ganz bereitwillig alles stehen und liegen lassen, um rüberzufahren.“

„Wohnt er in der Nähe?“, fragte Sonora.

„Man muss etwa einen Tag fahren, Gott sei es gedankt.“

Nun war es an ihr, zu lachen. „Also kein Kontrakt-Bridge für dich.“

„Gott sei’s gedankt, schon wieder.“ Ashton wirkte nachdenklich. „Um das zu klären, er ist kein schrecklicher Mensch. Wir verstehen uns aber nicht ständig.“

„Ich habe das Gefühl, wenn man in unserem Alter ist, muss man sich nicht mit allen immer verstehen.“

„Wenn man das tut, braucht man einen der beiden vermutlich nicht.“ Ashton beäugte sie. „Weißt du, mein Boss hat so angedeutet, dass du und ich ein tolles Paar abgeben würden.“

„Echt? Was hast du dazu gesagt? Würdest du dich gerne mit mir einlassen?“

Ashton grinste. „Das ist ziemlich unverblümt.“

„Das ist noch was am Erwachsensein. Wenn ich neugierig bin, frage ich. Das spart Zeit.“

„Ich bin ganz für Effizienz.“ Er schaute sie sich einen Augenblick an. Die Geste hatte nichts Unhöfliches, besonders, wenn man die Wertschätzung in seinen Augen betrachtete. „Suche ich nach einer Möglichkeit, mich mit dir einzulassen? An dieser Stelle nein. Ich habe eine Menge Verantwortung drüben auf Silver Stone, außerdem gefällt mir mein Leben, wie es ist. Ich bin nicht interessiert an einer langfristigen romantischen Beziehung.“

Es lag keinerlei Beleidigung in seinen Worten.

Er ließ ein Lächeln in ihre Richtung aufblitzen, und einen Augenblick stockte sie und starrte ihn an. Die attraktive, ungeschliffene Art war da, und falls sie auf Spaß aus gewesen wäre, wäre er eine wunderbare Verführung gewesen, der sie nachgeben konnte.

Aber ein Blick rund um die Scheune war im Augenblick

genug Aufregung für sie. Sie holte tief Luft, während sie sich an dem Geländer festhielt und hinauf in den Heuschober schaute. „Na, das ist praktisch. Denn ich hätte gern einen Freund. Es ist fast zwanzig Jahre her, dass ich auf einer Farm gewohnt habe, und das war nicht in Kanada. Ich habe eine Menge zu lernen, aber ich freue mich auf die Herausforderung."

Als sie sich umdrehte, um ihm wieder in die Augen zu schauen, war seine Miene konzentriert. „Wo wir gerade von Neugierde reden, wie kommt es, dass du eine Tochter hast, die fast genauso alt ist wie du?"

„Ich war Freiwillige beim Friedenscorps, als ich achtzehn wurde. Ein Witwer mit einer neunjährigen Tochter hat das Projekt organisiert, und wir haben uns verliebt. Greg ist plötzlich gestorben, zehn Jahre, nachdem wir geheiratet haben – ein Herzinfarkt –, und da waren es nur noch ich und Sophie. Irgendwann hat sie sich in Malachi verliebt, und als sie anfingen, Kinder zu adoptieren, war ich da, um zu helfen."

Ashton nickte langsam. „Irgendwann musst du mir mal mehr darüber erzählen, wie du im Ausland warst."

„Das mache ich gerne."

Und verdammt noch mal, er steckte ihr eine Hand hin. „Na dann, willkommen in Heart Falls. Ich werde tun, was ich kann, um es dir leichter zu machen, dich hier niederzulassen."

Und das war der Grund, weshalb Sonora an diesem Abend ihrer ältesten Enkeltochter versichern konnte, dass auch sie einen Freund gefunden hatte.

„Und auch keinen Freund, den ich erwartet habe. Was mich auf den Gedanken bringt, dass Heart Falls ein wunderbarer Ort ist, an dem wir Wurzeln schlagen können."

Ivy schaute mit hell leuchtenden Augen zu ihr auf. „Es ist trotzdem schwer, irgendwo neu anzufangen."

„Ist es. Aber viele gute Dinge sind schwer. Sie sind aber

jedes bisschen Energie wert, das wir hineinstecken. Ein neues Heim finden, neue Freunde finden." Sonora drückte ihrer Enkelin die Finger. „Zeit mit der Familie zu verbringen, damit sie weiß, dass man sie lieb hat."

Ivy lachte leise. „Ach, Oma."

Sonora küsste ihre Enkeltochter, dann kehrte sie zu ihren Plänen und Intrigen zurück, hatte Tagträume, wie sie die Möbel in ihrem neuen Heim aufstellte. Träumte davon, welche Tiere sie im Lauf der Zeit anschaffen würde. Plante den Garten, den sie anlegen würde. Was sie wieder an Ashton denken ließ.

Zu viele Dinge ließen sie an Ashton denken.

Ich bin froh, dass du einen Freund hast, aber würdest du dir nicht etwas mehr wünschen?

Sie war nicht sicher, ob der Gedanke ihrer war, oder vom Geist ihres Mannes kam. Das Einzige, dessen sie sicher war – nein. Sie wollte wirklich nicht mehr als eine Freundschaft.

Auf jeden Fall nicht jetzt.

Die Wahrheit dahinter verschaffte ihr einen soliden, glücklichen Ort, an dem sie sich aufstellen konnte.

3

Die Leute sagten immer, die Zeit würde schneller vergehen, je älter man wurde. Falls das weiterhin stimmte, fürchtete Ashton den Herbst seines Lebens, denn gerade im Augenblick vergingen die Tage so schnell, dass das Leben an ihm vorbeirauschte.

Die Weihnachtstage waren vorbei; dann war es plötzlich Frühling. Der Schnee hielt sich in den schattigen Ecken der Felder. Grasland wurde zu einem schlammigen Schlamassel, während winziger lila Krokus sich über das Präriegras erhob.

Überall waren Neugeborene. Kätzchen im Heuschober, Kälber auf den Weiden. Wunderschöne Fohlen in der Scheune – neue Zuchtlinien, die mit etwas Glück eines Tages das Schicksal von Silver Stone verändern würden.

Der Canada Day kam, und damit eine Mischung aus Adrenalin und Genervtheit bei Ashton. Rund um Silver Stone war immer eine Menge zu tun, und die Tiere kümmerte es nicht, was für ein Tag im Kalender stand.

Genauso wie es ihnen völlig egal war, was ein Mann am Vorabend getrieben hatte – ein Kater wurde niemandem verziehen. Besonders, wenn Futter und Wasser nicht rechtzeitig auftauchten. Ashton fing seinen Morgen damit an, die Aufgaben anderer Leute zu erledigen, gefolgt von einer Predigt und Tadeln gegenüber den Helfern, die sich am vorigen Abend ein wenig zu viel hinter die Binde gekippt hatten.

Als es Mittag wurde, war er bereit für eine Pause. Es war Zeit, die Rolle als Silver Stones Vorarbeiter ein bisschen abzulegen und nur Ashton zu sein.

Er ließ ein paar ausgeschimpfte Helfer zurück, um Sättel zu polieren, während er pfeifend den Schuppen verließ, um zur Canada-Day-Versammlung zu gehen.

Ginny Stone war gerade dreizehn geworden, und das Mädchen hatte einen grünen Daumen und liebte gesellige Zusammenkünfte. Mit den beiden Eigenschaften hatte sie ordentlich für Ärger gesorgt. Sie hatte mit ihrer Mom in den letzten paar Jahren einen riesigen Garten angelegt. Und an diesem Feiertag hatte sie darum gebeten, das Barbecue von Silver Stone ausrichten zu dürfen.

Ashtons siebzehnjähriger Neffe Tucker war bereits für den Sommer eingetroffen. Er rannte herbei, um sich mit Luke und Walker Stone direkt hinter ihm mit Ashton zu treffen. Die drei waren in diesem Zustand zwischen Jungen und Männern, mit peinlich langen Armen und Beinen, wie junge Pferde, und Muskeln, die von der harten Arbeit auf der Ranch kamen, und sich langsam an ihren Gliedern und Oberkörpern zeigten.

„Onkel Ashton, wir gehen nach dem Mittagessen angeln. Ist es okay, wenn wir zu den Wasserfällen reiten?"

„Sind noch Aufgaben übrig?", fragte Ashton.

Tucker schüttelte den Kopf.

Luke und Walker schauten einander an.

Luke zuckte mit den Schultern. „Wir sollen nach dem Barbecue aufräumen helfen, aber das hat keinen Sinn, wenn man es anfängt, bevor alle weg sind. Wir dachten, wir machen das nach dem Abendessen. Da sollte immer noch genug Licht sein."

Eine Menschenmenge hatte sich am Ranchhaus der Stones versammelt. Die Jungs hatten schon recht; sie hatten eine Weile gebraucht, um sich zu sammeln, sie würden auch eine Weile brauchen, um sich wieder zu zerstreuen. Gutes Essen und gute Unterhaltungen ergaben immer ein entspannendes Treffen.

Ashton nickte zustimmend, gab den Jungen aber eine Warnung mit. „Kümmert euch um die Pferde, bevor ihr reinkommt. Lasst sie bloß nicht ganz verschwitzt in den Boxen stehen."

„Ja, Sir", erklangen drei Stimmen gleichzeitig, dann waren sie weg, liefen und lachten und schubsten einander aufgeregt.

Ashton blieb stehen, um die Stones zu begrüßen, dann erwischte er Ginny, die gerade eine riesige Salatschüssel herausbrachte. „Das hast du alles angebaut?"

Sie grinste. „Ja, Mr. Stewart. Das beste Hasenfutter, das Sie jemals essen werden."

„Das ist mal eine Ansage." Er zwinkerte. „Gut gemacht."

„Danke." Sie schaute sich um, als würde sie nachsehen, wer mithörte. „Streiten Sie heute nicht mit Mrs. Fallen, okay? Oder mein Dad wird am Ende uns Kindern wieder einen Vortrag halten, wie man andere respektvoll behandelt, selbst wenn man nicht der gleichen Meinung ist."

Ashton konnte sein Lachen kaum unterdrücken. „Sonora und ich streiten nicht."

„Ihr unterhaltet euch laut, ich weiß." Sie rümpfte die Nase. „Das haben Sie schon mal gesagt. Aber jedes Mal, wenn Sie sich treffen, reden Sie laut. Meine Mom hat versucht, eure Unterhaltungen eine *entschlossene Debatte* zu nennen, um zu sehen, ob das Dad abhält."

„Und?“

„Er hat uns trotzdem noch einen Vortrag gehalten.“ Ginny seufzte. „Dabei ging es um eine Menge Sprachspiele, die er für witzig hielt.“

Ashton unterdrückte ein Grinsen und legte sich eine Hand aufs Herz. „Ich schwöre, Sonora und ich werden es meiden, die Heiligkeit des Barbecues durch irgendwas zu stören, das deinen Vater dazu veranlasst, die schlimmen Witze rauszuholen.“

Sie beäugte ihn argwöhnisch. „Mr. Stewart ...“

„Das heißt, wir werden uns benehmen.“ Er beugte sich auch vor. „Ich werde deinem Dad sagen, dass du von mir einen Freifahrtschein bekommst, nicht an seinem Vortrag teilzunehmen.“

Sie hielt ihm eine Hand hin. „Abgemacht.“

Ashton lachte immer noch, als er ein paar Minuten später auf Walter traf. „Deine Tochter ist eine Schau.“

„Talentiert, klug, wunderschön“, stimmte Walter zu. „Das Kochtalent hat sie von ihrer Mutter.“

Ashton kicherte, während er dem Mann auf die Schulter schlug, und dann weiterzog, um sich einen Teller mit Essen zu füllen.

Er war mit dem Mittagessen fertig, als er schließlich Sonora aufspürte. Sie saß ein wenig vom Haus entfernt, starrte zu den Bergen hin. Das finstere Gesicht war eines, das sie aufsetzte, wenn irgendetwas sie ärgerte. Sie war verärgert, aber sie fragte sich auch, ob sie einen Fehler gemacht hatte.

Sie hatten in den letzten paar Monaten genug Zeit zusammen verbracht, dass er ihre Launen spüren und ihre Mienen deuten konnte. Sie war allerdings auch nicht so schwer zu durchschauen. Genauso wie sie offen sprach, verbarg sie auch meistens nicht, was sie fühlte.

Er ließ sich auf dem Gartenstuhl neben ihr nieder und neigte das Kinn zum Gruß.

Sie funkelte ihn heftig an. „Du weißt doch, wenn ich dir sage, dass ich dir nicht zustimme, heißt das nicht, dass ich dich nicht mag."

Ashton blinzelte. Wo zum Teufel kam denn das her? „Für was hältst du mich denn, für zwölf Jahre alt? Ich bin doch kein Kind. Es sind schon mehr als ein paar Worte nötig, dass ich mich fühle, als wäre man mir auf den Schlips getreten."

„Na, offensichtlich finden *andere* Leute, dass ich fies zu dir bin."

Ein lautes Lachen erklang, bevor er es sich anders überlegte. Also war sowohl ihm als auch Sonora heute ins Gewissen geredet worden.

Zumindest konnte er sie in dieser Sache leicht beruhigen. „Du bist aufrichtig. Das gefällt mir sehr viel besser, als wärst du gespielt nett. Außerdem bist du unverblümt, wenn du deine Beobachtungen machst. Du wirst nicht fies oder grausam, wenn du jemandem nicht zustimmst."

Ihre verschnupfte Miene löste sich ein wenig. „Dir zu sagen, dass du völlig auf dem Holzweg bist, ist nicht unfreundlich?"

„Nicht so, wie du es gesagt hast", erwiderte er. Ja. Da war es. Die Erheiterung funkelte erneut in ihren Augen. „Als wärst du erfreut, dass du diese Entdeckung gemacht hast, und sicher, dass es vorübergeht ... falls ich Glück habe."

Sie kicherte. „Genau. Ich beleidige nicht deinen Intellekt. Nur deine Entscheidung manchmal."

Er dachte nach, dann gab er die Wahrheit etwas weniger locker zu. „Manchmal hast du ganz gute Argumente."

„Na, hat dieses Eingeständnis nicht geklungen, als hättest du gerade einen Eimer voller Nägel gefressen?" Sonora tätschelte ihm die Hand. „Ich sage gerne meine Meinung, gebe meine Ansichten zum Besten, aber ich versuche, es nur zu tun, wenn es angemessen ist, und mich ansonsten nur um meine eigenen Angelegenheiten zu kümmern. Es liegt immer am anderen und dessen Entscheidung, was er mit den Gedanken anstellt, die ich anbiete."

Ashton nickte langsam. „Du erwartest nicht, dass Menschen – in diesem Fall sind Menschen *ich* – jedes Mal jeder kleinen Laune von dir nachgeben."

„Die Hälfte der Zeit erwarte ich nicht mal, dass du mir zuhörst", erwiderte sie scherzend. „Wenn dir bei zwei von zehnmal auch nur klar wird, dass ich genial bin, habe ich das Gefühl, ich hätte dir schon etwas Ärger erspart."

„Ach, mach dir deswegen keine Sorgen. Ich weiß, dass du mich magst, und das reicht mir. Ich bin froh, dass wir Freunde sind."

„Freunde, die einander auf die Nerven gehen?"

Ashton schnaubte. „Freunde, die einander auf Trab halten. Einander den Horizont erweitern."

„Ach, es ist nicht mal annähernd wahrscheinlich, dass du das für mich machst", sagte Sonora ganz offen. „Außer, deine Vorschläge verbessern sich mal."

„Ich habe dir gesagt, du sollst Scrapbooking machen, oder? Das ist gerade total beliebt."

„Papierstücke in kleinere Papierstücke zerschneiden, nur um sie wieder zu größeren Papierstücken zusammenzusetzen." Sie beäugte ihn streng. „Und dann hast du vorgeschlagen, dass ich Quilts mache, was genau dasselbe ist, nur mit Stoff."

„Wie geht es deinem Garten?" Er schenkte sich ein Glas Wasser aus der Karaffe ein, die auf dem Tisch neben ihr stand. Es schien die klügste Entscheidung, das Thema zu wechseln.

Sie beschrieb ihr letztes Projekt, und er passte auf, obwohl seine Gedanken in eine glückliche Richtung schweiften.

Das hatte er nicht erwartet.

Nach ein paar unbehaglich hohen Wogen am Anfang hatten sie etwas entwickelt, was er als sehr gute Freundschaft betrachtete. Nicht, dass er und Sonora viel Zeit direkt am selben Ort verbracht hätten. Er traf sie einmal oder zweimal die Woche, wenn sie kam, um sich ein Pferd zu leihen oder Deb Stone zu besuchen. Er hatte geholfen, das Pferd zu satteln, und sich ihr hin und wieder beim Ausritt angeschlossen, wenn sie sonst niemanden hatte, der mit ihr kam. Sie kannte hier immerhin nicht die ganzen Wege.

Und er war ein paar Mal zu ihr rüber gekommen, um zu besprechen, was sie mit ihrem Land anstellen konnte, und dann ihre Vorbereitungen und ihre Anpflanzungen zu begutachten.

Irgendwie hatten sie mehr Zeit am Telefon verbracht, als er je für möglich gehalten hätte.

Wenn sie sich trafen, hatte Ginny recht; er und Sonora debattierten und stritten, hatten aber immer eine wirklich gute Zeit dabei. Schade auch, dass die Leute um sie herum dachten, das bedeutete etwas anderes als die Wahrheit.

Ihm gefiel, dass er sich da nicht zurückhalten musste. Bei ihr konnte er einen Spaten einen Spaten nennen. Er konnte sich beschweren und grollen und doch ein Ende finden, wann immer er wollte, sie ritt dann nicht länger auf dem Thema herum.

Die Neugier schlug zu. „Wer hat denn gesagt, du sollst aufhören, fies zu mir zu sein?“, fragte er.

„Niemand.“

Er stieß ein genervtes Seufzen aus. „*Sonora*, wir hatten gerade eine ganze Unterhaltung über dieses Thema.“

„Oh, du musst nur verstehen, man hat mir nicht gesagt, dass ich *aufhören* soll, fies zu dir zu sein – man hat mir nur gesagt, dass ich fies zu dir *bin*.“ Sie kreischte, als er sein Wasser auf sie warf, stürzte sich aus ihrem Sitz, um ein paar

Meter von den Stühlen entfernt stehen zu bleiben. „Furchtbarer Mann."

Er dehnte ein paarmal den Arm. „Tut mir leid, unabsichtliche Reaktion. Das passiert manchmal, wenn Cowboys alt werden."

Sie verdrehte schon wieder die Augen weit nach oben, aber sie lachte. „Erstens bist du nicht alt. Und zweitens, du erzählst doch nur Scheiße."

„Achte auf deine Sprache", tadelte er. „Ich kann nicht glauben, dass du eine Oma bist, so viel wie du fluchst."

Sonora setzte sich wieder neben ihn. „Nur bei dir, Ashton. Nur bei dir."

Die Sache zwischen ihnen war etwas, um das er dankbar war. Es war gut, noch eine Freundschaft in seinem Alter zu pflegen, aber dass dieser Freund eine Frau war, mit schlauem Kopf und unaufhörlicher Energie?

Das war verdammt besonders.

Ashton lehnte sich in seinem Stuhl zurück und lächelte noch breiter, während Sonora aufgeregt redete, ihre Hände gestikulierend. Nein. Er hatte überhaupt nichts, über das er sich beschweren konnte.

Das war richtig. Hier und jetzt war es richtig.

4

Februar, vor vierzehn Jahren

Eisige Finger legten sich um Ashtons Schultern. Er hörte auf, die festgebackene Erde aus der Box zu fegen, die Kälte, die ihn umgab, war nicht annähernd so kalt wie die Kälte, die durch sein Inneres zog.

Die letzten achtundvierzig Stunden waren ein Albtraum gewesen. Selbst an seinem Standort in den Außenbezirken der Katastrophe fühlte Ashton sich völlig aus dem Gleichgewicht gebracht durch die Berührung des Todes.

Seine Freunde waren weg. Ein sinnloser Autounfall auf winterlichen Straßen hatte die Leben von Walter und Deb Stone beendet, und ihrer Freunde, den Hayeses.

Die Familie Stone wurde nun vom vierundzwanzigjährigen Caleb geführt. Luke würde in ein paar Tagen zwanzig werden, und Walker war bald achtzehn, was bedeutete, dass sie beide alt genug waren, um mehr Aufgaben zu übernehmen und zu helfen, alles am Laufen zu halten. Aber Ginny war noch keine sechzehn, und Dusty erst acht.

Alle zusammen Babys in einem Augenblick wie diesem.

Ashton machte sich keine Sorgen um seine Anstellung. Er wurde auf Silver Stone jetzt mehr gebraucht denn je. Aber die Kinder – gottverdammt, die *Kinder*. Ihre ganze Welt war auf den Kopf gestellt worden. Wie schafften sie es da durch, ohne für alle Zeiten zerbrochen zu werden?

Ein leises Geräusch, völlig deplatziert und unerwartet, zog seine Aufmerksamkeit auf sich, und Ashton hielt inne, um zu horchen. Es ertönte erneut, und er stellte den Rechen an die Wand der Box und ging langsam und leise auf das Geräusch zu.

In der entgegengesetzten Ecke der Scheune, versteckt an einem der älteren Pferde, stand Ashtons Neffe Tucker und weinte. Das Pferd wankte leicht, die Dielen quietschten und verrieten ihren Standort.

Mit dem Gesicht an den Hals des Wallachs gedrückt, wiegte sich Tucker auf der Stelle, während er trauerte. Noch jemand, für den der Verlust sich unerträglich anfühlen musste. Tuckers Beziehung zu Walter und Deb war enger gewesen als die zu seinen eigenen Eltern. Tucker war in dem Augenblick nach Silver Stone gekommen, als er von dem Unfall gehört hatte, um für seinen Freund Luke und die anderen da zu sein.

Um da zu sein, um Abschied zu nehmen.

Ashton holte tief Luft und trat vor, um die Arme um die Schultern seines Neffen zu legen.

Tucker drehte sich in die Umarmung und drückte fest, kein männlicher Stolz hielt ihn zurück. Mit fast zwanzig weinte der junge Mann ohne Scham. „Ich kann nicht – ich kann nicht glauben, dass sie nicht zurückkommen."

„Ich weiß." Ashtons Worte waren so grollend, weil seine Kehle wund war, da er seinen eigenen Schmerz niedergerungen hatte.

Er würde später trauern. Vorerst musste er stark sein.

Tucker atmete unstet, ging rückwärts, während er sich die Augen abwischte. „Tut mir leid."

Ashton machte ein finsteres Gesicht. Auf gar keinen Fall würde er diesen Schwachsinn akzeptieren. „Was denn? Dass du mich sehen lässt, wie viel sie dir bedeutet haben? Dass du um gute Leute trauerst, die zu früh gehen mussten? Dass das, was wir gehofft hatten, noch jahrelang genießen zu können, in einem Augenblick weg ist?"

„Du hast recht." Sein Neffe nickte, sein Körper war angespannt. „Es ist nicht zu fassen."

„Weil wir nicht wollen, dass es wahr ist. Aber das ist es." Ashton sprach leise, halb zu Tucker, halb zu sich. „Es wird nicht leicht sein, aber wir werden einen Weg finden, da durch zu kommen. Einen Tag nach dem anderen, okay?"

Tucker nickte. Traurigkeit verdüsterte seinen Blick, sein Gesicht ganz verkniffen.

Ashton schob einen Arm um die Schulter des jungen Mannes und lotste ihn zur Tür. „Schnapp ein bisschen frische Luft. Marschiere durch die Sonne, und dann suchst du nach Luke. Ich bin sicher, er braucht dich."

Sein Neffe ging langsam, das Gesicht zum Himmel erhoben, als würde er versuchen, die positive Energie aufzunehmen. Ashton nahm es ihm kein bisschen übel.

Ashton beendete seine Aufgabe, dann befolgte er seinen eigenen Ratschlag, ging hinaus, bis seine Nasenspitze vor Kälte prickelte und seine Beine schmerzten. Er machte einen Bogen um das Küchenhaus, blieb rasch am Haupthaus der Silver Stone Ranch hängen, um sich bei Caleb zu melden. Es brauchte ein paar Minuten, um dem jungen Mann zu versichern, dass die Ranch unter Kontrolle war, und um die Pläne für das Begräbnis am nächsten Tag zu besprechen.

Bis Ashton in die Räume seiner Schlafbaracke zurückkam, war ihm nicht mehr körperlich kalt, doch der Frost saß immer noch dicht an seinem Herzen. Er aß eine einfache Mahlzeit, dann setzte er sich auf das Sofa und starrte in die Dunkelheit.

Das Leben wandelte sich von einem Augenblick zum anderen. Das wusste er, aber es sollte doch keine guten Menschen wie die Stones erwischen. So viele Träume waren jetzt zerbrochen. So viele Herzen.

Er ließ den Kopf hängen und legte ihn in die Hände.

Die Tür zu seiner Schlafbaracke sprang auf.

Einen Augenblick später war Ashton auf den Beinen, ein Echo des Schreckens, als der Unfall vor ein paar Tagen verkündet worden war, machte sich viel zu laut in seinem Kopf bemerkbar.

Einen Augenblick später schlug sein Herz wieder normal, als Sonora in Sicht kam. Sie war nicht in der Stadt gewesen, als es passiert war, und es war das erste Mal, dass er sie sah, nachdem die schrecklichen Neuigkeiten durchgekommen waren.

„Ashton. Es tut mir so leid." Die Worte waren sanft, während sie rasch durch den Raum kam, dorthin, wo er stand. Sie nahm sein Gesicht, drehte ihn zu sich.

Er konnte nichts sagen. Nicht jetzt.

Ihr schien es egal zu sein. Stattdessen legte sie die Arme um ihn und hielt ihn ganz fest. Die Körper dicht an dicht, die Herzen noch dichter.

Der Verlust seiner Freunde war ein tiefer Einschnitt, das Einzige, was ihn auf den Beinen hielt, war, dass er für die Kinder da sein musste. Willenskraft würde ihn da durchbringen müssen.

Aber in diesem Augenblick, als Sonora ihn aufrecht hielt, wurde die Anspannung der Hoffnungslosigkeit in seinem Innern ein winziges bisschen heller. Es gab ihm die Gelegenheit, seinen Schmerz herauszulassen, bevor er ihn hinunterzog ...

Nein, das war nicht richtig. Er musste stark sein. Für alle, sogar sie. Verdammt sollte er sein, wenn er nicht alles tat, um stramm weiter zu marschieren.

Er nickte, klopfte ihr kurz auf den Rücken, bevor er sich aus ihrer Umarmung löste. „Danke. Die armen Kinder. Sie haben gerade jetzt so viel zu verarbeiten, dass es mich wundert, dass sie noch stehen."

„Es werden keine leichten Tage in nächster Zeit. Für niemanden." Sie sprach leise, aber ihre Botschaft kam an.

Ashton richtete sich auf. „Ich werde für sie da sein. Das würde Walter wollen. Dass ich für sie da bin, damit sie sich auf mich verlassen können, damit ich sie führen kann. Um stark zu sein."

Ihre Miene wurde etwas härter. Sie neigte das Kinn, aber noch während sie sprach, stand etwas in ihren Augen, das ihn vorwarnte.

„Ich verstehe dich schon. Ich sage nicht, dass du dich irrst, aber ich erzähle dir Folgendes ..." Ihre Finger spannten sich auf seinen an. „Die Kinder werden dankbar sein, dass du da bist, um ihnen zu helfen, mit ihrem Verlust zurechtzukommen. Aber Ashton, wer wird dir helfen?"

Dieser Kloß war wieder in seiner Kehle, und er hatte keine Antwort.

Mit der unermesslichen Kraft, die so sehr Teil von ihr war, übernahm Sonora. Sie holte ihnen beiden was zu trinken, dann drängte sie ihn zum Sofa. Nachdem sie die Gläser auf den Tisch gestellt hatte, verschränkte sie die Finger in seinen.

„Erzähl mir was", ermutigte sie ihn. „Teile einen Augenblick mit mir, an den du dich erinnern willst."

So viele Bilder strömten in seine Gedanken. „Zum ersten Mal, als Walter und ich zusammen gearbeitet haben, hat er ein Lasso auf ein Kalb geworfen, das im letzten Augenblick die Richtung geändert hat. Es war das verdammt noch mal Beste, was ich je gesehen hatte. Wie Magie." Ashton dachte nach, dann grinste er. „Ein paar Jahre später hat er endlich zugegeben, dass es reines Glück gewesen ist. Ihn hatte eine Wespe gestochen, und der Schreck hatte dafür gesorgt, dass er das Seil zu früh losgelassen hatte, sodass er unabsichtlich das Tier einfangen konnte."

Sie schüttelte erheitert den Kopf. „Dabei hat er vermutlich die ganze Zeit durchgegrinst."

„Genau."

Eine Geschichte führte zur nächsten. Eine halbe Stunde später waren sie mitten dabei, zusammen über eine gemeinsame Erinnerung zu lachen, ein heller, süßer Stern, der in der Dunkelheit leuchtete ...

Plötzlicher Schmerz stieß Ashton ins Herz. Sein Gelächter wurde zu einem Schluchzen, und er weinte genauso ungehemmt, wie Tucker es heute Vormittag getan hatte.

Sonora legte seinen Kopf an ihre Brust und hielt ihn. Leise, aber stark.

So blieben sie gute zehn Minuten, während Ashton die Trauer herausließ, die gedroht hatte, ihn zu überwältigen. Langsam kam er an einen Ort, wo der Schmerz noch da war, aber etwas erträglicher wurde.

Er wischte sich das Gesicht ab, dachte über das nach, was er sagen wollte, bevor er unabsichtlich Tuckers vorherigen Fehler wiederholte. „Ich werde das nicht dadurch herabsetzen, dass ich mich entschuldige."

Sonora schüttelte den Kopf. „Niemals. Wir sind Freunde, und du solltest dich niemals dafür entschuldigen, einem Freund dein Herz gezeigt zu haben."

Im Raum wurde es kurz still; dann fragte Ashton: „Kommst du mit mir ans Grab? Mit der Familie?"

„Es wäre mir eine Ehre."

So kam es dazu, dass Sonora am nächsten Nachmittag

neben ihm ritt, während sie sich der Reihe von Pferden anschlossen, die in einer langsamen Prozession zu der Hügelflanke auf dem Land von Silver Stone unterwegs waren. Die Familie Hayes war bereits vor einem Tag auf dem Friedhof der Gemeinde beerdigt worden. Nun war es an den Stones, sich zu verabschieden.

Ashton war mit ein paar Helfern schon früher hinauf zum Hügel gekommen. Sie hatten einen Bagger benutzt, um die Gräber auszuheben, und hatten an diesem Vormittag bereits die Särge hinabgelassen.

Jetzt stand Ashton mit den Kindern von Silver Stone und ihrer Tante und ihrem Onkel da, schloss sich ihnen als stummer Zeuge an. Tucker und Sonora standen auch bei der Gruppe, während Malachi Fields die Worte des Begräbnisses sprach.

Caleb hatte darum gebeten, dass die Zeremonie so einfach wie möglich sein sollte, der jüngeren Kinder wegen. Malachi hielt es kurz; dann kam jedes Familienmitglied nacheinander vor, um eine Handvoll Erde auf die Gräber zu werfen.

Luke und Walker gingen nebeneinander, die Gesichter traurig verzogen. Ginny folgte ihnen, Hand in Hand mit ihrer besten Freundin Dare, die beide stumm weinten, Tränen liefen ihnen über die Wangen.

Der kleine Dusty hielt die Hand seines Bruders Caleb, in der anderen Hand hielt er ganz fest die Erde.

Sie blieben neben den Gräbern stehen. Dusty schniefte fest, schüttelte den Kopf, während er sich weigerte, die Erde loszulassen.

Gottverdammt. Ashton schaute zum Himmel, suchte nach Weisheit. Wie konnte man einem Kind in diesem Alter erklären, dass es keine Möglichkeit gab, die Uhr zurückzudrehen? Keine Möglichkeit, dass seine Eltern zurückkehrten?

Caleb hob seinen kleinen Bruder in die Arme und hielt ihn dicht an sich, flüsterte ihm zu.

Schließlich nickte Dusty. Er wischte sich mit dem Handrücken über die Augen, dann drehte er sich um und schleuderte die Erde mehr oder weniger über die Gräber, bevor er das Gesicht an Calebs Hals vergrub.

Die Familie ging, eine langsame, traurige Prozession, sie kehrte zurück in ihr auf ewig verändertes Heim.

Ashton blieb zurück. Er half den Männern, die Gräber fertig zu schließen, blieb stehen, um auf den letzten Ruheort seiner Freunde zu starren.

Es war zu früh gewesen. Viel zu früh, um sich zu verabschieden. Trotzdem tat er es. Und zwar laut, denn es schien die einzige Art, wie er sicherstellen konnte, dass auch er die Erde losließ.

„Lebt wohl. Ich verspreche, ich werde für sie da sein."

Als er sich umdrehte, war Ashton schockiert über die Entdeckung, dass Sonora geblieben war. Sie schaute ihn mit diesen silberblauen Augen an, Traurigkeit und Stolz standen tief darin.

Sanft berührte sie sein Gesicht. „Komm schon. Bringen wir dich nach Hause."

5

Sonoras Herz schmerzte, aber jetzt war es an ihr, etwas zu geben.

Sie führte Ashton vom Hügel weg, übernahm die Führung, denn das brauchte er von ihr. Es war nicht nur die winterliche Kälte, die diesen verlorenen Ausdruck in Ashtons Augen legte. Es war nicht die Antwort, ihn einfach in seine Baracke zu bringen.

Er brauchte eine Pause von dem Schmerz. Von den Erinnerungen.

Sonora fragte aber, nur um sicher zu sein: „Ist es okay, wenn wir zu mir gehen?"

Als Antwort bekam sie nur ein rasches Nicken, also führte sie ihn zu ihrem Truck und fuhr das kurze Stück zu ihr nach Hause, zog ihn hinter sich in die Wärme des Hauses.

Ashton bewegte sich, als hätte jemand anderes die Herrschaft über seine Glieder. Er schlurfte, um sich vor den Kamin zu stellen, starrte wortlos auf den Ofen mit der Glastür, während sie Holz hineinpackte, bis die Flammen über den Brennstoff leckten.

Er würde eine Weile nirgendwohin gehen. Sonora zog einen robusten Küchenstuhl herüber und schob ihn hinein.

Sie stellte den Kessel auf den Herd, dann setzte sie sich stumm neben ihn.

Als er ihre Finger in seine nahm, seufzte Sonora, wünschte sich, die Dinge wären anders.

Er schnaubte. „Ich werde nicht zerbrechen, Frau."

„Natürlich." Sonora beäugte ihn so hochnäsig wie möglich. „Das wäre viel zu vernünftig."

Das Geräusch, das er von sich gab, war mehr als nur ein Schnauben. Seine Lippen wölbten sich leicht. „Danke, dass du da bist."

Man musste wirklich keine Lappalien wiederholen. Sonora hob eine Hand an seine Wange. „Wird dir wärmer?"

Die Stoppel auf seinem Kinn prickelten an ihrer Handfläche.

Aus dem Nichts, unerwartet und ungebeten, kam der Drang, ihn zu schmecken.

Sie schaffte es gerade noch, die Hand nicht wegzureißen. Was für ein Unsinn war das? Das war Ashton. Ihr Freund. Ihr äußerst *platonischer* Freund ...

Ein Mann, der bis ins Innerste trauerte.

Sie drückte ihm die andere Hand aufs Gesicht, um zu verhindern, dass sie etwas Unangemessenes tat. Das war eine Zeit zum Nachdenken und Trauern.

Aber ... Ashton bewegte sich nicht. Keinen einzigen Zentimeter, seit sie näher an ihn gerückt war. Sein Blick, der auf ihre Augen gerichtet gewesen war, senkte sich auf ihren Mund.

„Sonora." Ihr Name kam ganz rau heraus. Tief und bedürftig.

Sonora leckte sich die Lippen. „Ach, du liebe Zeit."

Sein Blick schnellte nach oben, um wieder in ihre Augen zu schauen. „Was?", knurrte er.

Unangemessen? Vielleicht – oder vielleicht auch nicht. „Ich glaube, ich werde gleich was machen", warnte ihn Sonora. Sie zögerte, dann beschloss sie, Teufel auch. „Nein. Ich weiß, dass ich gleich was mache. Stell dich darauf ein ..."

Er öffnete den Mund, vermutlich, um sich zu beschweren, sie zu tadeln, oder eines der Dutzend Dinge, die zwischen ihnen ganz normal waren.

Was bedeutete, als sie ihren Mund auf seinen legte, wurde der Kuss von etwas, das ein unschuldiges Lippenstreifen hätte sein sollen, in nur wenigen Sekunden zu etwas heftig Vertrautem.

Ihre Zungen kamen in Kontakt. Ein sanftes Necken wurde unnachgiebiger, während sie den Geschmack des anderen erfuhren. Lernten, wie man den Kopf schieflegte, damit sie nicht mit der Nase aneinanderstießen, oder sich sonst unangenehm in die Quere kamen.

Seine Hände glitten auf ihren Oberkörper. Im nächsten Augenblick zerrte Ashton sie nach oben, und plötzlich wurde die ganze Vorderseite ihres Körpers an seine festen Kanten und Ecken gepresst, und lieber Gott ...

Es war wunderbar.

Sie mochten ja trauern, doch das war richtig. Wenn der Tod eintraf, leuchtete das Leben im Kontrast wie ein heller Scheinwerfer. Das Leben löschte die Dunkelheit der Schatten aus. Minderte die Trauer im Kern der Menschheit.

Was der Tod nahm, gab das Leben.

Sonora schob ihre Finger durch seine Haare, streichelte und liebkoste, als wäre Ashton eine Art große Scheunenkatze. Sein raues Grollen der Freude als Erwiderung brachte sie zum Lächeln, denn das Katzenbild wurde nur verstärkt.

Ashton stellte sich anders hin, bis er einen breiten Oberschenkel zwischen ihre Beine geschoben hatte. Wieder ging das Maß der Vertrautheit zwischen ihnen nach oben. Die harten Muskeln seines Beines pressten sich an die empfindlichen Nerven ihres Geschlechts, und sie keuchte vor Lust. Vor Verlangen.

Vor Wollen.

Ein schmerzendes, treibendes Begehren.

Platonisch konnte man vergessen. Sie wollte das. Sie wollte ihn. Sie wollte anbieten und auch nehmen. In diesem Augenblick wollte sie seine Traurigkeit wegstreichen und *geben*.

Zum Glück war Ashton bei diesem Gedanken voll dabei. Er arbeitete an ihren Knöpfen, seine rauen Fingerspitzen wie erotisches Sandpapier, das sie bei jedem Kontakt mit ihrer Haut erbeben ließ.

Hektisch griff sie nach seinem Hemd. Mit Fingern, die sich wegen der Lust ungeschickt anstellten, riss sie daran, bis sie den Stoff aus seiner Jeans gezerrt hatte.

Seine Haut war unter ihren Handflächen hart und heiß, während sie von seiner Taille aufwärts über die festen Muskeln seines Rückens strich.

Er hielt bei seiner eigenen Erkundung kurz inne, um sich das Hemd über den Kopf zu ziehen. Dann griff er nach ihr und machte es genauso, ihre Bluse flog weg, um irgendwo zu landen.

Wo genau, war Sonora nicht bewusst und auch egal. Denn Ashton hatte den obersten Knopf seiner Jeans und einen Teil des Reißverschlusses geöffnet, und seine nackten Bauchmuskeln und sein Oberkörper zogen sie nach vorne, als wäre sie eine Stahlstrebe und er ein Magnet.

Seine Miene war herrlich, ein heißer Blick mit gesenkten

Lidern, der über sie strich, während sie in ihrer Unterwäsche und dem BH dastand.

„Ich will dich nackt“, knurrte er.

„Später“, scherzte sie, trat zu ihm, um ihn zu streicheln und liebkosen, ihre Finger glitten über jeden muskulösen Quadratzentimeter. Die ganze Zeit über küssten sie sich. Die Hitze zwischen ihnen war lebendig und wild.

Ein lustvolles Stöhnen entwich ihr, als er mit den Lippen über ihre Kehle hinab zum Rand ihres BH strich.

Mit extra empfindlicher Haut, weil er mit seiner Zunge darüberfuhr, keuchte Sonora, als er ihren Nippel durch den Stoff hindurch nahm und leicht daran knabberte.

„Ich werde mich von dir nicht herumkommandieren lassen, während wir das machen, Sonora.“ Er hielt sie fest, schob ihren BH zur Seite, um an ihre nackte Haut zu kommen.

Sie bog sich durch, wollte noch näher zu ihm, noch während sie dagegen hielt. „Das glaubst du also? Dass du der Boss bist?“

Er hob sie in seine Arme, grinste, während sie seine Schultern packte, sich festhielt. Seine starken Schritte trugen sie weiter in das Haus und den Gang entlang. „Hier und jetzt? Und wie ich das bin. Du kannst so tun, als wäre es nicht das, was du willst“, sagte er in dem Augenblick, bevor er sich über sie beugte und die Stimme senkte. „Das wäre aber eine Lüge, und du lügst nicht.“

In der nächsten Sekunde war sie in der Luft. Ein Quietschen löste sich, während sie auf ihre Matratze prallte, und bevor sie sich erholen konnte, war er da, pirschte sich wieder an sie heran wie eine Katze.

Hatte sie sich ihn als Scheunenkatze vorgestellt? Wohl kaum. Ein Tiger oder ein Puma oder vielleicht ein Leopard. Wie gut, dass sie Katzentiere mochte, ganz gleich, wie groß sie waren.

Ashton blickte nach unten, seine Augen musterten ihre entblößte Haut. „Ich sagte, nackt ist für mich besser."

Sonora stimmte dem Mann zu. Wenige Sekunden später war ihr BH geöffnet. Ashton zog den letzten Stoff von ihrem Körper, sodass sie splitterfasernackt war.

Seine Miene war irgendwo zwischen zufrieden und beeindruckt. „Ich hatte ja keine Ahnung."

Er ließ sich zwischen ihren Beinen nieder, seine Finger strichen die Linien ihres Tattoos nach.

Den ersten Teil hatte sie in dem Sommer bekommen, nachdem Greg gestorben war, und seither hatte sie alle paar Jahre weitere Details hinzugefügt.

Ein einfacher Blauregenast wirbelte über ihre Hüfte und ihre Taille hinauf. Stilisierte Blätter in verschiedenen Grüntönen waren auf ihre Haut aufgetragen, für jeden Menschen, den sie in ihrem Leben geliebt hatte. Tansy und Rose zu Ehren, ihrer beiden Enkeltöchter. Für Ivy und Fern Äste, die sich unter die anderen woben. Symbole für ihre Tochter und ihren Schwiegersohn und andere, die in ihrem Leben einen Eindruck hinterlassen hatten.

Ashton strich über ein Blatt, nickte zustimmend. „Ich sehe Namen in den Blättern."

„Familie. Freunde", erklärte ihm Sonora. „Sie sind immer bei mir."

Er presste die Lippen auf die Erhebung ihres Hüftknochens, brummte zustimmend. Eine Sekunde später biss er leicht zu, seine Bewunderung für ihre Tattoos war vergessen, während die Hitze anstieg.

„Ist das für dich in Ordnung?" Seine Stimme war wieder rau geworden, seine Bedürftigkeit in seinem Tonfall ganz klar zu vernehmen, und in der Art, wie er die Finger an ihren Hüften anspannte.

„Ja." Sonora rollte sich nach oben, griff nach ihm.

Er drückte eine Hand auf ihren Oberkörper und schob sie zurück, bevor er sich zwischen ihren Beinen niederließ und mit dem Kinn über ihr Geschlecht rieb.

Sonora schloss die Augen, während er sie mit einer sanften Berührung öffnete und den Mund auf sie legte. Sanfte Küsse, ein leichtes Lecken, das langsam stärker und unnachgiebiger wurde. Bis er einen Finger in sie gleiten ließ, schnappte sie schon nach Luft und vibrierte vor Verlangen.

Sie schob die Finger durch seine Haare, keuchte, als er saugte und die Fingerspitzen genau an die richtige Stelle legte.

„Da. Mehr", verlangte sie.

Seine sofortige Erwiderung war es, noch fester zu saugen, bis vor ihren Augen Sterne trieben und die Lust immer weiter nach oben wogte ...

Ihr Orgasmus kam. Ihr Körper spannte sich um Ashtons Finger an, und Sonora stöhnte vor Befriedigung. Es war eine lange Zeit her, seit irgendjemand außer sie selbst daran beteiligt gewesen war, sie kommen zu lassen.

Aber es reichte nicht. Sie zog an seinen Haaren, bis er den Kopf zurücklegte und ein Grinsen zu ihr warf.

Dreister Bastard. Aber die Dreistigkeit war verdient, das war wohl klar.

„Rauf mit dir", befahl sie.

„Ja, Ma'am." Er hielt aber inne, die Hand auf seiner Jeans. „Ich habe kein Kondom."

„Wie gut, dass einer von uns bei den Pfadfindern war." Sie wühlte in ihrem Nachttisch und zog eins heraus.

Er beäugte die Packung kurz, dann bedeckte er sich, kehrte an ihre Seite zurück. Langsame, weiche Küsse kamen wieder auf, während er sie berührte und sich dorthin bewegte, wo er wollte. Er glitt über sie, die rauen Haare seiner Oberschenkel kratzten sie, während er sich in Position brachte. Die Spitze seines Schwanzes wiegte sich über ihrer Feuchtigkeit, während er immer wieder die Hüften bewegte.

Als er den Winkel gerade so ausgerichtet hatte, um tiefer hinein zu gleiten, schnappte sie nach Luft.

Ashton wurde langsamer, zog sich zurück, dann wiegte er sich wieder vor. Kleine, anerkennende Bewegungen, die ihr Verlangen wieder anfeuerten. Als er sich auf einen Ellbogen stützte und eine Hand zwischen sie schob, um ihre Klitoris zu liebkosen, spannte sich ihr Innerstes an, und das leichte Prickeln der Lust wurde zu einem Strom.

Sonora legte ihre Beine um seine Oberschenkel, glitt nach oben, bis ihre Fersen sich in seinen muskulösen Hintern bohrten. Er bewegte sich schneller, langsam und sanft war jetzt vergessen, während die Hitze zwischen ihnen brüllte wie ein Waldbrand. Heiß. Dringlich, unbeherrschbar.

Ashton hielt sich mit beiden Armen über ihr, während er tief in sie hineinstieß, sein Blick wanderte über ihre Brüste, ihr Gesicht, zu der Verbindung zwischen ihnen.

Sie trieb ihre Fingernägel in seine Schultern, war ganz kurz davor, ein weiteres Mal in den Abgrund zu stürzen.

„Gib es mir", verlangte er. „Du bist so verdammt heiß und feucht um mich herum. Verdammt perfekt."

Die schmutzigen Worte führten zu ihrem Fall. Sonora keuchte, während sie wieder kam, schlang sich um ihn, als auch er einbrach. Sein Gesicht verzog sich vor Ekstase, die Augen geschlossen, die Lippen geöffnet, als er stöhnte.

Die Zeit stand still. Ein stiller Augenblick ohne Vergangenheit, ohne Zukunft. Nur Lust und Wärme und das Hier und Jetzt.

Schließlich bewegte er sich, drehte sich zur Seite, um sich neben ihr auf das Bett fallen zu lassen. Seine Atmung kam noch ungleichmäßig, und der Raum drehte sich leicht. Ihre

Beine blieben ineinander verschlungen, die Hände ineinander verschränkt.

Ashtons heißer Atem neckte ihre Haut. Er befreite eine Hand und ließ sie über ihren Körper hinaufstreichen, glitt über ihren Hals und hinauf zu ihrer Wange.

Die ganze Eskapade war unerwartet schön gewesen. „Wow."

„Schon, oder?" Sein Grinsen war definitiv dreist.

Dann zerbrach der Ausdruck, glitt wieder zurück in die Traurigkeit und Trauer, als er sich erinnerte. Schwermut wogte heran wie die Flut und brach über sie herein.

Sonora hob einen Finger und wackelte damit mehr oder weniger vor ihm ... und vor sich, denn einen Augenblick lang hatten sie dieselben Gedanken getroffen. „Nein."

Sie musste nicht mehr sagen, bevor er das Gesicht verzog. „Du hast recht. Das war ..." Er hielt inne, hob eine Augenbraue. „Eine Feier, dass wir nicht im eisigen Boden liegen. Das klingt ziemlich harsch, aber es stimmt auch."

„Glaubst du echt, Walter und Deb würden wollen, dass du vor dich hin weinst? Oder wäre es für sie in Ordnung gewesen, dass du eine Möglichkeit findest, um, wie du es sagst, das Leben zu feiern?", fragte Sonora leise.

Zu Ihrer Überraschung lachte Ashton. „Walter jubelt jetzt gerade vermutlich. Er hat jahrelang darauf gewartet, dass ich mich deinem Charme ergebe."

Sonora verdrehte die Augen. „Er hat uns ganz furchtbar aufgezogen."

Ashton rollte sie unter sich. Sein Blick war zwar leichter als vorher, doch es stand immer noch Sorge darin. „Er hatte allerdings recht. Wir waren unvermeidlich. Ich schätze, wir sollten über das reden, was als nächstes kommt."

Sie mochte das Gefühl, dass er in ihrem Bett war, schwer und kontrollierend, aber sie glaubte nicht, dass er noch darüber sprach, dass sie weiteren Sex genossen. Er hatte diesen Ausdruck auf – denjenigen, der besagte, dass ihr die Wendung in ihrem Gespräch nicht gefallen würde.

Sie wollte sich aber überraschen lassen. „Was meinst du damit, was als nächstes kommt?“

„Wir sollten nichts übereilen“, sagte Ashton. „Auf Silver Stone ist eine Menge los. Ich muss mich drauf konzentrieren, dass ich Caleb anleiten kann, aber wir könnten eine Hochzeit im nächsten Sommer planen ...“

„Langsam mit den jungen Pferden.“ Irgendwie sagte sie das, ohne zu schreien. Sonora war stolz auf ihre Selbstkontrolle. „Warum um alles in der Welt sollten wir heiraten?“

Er blinzelte. „Weil ...“

„Und du musst schnell nachdenken, ob die Worte *weil wir miteinander geschlafen haben* gerade aus dem Mund kommen wollten. Das ist doch nicht die Jahrhundertwende, und ich bin keine behütete Miss.“ Sonora bot ihm eine zweite Chance und lächelte, während sie seine Wange streichelte. „Die Ehe ist etwas Wertvolles. Sie ist eine Verpflichtung und ein Schwur zwischen Menschen, die einander lieben. Sex ist was ganz anderes. Nichts ist richtiger oder falsch, außer wenn Menschen beides miteinander verwechseln.“

Ashton hielt den Mund, doch er runzelte die Stirn.

Sie strich über die Furche zwischen seinen Augenbrauen, glättete sie. „Heute Abend war für uns beide eine Feier des Lebens, wie du es sagtest, des Wissens, dass es in einem Augenblick weg sein kann, aber vorerst ist es noch da. Wir fühlen, wir lieben, wir kümmern uns.“

Sie hielt den Blickkontakt aufrecht, während er nachdachte.

Sonora hoffte wirklich, dass er das schnell rausbekam, bevor sie ihm eine verpassen musste.

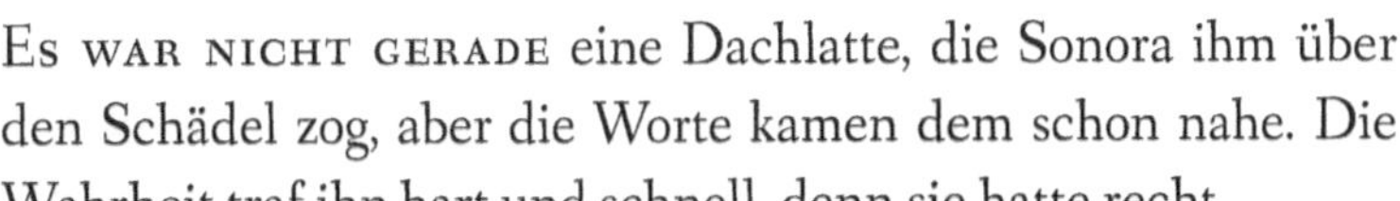

Es war nicht gerade eine Dachlatte, die Sonora ihm über den Schädel zog, aber die Worte kamen dem schon nahe. Die Wahrheit traf ihn hart und schnell, denn sie hatte recht.

Das Zusammensein nach einem so unfassbaren Verlust hatte seine Seele erfüllt und das Eis um sein Herz gebrochen. Aber dabei war es nicht darum gegangen, einen gemeinsamen Weg zu beginnen. Wenn er in die falsche Richtung drängte, könnte die Verbindung zwischen ihnen zerbrechen. Könnte etwas Schönes und Richtiges in den Staub getreten werden.

Die Tage, die vor ihm lagen, würden ihn auslaugen. Ihn Zeit, Energie, Kraft kosten. Im weiteren Verlauf stellte sich Ashton vor, dass er manchmal nur noch mit reiner Willenskraft weitermachen würde. Es war nicht die Zeit, eine neue Beziehung anzufangen.

Er brauchte keine Geliebte. Mehr denn je brauchte er eine Freundin.

Einen Sekundenbruchteil lang kämpfte etwas tief in ihm, um sich zu widersetzen, bevor er es zur Seite schob. Es mochte vielleicht nicht das sein, was er wirklich wollte, doch er war klug genug, um auf die Vernunft zu hören.

Ashton rollte sich zur Seite und zog sie an sich, um sie festzuhalten. Er sprach nicht, tat nichts, außer seinem Gehirn zu sagen, dass sie recht hatte, dass das – sie beide – genauso bleiben mussten.

Sie würden in den nächsten Tagen genug Veränderungen in der Welt zu sehen bekommen.

Anfangs blieb Sonora steif, aber je länger er sie hielt, desto mehr ließ die Anspannung nach. Wieder einmal gab sie ihm etwas.

Es war Zeit, die Weisheit in ihren Worten zur Kenntnis zu

nehmen, nicht nur für diesen Augenblick, sondern in dem Wissen, dass es nicht für die Ewigkeit war.

„Freunde?" Er sagte es ganz leise. Bot es ihr wirklich an, wie eine Gabe in der Hoffnung, dass sie sie ihm erwidern würde.

Sie drehte sich, bis sie seine Hand fand, sie an die Lippen hob und sanft die Knöchel küsste. „Freunde." Ihr Gesicht war wieder ganz geglättet. Kein Zeichen von Sorge, Angst oder Traurigkeit. Nur solide Zuversicht. „Wir schaffen das, Ashton. Wir müssen nur zurück zu dem, worin wir am besten sind."

„Streiten?", schlug er vor. Obwohl, um der Wahrheit Genüge zu tun, der Sex war auch toll gewesen.

Ihre Augen leuchteten. „Ist es furchtbar, dass ich es genieße, zu sehen, wie sich alle um uns herum vorstellen, dass wir Erzfeinde sind? Ich meine, du nervst mich auch manchmal tierisch, versteh mich nicht falsch."

„Aber manchmal ist es witzig, es ein wenig hochzuspielen, nur um zu sehen, wie sie reagieren. Ihnen einen Kommentar zu entlocken." Ashton beugte den Kopf näher heran. „Obwohl ich so was niemals zugeben würde."

Sie grinste. „Ha. Dass es stimmt, und es ehrlich zuzugeben, sind wirklich zwei Paar Schuhe, Ashton Stewart."

Da war sie wieder. Einmal mehr seine Mitverschwörerin. Ein Herz, das ihn verstand und geholfen hatte, seinen Schmerz zu lindern und einige seiner Ängste in den dunkelsten Zeiten zu vertreiben.

Ashton holte tief Luft. „Es wird hart werden. Die Zeit vor uns."

Sie nickte. „Das wird sie. Aber sie wird leichter mit Freunden an deiner Seite."

Die Tatsache, dass sie unter der Decke immer noch nackt waren, spielte plötzlich keine Rolle mehr. Dass sie miteinander geschlafen hatten, stand immer noch zwischen ihnen, aber dieses andere Gefühl war irgendwie mehr. Größer. Etwas, das Ashton nicht versauen wollte, denn es war wichtig.

Aber trotzdem hielt er sie noch etwas länger fest, sie beide still, während das Haus quietschte und sich in der Dunkelheit der Nacht setzte.

Freunde. Vorerst. Vielleicht für immer.

Ashton lauschte ihrem leisen Herzschlag und trauerte.

DIE GEISTER DER GEGENWÄRTIGEN WEIHNACHT

Dezember, vor zwei Jahren

Wieder schneite es.

Sonora sah aus ihrem Wohnzimmerfenster auf die großen, weichen Flocken, die magisch aus einem fast wolkenlosen Himmel fielen, und sie fragte sich, wie viel Wahrheit in den Gerüchten vom Sturm des Jahrzehnts steckten.

Inzwischen war sie seit sechzehn Jahren in Heart Falls und hatte mit genug Freunden geredet, die ihr ganzes Leben hier verbracht hatten, um zu wissen, dass die Jahreszeiten einem Rhythmus folgten. Alle sechs oder sieben Jahre kam ein harter Winter, etwas Spektakuläres gab es alle zehn Jahre.

Es war Zeit für ein weiteres Umweltschauspiel.

Am Rande ihres Sichtfelds hielt ein Truck auf dem Highway an und bog dann zu ihrem Haus ab. Er war fast dort angelangt, als sie erkannte, dass es Ashton war.

Sonora seufzte. Ein weiterer Rhythmus, nur dass es

weniger Spaß machte, den zu verstehen, als das Rätsel um Schnee oder kein Schnee.

Oder vielleicht hätte sie die Anwesenheit des Mannes einen Trommelschlag nennen sollen. Ein schwaches, stets präsentes Geräusch im Hintergrund, das nur lauter wurde, wenn er näherkam.

Wie das Wetter vor Ort hatte Sonora im Lauf der Jahre eine Menge über Ashton gelernt. Ihre Beziehung hatte Hoch- und Niedrigwasser erlebt, manchmal waren sie sich näher, manchmal trieben sie auseinander, mit längeren Abständen zwischen ihren Interaktionen. Die letzten neun Monate waren besonders geschäftig gewesen, besonders nachdem sie impulsiv eine Tierrettung in ihrer Scheune begonnen hatte, mit der Hilfe der Gemeinde.

Und Ashtons Hilfe, schätzte sie.

Immer Ashton.

Aus einem seltsamen Grund hatte sich etwas zu verändern begonnen. Und gemeinsam mit den Veränderungen kam der wachsende Drang, über die wirren Ideen in ihrem Kopf und Herzen zu sprechen, die nicht mehr ganz so klar waren.

Ihr solltet doch Freunde sein.

Der Gedanke kam von ihr, aber sie hörte die Worte in Gregs Stimme. Die Geisterstimme ihres Mannes hallte immer noch durch ihre Gedanken, wenn es am allerwenigsten passte.

„Sind wir. Grummelige Freunde“, beharrte Sonora und beobachtete, wie Ashton zu seinem Lieblingsplatz an der Seite ihres Hauses fuhr, anstatt davor, wo alle anderen anhielten. „Das waren wir doch schon immer. Und für mich ist das ganz in Ordnung.“

Schwachsinn.

„Das ist kein Schwachsinn. Ich habe nicht den Wunsch, dass wir etwas anderes werden als nur Freunde.“

Lügen stehen dir nicht, Sonora Fallen. Genauso wenig wie

Feigheit. Sechzehn Jahre ist lange genug, dass du zugeben können solltest, dass du den Mann bewunderst. Außerdem bist du einsam. Es würde dir doch gut gefallen, ihn in deinem Bett zu haben.

Und vielleicht mehr.

„Halt den Mund, Greg." Sonoras Sinn für Humor war heute nicht auf der Höhe. Sie war nicht bereit, sich mit Geistern herumzuschlagen, die ihre Schwächen aufzeigten oder Gedanken aufbrachten, die nichts als Ärger machten.

Ärger, denn alles andere als Freundschaft war nicht das, was Ashton und sie nach dem einen Mal beschlossen hatten.

Schon witzig, wie sie diesen Ausdruck im Kopf ausgeschrieben sah. In Großbuchstaben und Kursivschrift. *Das Eine Mal.*

Ihre einzelne sexuelle Eskapade war ein Tagtraum geworden, in den sie hinein fiel, die Einzelheiten verschwammen mit der Zeit immer mehr. Wie ein besonderer Film, der nur ein einziges Mal vorgeführt worden war, live, vor den Tagen der Videos, Streamingdienste und Sofortantworten.

Sie war nicht sicher, wann genau die anderen Änderungen begonnen hatten. Sie waren daran gewöhnt, im Beisein von anderen einfach sie selbst zu sein, einander aufzuziehen und zu necken, sodass niemand auf den Gedanken zu kommen schien, dass es auch nur möglich wäre, dass einer von ihnen mehr wollte.

Und du willst doch mehr. Gib es zu ...

„Gut. Verdammt sollst du sein, Greg. Ich will mehr."

Sonora war immer noch nicht sicher, was für ein Mehr sie wollte, aber die Sicherheit, dass sie nicht so fortfahren konnte, wie sie und Ashton es jahrelang praktiziert hatten, ließ sie stolpernd in unbekanntem Terrain zurück.

Es klingelte.

Langsam trat sie vor, beschwor ihre Beherrschung herauf,

bis sie dem Mann, der auf ihrer Türschwelle stand, ein fröhliches Lächeln anbieten konnte. „Ashton. Was für eine Überraschung."

„Wohl kaum." Er schob sich an ihr vorbei, zog die Tür hinter sich zu, damit die warme Luft nicht nach draußen flüchtete. „Du fährst doch jeden Samstag in die Stadt."

Dieses eine Mal schaffte er es, sie zu verwirren. „Und?"

Er deutete nach draußen. „Ein Sturm kommt. Ich dachte mir, du bist zu stur, um zu Hause zu bleiben, auch wenn du das solltest. Ich fahre dich."

Wieder mal eine tolle Idee, die im Befehlston vorgetragen wurde. Es schien, als würden sich manche Dinge niemals ändern.

Sonora beugte sich zum Fenster. Sie achtete nicht auf den leichten Schnee und spähte betont auf den riesigen Flecken hellblauen Himmels. „Das sieht auf jeden Fall nach Ärger aus. Ich bin sicher, man kann mir nicht zutrauen, in diesen Zuständen zu fahren. Ich bin so froh, dass du da bist, um mich Ärmste davon abzuhalten, schlechte Entscheidungen zu treffen."

Er seufzte. „Tut mir leid. Ich hab's wieder gemacht, oder?"

Sie tätschelte ihm die Schulter auf dem Weg dorthin, wo ihre Stiefel und ihre Handtasche lagen. „Hast du, aber dein Herz ist am rechten Fleck. Gib mir mal kurz, und ich bin bereit zum Losfahren."

Jacke, Stiefel, Schal und danach Fäustlinge, und Sonora griff nach dem großen Flechtkorb voller Dinge, die sie bei ihrer Tochter abladen wollte.

„Lass mich den für dich tragen", bot Ashton an.

„Man möchte meinen, ich wäre ein zartes Blümchen, so, wie du mich manchmal verhätschelst", tadelte sie leise, doch sie zog die Tür für ihn auf und ließ ihn zuerst hinausgehen.

„Nicht zart. Himmel, Frau, lass dich doch von einem Mann

mit Respekt behandeln, ohne ihm frech zu kommen." Er trug nicht nur den Korb, er bot ihr auch seine Hand an und half ihr die Stufen hinab durch den Schnee zur Beifahrerseite des Trucks. „Mach nicht auf."

Sonora kam ruckartig zum Stillstand, ihre Hand schwebte über dem Türgriff.

Während sie wartete, riss er die Hintertür auf und platzierte ihren Korb auf dem Sitz, dann eilte er nach vorne, um ihr die Tür zu öffnen.

„Echt jetzt?", fragte sie ungläubig, während er sich bückte und die Hände zu einer Schale formte, wie er es machte, wenn er ihr half, auf ihr Pferd zu steigen.

„Es geht hoch hinauf, und du bist klein", sagte er unverblümt. Als sie vor ihm die Augen verdrehte, schüttelte er den Kopf, blieb aber, wo er war. „Stur."

„Diese Unterhaltung haben wir doch schon geführt", erklärte sie. „Dein Truck ist nicht mein Pferd. Ich kann allein in die Kabine steigen, genauso wie ich meine eigenen Sachen tragen kann."

„Stell dich doch den Tatsachen. Hätte ich *nicht* angeboten, den Korb für dich zu tragen, hättest du mich einen Höhlenmenschen und Flegel genannt, und mir dann befohlen, ihn für dich zu nehmen."

Sie lachte, während sie sich dichter heranbeugte, sodass sie sich in die Augen sahen. Mit einem breiten Lächeln stieß sie fast mit der Nase an ihn. „Du. Hast. Recht."

Das hatte sie als Scherz gemeint. Sie hatte ihn einfach nur ein wenig nerven wollen, aber dass sie ihm so nahe war, und sein Geruch sie umgab – lieber Gott, was stimmte denn nicht mit ihr? Ganz plötzlich fühlte sie sich fiebrig. Als würde sie von innen heraus brennen.

Und was immer sie hatte, er war auch davon betroffen. Seine gebräunten Wangen wurden rot, seine Augen strahlten.

Rasch standen sie beide wieder auf.

Sonora griff nach dem verbotenen Türgriff, um sich hochzuhieven, und flog halb auf die Bank, als Ashton sie an der Hüfte nahm und hob.

Sie hatte die Zeitspanne, die er brauchte, um um den Truck zu gehen, damit sich ihr Herzrhythmus wieder normalisieren konnte.

Was war denn *das* gewesen? Offensichtlich fühlte sie sich derzeit verwirrt, aber das ...

Ein weiteres tiefes Einatmen kam von Sonora, bevor er sich neben sie setzte und den Motor startete. „Wohin bist du unterwegs?", fragte er knurrend.

Sie klammerte sich an das kleine Stück Normalität. „Zu Sophie. Und vielleicht zu Buns and Roses. Ich habe Rose oder Tansy fast eine Woche lang nicht mehr gesehen."

„Echt? Du kommst doch normalerweise jeden zweiten Tag dort vorbei."

„Ich war einfach beschäftigt." Das war sie irgendwie schon gewesen, aber die tatsächliche Wahrheit war eine Beichte, die Sonora vorerst nicht ablegen wollte.

Sie war versehentlich letzten Sonntag mit ihrem Truck in einen Baum gefahren, und war nicht sicher, ob er noch straßentauglich war. Sie hatte es noch nicht geschafft, in der Werkstatt anzurufen, um die Stoßstange richten zu lassen, zum Großteil, weil ihr die ganze Sache viel zu peinlich war.

Wie gut, dass Ashton jetzt aufgetaucht war, oder sie hätte ihren Fehler vor ihrem Schwiegersohn zugeben müssen, indem sie am Vormittag bei ihm zu Hause vorbeifuhr und um Hilfe bat.

„Ich kann dich bei deiner Tochter rauslassen, aber ich muss erst mal beim Kaufladen anhalten."

„Natürlich. Das ist auf dem Weg." Sonora musterte den

Himmel. „Es ist viel zu schön draußen für das, worüber sie in den Nachrichten reden."

„Wer weiß schon, was letzten Endes wirklich rauskommt." Er warf ihr ein Lächeln zu. „Ich bin einfach dankbar, dass wir in Alberta wohnen. Mein Bruder hat heute Vormittag angerufen und gesagt, dass Winnipeg wie ein Eisschrank ist. Minus vierzig Grad, und morgen soll es noch kälter werden."

Sonora erbebte, eine Ganzkörpererfahrung. „Fies."

„Ja."

Sie drehte sich, bis sie ihn anschaute. „Wie geht's deinem Bruder?"

Ashton seufzte. „Elend. Nicht, dass er je was tun würde, um das zu ändern, also ist er wohl auf irgendeine verdrehte Art glücklich damit."

Im Lauf der Jahre hatte Ashton ihr von der seltsamen Beziehung erzählt, die sein Bruder und dessen Frau führten. Ihre Ehe hatte für Sonora nie einen Sinn ergeben. Es schien mehr eine Geschäftsbeziehung zu sein als zwei Menschen, die sich liebten. „Sind er und seine Frau noch an der Universität?"

„Ich glaube, man wird sie in der Recherchebibliothek der Universität begraben", entgegnete Ashton. Er wurde kurz still, dann schüttelte er den Kopf, als würde er einen fiesen Gedanken loswerden wollen. Er schaute zu ihr und wechselte völlig das Thema. „Du siehst heute gut aus."

Sonora blinzelte. „Vielen Dank?"

Er schnaubte. „Genauso nimmt man ein Kompliment an."

„Ich dachte, ich hätte meine Ration an Komplimenten dieses Jahr bereits aufgebraucht."

Seine Lippen zuckten. „Bin ich so schrecklich darin, nette Sachen über dich zu sagen?"

Sie zuckte mit den Schultern. „Ich weiß nicht, weshalb du mir öfter, als du es tust, nette Sachen sagen solltest. Ich habe gescherzt. Mach dir deswegen keine Sorgen."

„Aber du siehst gut aus“, sagte er leise, sein Blick auf die Straße vor ihnen gerichtet, während sie sich den ersten Läden von Heart Falls näherten. „Und mir ist es aufgefallen.“

Sein Tonfall war anders, und ein Beben ging über sie hinweg. Das war eine völlig andere Reaktion als auf die kalten Temperaturen. Hier ging es um Hitze und Verlangen und ...

Freunde, weißt du noch?

Aber als Ashton mit dem Truck von der Straße abbog und vor dem Kaufladen anhielt, lag wieder irgendwas in der Luft.

Er schaltete den Motor ab, hielt aber lange das Lenkrad fest.

Sonora beäugte ihn. „Alles in Ordnung?“

Er stieß einen Atemzug aus, als würde er sich auf eine schwierige Aufgabe vorbereiten. Dann drehte er sich zu ihr, und seine Miene ...

Lieber Gott. Das war nicht die Miene eines Freundes. Gute, fürsorgliche, grummelige Freunde, die einander nicht ansahen, als wären sie am Verhungern.

„Mir fällt es immer auf.“

Sonoras Herz raste. „Ashton?“

Er bewegte sich entschieden. Einen Augenblick später hatte er die Hand um ihren Nacken gelegt und zog sie an sich.

„Küss mich auch“, befahl er.

Seine Lippen waren auf ihren, bevor sie okay sagen konnte.

Die Erinnerung an seinen Mund, die sie immer wieder in Gedanken abgespielt hatte, war offensichtlich in den Jahren in ihrer Intensität verblasst, denn das war sehr viel spektakulärer. Mit festen Lippen, beherrschenden Händen, nahm Ashton sie sich, forderte eine Reaktion mit Zähnen und Zunge und drängendem Verlangen.

Die Hand um ihren Nacken blieb fest an Ort und Stelle, aber die andere glitt hinab über den Reißverschluss ihrer Jacke und dann um ihre Taille, zog ihren ganzen Körper über den

Banksitz. Dann griff er durch ihren Pulli nach ihr, eine große Hand umfasste ihre Brust, als würde sie ihm gehören.

Unmöglich. Das war völlig unmöglich. Sonora konnte nicht verstehen, wie sie von einem Gespräch über das Winterwetter zum Küssen mit solcher Leidenschaft übergegangen waren, dass ihr Körper von Kopf bis Fuß vor Verlangen prickelte.

Unmöglich, aber wen interessierte das? Es war gut. Sehr, *sehr* gut.

Plötzlich war Platz um sie, als er sie mehr oder weniger von sich schob. „Nein. Das machen wir nicht. Es ist ganz falsch."

Das Atmen fiel ihr immer noch schwer, genauso das Denken. In weniger als einer Minute hatte er irgendwie ihre Fähigkeit gestohlen, sich zu konzentrieren. Erheitert fand sie schließlich die Worte. „Wir haben es doch anscheinend ganz gut gemacht. Eigentlich ..."

An dieser Stelle war es auch schon egal. Sonora richtete sich aus, bevor sie auf den Banksitz kletterte, um sich zu ihm zu drehen. Mit einer Hand auf seiner Brust lehnte sie sich langsam vor.

Seine Pupillen waren geweitet, seine Brust bebte mit jedem Atemzug. Seine Hände landeten auf ihrer Hüfte, starke Finger drückten fest zu und holten sie noch näher heran.

Er neigte den Kopf und nahm ihre Lippen mit der nächsten Bewegung, und Sonora hielt sich fest.

Falsch? Nein, das war perfekt richtig.

Eine rasche Bewegung, und er hatte ihr Oberteil aus der Hose gezogen und drückte die Finger auf ihre nackte Haut. Er fuhr sanfte Kreise nach, die kitzelten, noch während sie sie überall in Flammen setzten.

Er stöhnte und vertiefte den Kuss, und sie war bereit, ihn auf dem Vordersitz über sich zu ziehen, verdammt seien die Konsequenzen.

In der nächsten Sekunde war sie in der Luft, weggestoßen von seinem Schoß und auf dem Banksitz abgesetzt.

Sie hatte sich kaum gefangen, als eiskalte Luft um sie herumwirbelte. Er hatte seine Tür aufgerissen, flüchtete aus dem Truck. Er knallte sich seinen Hut auf den Kopf, während sein Blick hochschoss, um ihrem zu begegnen. Mit hechelndem Atem und brennendem Blick, sah er aus, als wäre er nur einen Schritt davon entfernt, über sie herzufallen.

Vielleicht hätte sie verärgert sein sollen, dass sein Kuss völlig aus dem Nichts gekommen war, aber stattdessen empfand sie keinerlei Missvergnügen wegen seines merkwürdigen Verhaltens. Sie wollte ihn, wollte das, und, wie ihre Enkelinnen es ausdrücken würden, dass er aufgehört hatte, war voll ätzend.

Er sagte nichts. Starrte sie nur an.

Sonora nahm sich ein bisschen zusammen. „Wir sollten darüber reden."

Ashton stieß einen Finger in ihre Richtung, sagte noch immer nichts.

Sie hob eine Augenbraue. Wartete.

„Setz dich. Bleib", knurrte er.

Er schlug die Tür hinter sich zu, Schneewolken wirbelten in der Luft wie winzige Eisfeen, die sich zur Schlacht bereit machten.

Sie starrte ihm nach. Verwirrt. Schockiert.

Er war ... gegangen? Hatte sie geküsst und war dann gegangen.

Ohne ein Wort. Ohne – na ja, ohne Schreien oder Beschwerden oder irgendwas Typisches dergleichen. Nur ein äußerst nerviger Ashton Stewart in seiner herrischen Art. Setz dich, bleib. Als wäre sie ein verdammter *Hund*.

Er war *gegangen*.

Mit aufsteigender Wut funkelte Sonora aus dem Fenster

zum Kaufladen hin, der rechts vom Truck war. Ashton war bereits reingegangen, was gut war, denn sie wäre verführt gewesen, rauszuspringen und einen Schneeball auf ihn zu zielen.

Sie verschränkte die Arme vor der Brust und gestattete es dem Ärger, heiß und hell zu lodern. Es hatte doch keinen Sinn, an einem kalten Tag einen guten Ärger zu verschwenden. Zorn trieb das Blut an, und den ganzen Rest auch.

Hätte sie ihn aus dem nichts heraus geküsst – es ihm aufgezwungen –, hätte sie seine Reaktion besser verstehen können. Oder hätte sie den Eindruck gehabt, dass er beschlossen hatte, von ihr geküsst zu werden, wäre furchtbar abstoßend, dann hätte sie sofort damit aufgehört.

Ja, es war eine impulsive Bewegung gewesen, aber er hatte sie zuerst geküsst.

Was. Zum. *Teufel.*

Sie schaute aus dem Fenster, und dann, weil sie zu ruhelos war, um dazusitzen, und null Interesse daran hatte, seinem Befehl Folge zu leisten und wie ein braver Welpe zu warten, zog Sonora ihre Jacke zu. Sie glitt aus dem Truck, straffte die Schultern und war unterwegs in die Stadt.

6

Ashton stand hinter dem Tresen und wartete, bis er dran war. Es juckt ihn mehr oder weniger, seine Aufgabe sein zu lassen, zurück zum Truck zu marschieren und dieses Gespräch zu beginnen, das Sonora vorgeschlagen hatte. Gespräch, Anschreien, was immer es brauchte.

Aber da hätte er zugeben müssen, dass er keine Ahnung hatte, was vor ein paar Minuten in seinem Kopf vorgegangen war.

Verdammt, er hatte sie geküsst. Sie betatscht. Teufel, hätten sie nicht direkt vor Gott und der Welt geparkt, hätte er sich versucht gefühlt, sie auszuziehen und sie direkt auf dem Sitz seines Trucks zu nehmen.

Ashton fuhr sich mit der Hand übers Gesicht und kämpfte um Selbstbeherrschung. Sonora zu küssen hatte jahrelang nicht zur Debatte gestanden, außer in seinen Träumen. Weshalb hatte er gerade jetzt die Kontrolle verloren?

„Ich weiß, aber was für eine Wahl habe ich denn?"

Oh.

Oh, Scheiße.

Die Anmerkung aus der Unterhaltung mit seinem Bruder heute Vormittag kam mit voller Wucht zurück, hallte durch sein Gehirn, und Ashton wurde wie ein Fisch an einer Angelschnur zurück durch die Zeit gezogen.

Sie hatten über die bevorstehende Weihnachtszeit gesprochen. Nicht, dass irgendwelche Pläne bestanden hätten, sich tatsächlich zu treffen, nicht in ihrer Familie. Ashton hielt den Kontakt aber trotzdem um seines Neffen willen aufrecht, wenn schon sonst nichts ...

„ZUSAMMEN MIT DEN normalen Fakultätsfeiern werden wir unsere jährliche Weihnachtsfeier geben. Am kommenden Freitagabend wird Lynns philharmonische Gesellschaft im Haus sein." Steve seufzte schwer. „Natürlich hat sie das irgendwie am selben Abend eingebucht, an dem ich ein formelles Treffen unseres Bridgeclubs geplant habe."

„Was wird es dann? Bridge oder Musik?"

Steve schnaubte. „Dass du so was fragst, zeigt deutlich, dass du nie verheiratet warst. Wenn ich mich nicht den ganzen Monat mit einer grollenden Frau herumschlagen will, muss es natürlich die Musik werden. Ich habe Bridge auf Sonntag verlegt. Was bedeutet, dass *sie* ihr Ehemaligen-Dinner verschieben musste. Es ist zu nervig, dass man immer wieder die Dinge anpassen muss. Lynn sollte besser aufpassen."

„Hattest du nicht an Thanksgiving was doppelt belegt? Und Lynn musste in letzter Minute alles umändern?"

„Na ja, vielleicht. Aber das ist schon ewig her. Ich habe das Gefühl, unserem Kalender würde es guttun, wenn er meinen Plänen folgt, nicht ihren. Aber so ist das Leben eben."

„Von euch zwei kriege ich Kopfweh", sagte Ashton.

Ehrlich, Steves passiv-aggressive Beziehung zu seiner Frau

machte niemanden glücklich. Die beiden stritten nicht direkt. Sie gingen einander nicht fremd. Sie waren nach außen ganz höflich und umsichtig, während sie ständig Kompromisse schufen, die darauf hinausliefen, dass sie beide unglücklich waren. So war es schon immer gewesen, und in den letzten Jahren war es nur noch schlimmer geworden.

Wie üblich löste die Diskussion mit seinem Bruder die ganz falschen Reaktionen aus. Ashton wusste, dass er den Mund halten sollte.

Aber das konnte er nicht.

„Es ist eine furchtbare Entscheidung, dass einer von euch immer mies drauf ist", erklärte er.

„Ich weiß, aber was für eine Wahl habe ich denn?"

Wahl? Ashton kannte die Antwort darauf. „Du könntest was tun, das euch beide nur einmal in eurem verdammten Leben glücklich macht."

„Na, wenn du dich mal an deinen eigenen Rat hältst, schaue ich zu dir auf." Steve bot ihm ein selbstgerechtes Schnauben und legte dann auf.

Das war doch völliger Schwachsinn. Ashton *war* glücklich. Er hatte einen tollen Job, wunderbare Leute, mit denen er arbeitete, und gute Freunde, darunter Sonora. Die Frau war eine wunderschöne Konstante in seiner Welt. Solide und immer unterhaltsam, während ihre endlosen Spitzen und Debatten ihn auf Trab hielten.

Und außerdem sexy wie die Sünde.

Ashton erstarrte. Nein. Das war kein Weg, den er einschlagen durfte ...

„Der nächste."

Vom gelangweilten Ruf des Mitarbeiters wurde Ashton aus

seinen Erinnerungen ins Hier und Jetzt geholt, während er zum Tresen vorging. „Abholung für Silver Stone."

„Kommt gleich, Mr. Stewart." Der Mann hinter dem Tresen drehte sich um und ging zu den Regalen, ließ Ashton mit der verblassenden Erinnerung an seinen Vormittag und der wachsenden Erkenntnis stehen, was genau dazu geführt hatte, dass sein Gehirn im Truck eine Fehlzündung gehabt hatte.

Das elende Leben zu sehen, das Steve und Lynn einander geschaffen hatten, hatte Ashtons Entscheidungen im Lauf der Jahre auf vielerlei Art beeinflusst. Hatte ihn schwören lassen, dass *er* niemals heiraten würde. Hatte ihn zu der Erkenntnis geführt, dass es wichtiger war, seine Aufmerksamkeit auf seine Beziehung mit seinen Neffen Tucker zu richten, als zu versuchen, sich irgendwas mit seinem Bruder aufzubauen.

Aber der dominierende Blitzschlag an diesem besonderen Morgen war gewesen, dass er endlich die schreckliche Wahrheit erkannt hatte, die Ashton jahrelang absichtlich verdrängt hatte.

Sonora zu küssen war auf jeden Fall eine Entscheidung, die er treffen wollte.

Nach all der Zeit, in der sie Freunde gewesen waren, wollte er Sonora Fallen mit etwas, das einem Suchtverhalten nahekam. Das entschuldigte seine Taten vor ein paar Minuten im Truck nicht, aber es erklärte sie auf jeden Fall.

Sein Gehirn mochte ja wissen, dass es kein logischer Plan war, sich auf die Frau zu stürzen, aber seine Instinkte waren schon weit voraus.

Was würde ihn wirklich glücklich machen? Sonora Fallen in seinem Leben zu haben, und besonders in seinem Bett, die ganze Zeit, ohne Fragen zu stellen. Er brauchte keine Ehefrau. Er würde nur zu gerne dafür sorgen, dass bei ihnen beiden regelmäßig die Glocken läuteten, ohne dass es irgendeine formelle Übereinkunft gab.

Das war weit weg von dort, wo er mit dem Kopf beim letzten und einzigen Mal gewesen war, als sie zusammengekommen waren.

Vielleicht konnte man auch im Alter noch etwas lernen.

Das war ihm durch die Gedanken gegangen, während er unterwegs gewesen war, um sie heute abzuholen. Wie er das Thema zur Sprache bringen sollte, wo es doch schon seit über zehn Jahren nicht mehr zur Debatte gestanden hatte, dass sie zusammenkamen.

Ein Teil von ihm wusste, dass jegliche Änderung in ihrer Beziehung langsam vonstattengehen musste. Selbst die kleinen Dinge, wie ein Kompliment dafür, wie hübsch sie aussah – das war etwas, was er nur selten tat.

Zum Großteil, weil er, wenn er zu genau hinschaute, bei sich zurück zu Hause endete, um sich um sich zu kümmern oder eine kalte Dusche zu nehmen, während Fantasien von Sonora in seinem Bett viel zu lebendig mit vielen Einzelheiten in seinem Gehirn aufblitzen.

Nein. Sonora zu küssen, das war ein Kontrollverlust gewesen, und es zeigte, dass er schrecklich schlecht geplant hatte ...

Aber er bedauerte es nicht wirklich. Wie könnte er einen der besten Augenblicke seines Lebens bedauern? Lieber Gott, die Frau schmeckte nach Sünde.

Der Sonnenstrahl auf dem Boden zu seinen Füßen verschwand von einem Augenblick auf den nächsten. Ashton spähte aus dem Fenster, während die schwarzen Wolken hereinrauschten. Der angekündigte Sturm war eingetroffen.

Sein Handy summte.

Er holte es hervor, dann sah er sich verwirrt eine Nachricht von Sonora an.

Sonora: Weißt du, wo der Weihnachtsstern hingekommen ist, den Gary Silver gemacht hat? Den hat doch im Januar vor zwei Jahren oder so jemand von der Kirche mit nach Hause genommen, vermutlich ein Mitglied der United Church. Ich bin sicher, alle Stücke, von denen ich weiß, haben einen neuen Aufenthaltsort gefunden.

Was redete sie denn da?

Außerdem, was zum Teufel? Er war hier, kaute auf der Tatsache herum, dass er sie geküsst hatte, war sich sicher, sie dachte sich gerade Möglichkeiten aus, ihm die Eier abzunehmen und sie zu braten. Aber anstatt geistige Purzelbäume zu schlagen, wie er es tat, hatte sie Tagträume von Weihnachtsdekorationen?

„Schwierigkeiten?“, fragte der Typ hinter dem Tresen.

Ashton blinzelte.

Der Mann deutete auf Ashtons Handy. „Sie sehen aus, als würden Sie gleich jemandem sagen, er soll sich verpissen.“

Ashton schob den Apparat in seine Tasche. „Was Frustrierendes. Ich dachte, es sollte sich eigentlich in Wohlgefallen aufgelöst haben.“

„Manchmal ist es am besten, so was ganz zu ignorieren“, sagte der Mann und schob ein großes Päckchen vor. „Wenn es nicht für die Arbeit oder ein Notfall ist, gibt es nichts, was Leute sofort wissen müssen, das nicht warten kann, bis man sie persönlich trifft.“

In diesem einen Augenblick stimmte Ashton ganz zu. Obwohl die Wahrscheinlichkeit, dass sie über Weihnachtsschmuck sprachen, wenn er Sonora zum nächsten Mal sah, sehr niedrig anzusetzen war. Er hätte sie lieber geküsst, bis sie nicht mehr gerade gucken konnte. Nur um dafür zu sorgen, dass sie innerlich genauso angespannt war wie er.

Sie küssen. *Teufel auch.* Er musste sich jetzt rasch mal zusammenreißen. Er hatte mehr oder weniger seinen Vorteil aufgegeben, indem er sein Blatt zu früh gezeigt hatte.

Trotzdem war Sonora zum Großteil eine vernünftige Frau. Vielleicht würde es nicht mehr brauchen als eine ehrliche Unterhaltung zwischen ihnen.

Es war Zeit, sich für etwas zu entscheiden, das sie beide glücklich machen könnte. Da war er sich sicher.

Er schob sich aus den Ladentüren in den Biss des eiskalten Windes. Der Sturm könnte ihm zum Vorteil gereichen. Er würde sie davon überzeugen, ihre Tochter ein andermal zu besuchen. Stattdessen würde er Sonora nach Hause fahren und ihr dann seinen Plan, ihre Beziehung nochmals zu überarbeiten, unterbreiten.

Glücklich mit seinem Vorhaben zog Ashton die Tür des Trucks auf. „Wie wäre es, wenn wir nach Hause fahren, bevor …"

Sonora war weg.

Verdammt unglaublich. Er schob die Kiste auf den Rücksitz, bemerkte, dass ihr Korb noch da war, dann ging er rasch um das Fahrzeug.

Der Wind hatte bereits angefangen, ihre Fußabdrücke zu füllen, aber sie war eindeutig ausgestiegen und in die Stadt hineingegangen.

Eine gute Sache daran, in einer Kleinstadt zu leben, war, dass Ashton so ziemlich genau wusste, wohin sie gegangen war. Er raste mit dem Truck über den Highway, stieg vor dem Café Buns and Roses in die Bremsen.

Der bitterkalte Wind legte sich um ihn, während er das kurze Stück zur Eingangstür ging, sein Zorn stieg heftig und schnell in ungeahnte Höhen. Es hätte sie doch in diesem Sturm draußen erwischen können. Hatte sie überhaupt nachgedacht, bevor sie so närrisch aufgebrochen war?

Er riss die Tür zum Café auf und sah sie sofort. Sonora saß neben Brooke, der Tochter seines besten Freundes Gary Silver. Die beiden Frauen wirkten ganz gemütlich und behaglich, mit Kaffeetassen in der Hand, Teller mit Schokolade auf dem Tisch vor ihnen.

Der Ansturm der Erleichterung ließ seinen Zorn nur noch stärker aufflammen, und er marschierte zu ihnen.

Irgendwie schaffte er es, eine einigermaßen freundliche Geste der Begrüßung zu Brooke zu machen, bevor er Sonora finster anstarrte. „Hast du den Verstand verloren, Frau?"

Sonora erwiderte sein eisernes Starren ruhig, bevor sie betont wegschaute und an ihrem Kaffee nippte. „Als ich letztes Mal nachgesehen habe, nein."

Ashton ließ sich auf den leeren dritten Stuhl am Tisch fallen. Er ignorierte alle außer Sonora, sprach deutlich, und es war ihm sogar egal, dass sein Ärger in seiner Stimme deutlich zu hören war. „Wenn ich dir anbiete, dich in die Stadt zu fahren, dann erwarte ich, dass du bleibst und dich von mir zu all deinen Zielen fahren lässt."

„Ich bin doch kein Hund, den du herumkommandieren kannst, damit er Sitz und Bleib macht, Ashton. Wenn du das Gefühl hast, dich als Hundetrainer üben zu müssen, komm doch bei der Tierrettung vorbei." Ihre blitzenden Augen wurden zusammengekniffen. „Oder vielleicht auch nicht. Du würdest ja doch nur alle auf die Palme bringen und dann abhauen."

Er versteifte sich. Das war eine scharfe, ganz konkrete Spitze gewesen. Was bedeutete, sie war doch nicht ganz unbetroffen von dem Kuss geblieben.

Ihm gegenüber nippte Brooke an ihrem Kaffee, beäugte ihn und Sonora mit großem Interesse. Die jüngere Frau sagte nichts, aber ihre Lippen ließen einen Hauch Erheiterung sehen, bevor sie sich wieder unter Kontrolle brachte und so tat, als wäre sie von dem Leckerbissen auf ihrem Teller abgelenkt.

Er wollte schon noch etwas zu Sonora sagen, als der Wind so heftig an das Eingangsfenster stieß, dass das doppelwandige Glas ratterte, und der bisher nur dräuende Schnee an das Gebäude geschleudert wurde, scheinbar aus dem Nichts heraus.

Das Wetter hatte offiziell umgeschlagen. Der angekündigte Wintersturm war gekommen, sogar noch wilder und heftiger als erwartet.

„Wow. Das sieht nicht sehr freundlich aus." Brooke schob sich vom Tisch zurück, um das große Fenster vorne zu betrachten. Die Gebäude auf der anderen Straßenseite waren im Weiß verschwommen.

„Deswegen wollte ich nicht, dass du gehst", sagte er zu Sonora. Verdammt, er knurrte sie mehr oder weniger an. Betont senkte er die Stimme, schaute sich Sonora besorgt an. „Du weißt doch, dass sich in diesem Gebiet die Stürme rasch einschleichen. Was hättest du getan, wenn du noch zu Fuß unterwegs gewesen wärst, wenn das loslegt?"

„Ich wäre schneller gegangen." Doch Sonora schaute an ihm vorbei aus dem Fenster, und ihre geröteten Wangen wurden blass.

Der Anblick ihrer Angst stellte etwas mit ihm an, und er ließ locker. Er würde nicht mit ihr streiten. Nicht hier. Sie hatten ja vielleicht früher Spaß daran gehabt, in der Öffentlichkeit gespielte Kämpfe auszutragen, aber ihre Angst und sein Zorn waren zu echt und zu ungefiltert, um zur Unterhaltung dargeboten zu werden.

Stattdessen zählte Ashton eins und eins zusammen und wandte sich an Brooke. „Ich nehme an, du bist diejenige, die sich nach dem Stern erkundigt?"

„Mack und ich, ja. Weißt du, wo er ist?"

Ashton rieb sich übers Kinn. Sein bester Freund betrieb die örtliche Autowerkstatt mit Brookes Hilfe. Gary hatte im Lauf der Jahre der Silver Stone Ranch und anderen geholfen, doch sonst hatte wohl kaum jemand seine Talente als Schweißer genutzt. Die Liste der Leute, die sich gemeldet hätten, wenn etwas Großes untergebracht werden musste, war nicht allzu lang. „Vielleicht. Ich muss ein paar Anrufe tätigen, aber wenn ich ihn finde, lasse ich es dich wissen."

„Erwähne es nicht vor Dad", bat sie ihn. „Wir versuchen, es als Überraschung zu machen."

Ashton nahm an, *wir* bedeutete sie und Mack.

Mack, Brookes Freund, war bei der Feuerwehr und ein guter Mann. Solide. Aber Vätern gefielen Veränderungen nicht immer, wenn sie sich vor ihrer Nase abspielten, und bisher hatte sich Gary damit zurückgehalten, ihre Beziehung gutzuheißen.

Es schien, als würden die Jungen versuchen, was Besonderes für die Weihnachtstage zu machen. Ein bisschen spät, wenn man bedachte, dass bereits der Einundzwanzigste war, aber trotzdem.

Ashton nickte, dann schaute er zwischen Sonora und Brooke hin und her. „Ihr Damen macht mal und nehmt euch Zeit. Ich fahre euch beide, wohin ihr als nächstes geht, wenn ihr fertig seid."

Sonora presste die Lippen aufeinander, aber sie beschwerte sich nicht.

Brooke auch nicht – und innerhalb von wenigen Minuten waren alle drei eingepackt und im Truck, unterwegs zur Autowerkstatt.

Ashton blieb so dicht bei den Türen stehen, wie es nur möglich war. „Grüß deinen Dad von mir", sagte er.

„Mache ich. Ruf ihn an, wenn du Zeit hast. Er hat von einem Abend im Rough Cut mit Bier und Burger gesprochen."

„Mache ich."

Brooke öffnete und schloss die Tür so schnell wie möglich, aber die Kabine wurde immer noch mit eisiger Kälte gefühlt, bevor sie in die Werkstatt verschwand.

Oder vielleicht war das die eisige Kälte, die von Sonora ausstrahlte.

Ashton fuhr den Truck aus dem Parkplatz. „Wir ..."

„Du bist ein Esel." Sonora sagte es ganz deutlich, dann lächelte sie süß. „Was wolltest du sagen?"

Er wusste nicht, ob er lachen oder einfach nur den Kopf schütteln sollte. „Soll ich dich immer noch bei deiner Tochter rauslassen, oder wage ich es, etwas anderes vorzuschlagen?"

„Hast doch mehr mir Ideen, außer Sitz und Bleib? Ich kann mich kaum halten, sie zu hören."

Ja, diese Anmerkung würde ihn noch lange verfolgen. „Komm mit zu mir."

Sonora schüttelte den Kopf. „Fahr mich nach Hause, und wir reden dort. Ich möchte nicht die Blutflecken auf dem Boden deiner Bleibe in der Schlafbaracke der Familie Stone erklären müssen, wenn die Dinge außer Rand und Band geraten."

Er schnaubte, bog in die richtige Richtung ab, um ihrem Vorschlag zu folgen. „Glaubst du, unsere Diskussion wird gewalttätig?"

„Ich weiß nicht recht. Vielleicht bist du inzwischen in Sicherheit, da ich Zeit hatte, mir die Dinge zu überlegen." Sie beugte sich vor und spähte auf die Wolken, die sich vorne aufbauschten. „Es ist echt hässlich da draußen."

Schweigend verbrachten sie den Rest der Fahrt.

Am Haus schlüpfte Sonora aus der Kabine, bevor Ashton herumkommen konnte, um ihr zu helfen. Sie öffnete die kaum benutzte Hintertür, da sie näher war, und er folgte ihr hinein, so schnell es ihm möglich war.

Hinter ihnen schloss sich die Tür, und das Kreischen des Windes wurde plötzlich abgeschnitten, sodass die Stille des Hauses laut in seinen Ohren klingelte.

Sie schlüpfte aus ihrer Jacke, zog die Stiefel aus, und dann machte sie ganze zwei Schritte ins Wohnzimmer, um sich mit vor der Brust verschränkten Armen und hoch erhobener Augenbraue zu ihm zu drehen.

Er hängte seine eigenen Sachen auf, während er darauf wartete, dass sie ihm die Hölle heißmachte. Darauf wartete, dass sie fragte, ob er betrunken gewesen war, oder high, oder sie einfach auf den Arm genommen hatte.

Aber sie stand nur da, die Stille wuchs zwischen ihnen, als wäre sie lebendig.

Ashton trat näher, hatte vor, um sie herum in die Küche zu gehen. Er würde einen Teekessel aufsetzen, damit sie eine Kanne Tee machen konnten, eines von Sonora ständigen Ritualen. Dann, sobald sie beide etwas mit ihren Händen zu tun hatten, würde er klarmachen, dass er nichts davon gewesen war – betrunken, high oder auf Scherze aus.

Aber Sonora verstellte ihm den Weg. Sie hob das Kinn, den Blick auf ihn gerichtet. „Sprich."

„Gleich hier?" Da er nicht widerstehen konnte, hob er eine Hand, strich ihr eine Haarsträhne aus dem Gesicht, die aus ihrem Pferdeschwanz gefallen war.

„Gleich hier", beharrte sie. Dann kniff sie die Augen zusammen, und ihre Miene wurde gefährlich. „Außer du willst die Diskussion in meinem Schlafzimmer führen."

7

Das Älterwerden hatte die Wahrscheinlichkeit, dass sie aussprach, was genau ihr durch den Kopf ging, eigentlich nur noch erhöht. Ashtons schockierte Miene bewies, dass ihre unverblümte Art gut zur Unterhaltung taugte, wenn schon sonst nichts.

Er blinzelte, dann hustete er und ging betont um sie herum. „Ich setze den Kessel auf."

„Das heißt also nein zum Schlafzimmer. Gut zu wissen. Das Leben ist so viel einfacher, wenn alle Erwartungen vorher abgeklärt werden."

Ashton ignorierte sie, schob den Kessel mit mehr Energie, als nötig war, unter den Hahn. „Das wird bestimmt eine höllische Unterhaltung", murmelte er.

„Du hast mich vorhin auch höllisch aus dem Konzept gebracht", erklärte Sonora. „Warum sollte die darauf folgende Unterhaltung irgendwie weniger schwierig werden?"

Sie hielt den Mund, während sie zu ihm in die Küche kam. Dann suchte sie im Kühlschrank herum und wühlte in den Schränken, und bis er die Tassen zusammen und den Teekessel angeschaltet hatte, hatte sie einen Teller mit Plätzchen und Teilchen auf dem Tisch. Eher aus Gewohnheit, als dass sie was Süßes gebraucht hätte.

Sie saß auf ihrem üblichen Platz, wo der wunderbare Blick auf die Welt vor dem Haus sie immer fasziniert hatte. Heute hätte das noch mehr der Fall sein sollen, weil der Sturm über die Landschaft tobte. Aber anstatt auf den Schnee zu starren, der vorbeipeitschte wie in einem irren Katastrophenfilm, musterte sie betont Ashton.

Er stellte den Kessel neu auf, dann holte er die Schale mit Zucker und Honig dazu. Er drehte die Tassen leicht, die er bereits auf die Anrichte gestellt hatte, schob sie ein Stück zurück, bevor er sie wieder einen Zentimeter nach vorne zog. Er nahm sich ihren Lappen aus der Spüle und wischte alles ab, obwohl es höchst unwahrscheinlich war, dass zu diesem Zeitpunkt seiner Unternehmungen irgendwas auch nur annähernd schmutzig geworden war.

Als er die Tassen ein weiteres Mal ausgerichtet hatte, wurde ihr klar, was los war. Ashton Stewart war nervös. Er war durch den Wind, und diese ungewöhnliche Tatsache war so charmant, dass ihr anhaltender Frust nachließ.

Lass den Kerl bloß nicht leicht davonkommen, nur weil du ihn für süß hältst.

Musst du immer genau dann auftauchen, wenn die Lage delikat ist?, wollte sie von dem Geist in ihren Gedanken wissen. *Ich habe außerdem nicht vor, ihn leicht davonkommen zu lassen*, setzte sie Greg in Kenntnis.

Aber hältst ihn für süß.

Halt den Mund, Greg.

Jeder, der in diesem Augenblick ihren Verstand untersucht hätte, hätte eine Flasche Wodka und ein Jahr lang Therapie gebraucht.

In einer unausgesprochenen Übereinkunft warteten

Sonora und Ashton, bis der Tee fertig war, dann setzten sie sich beide gemütlich an den Tisch, bevor sie redeten. Es hätte eines der Million Male sein können, als sie im Lauf der Jahre einen solchen Moment erlebt hatten, nur dass die Schmetterlinge in ihrem Bauch besagten, dass es etwas ganz anderes war. Ashton legte beide Hände um seine Tasse, als würde sie ihn am Boden verankern, aber er hob den Blick und schaute ihr fest in die Augen. „Ich will mich dafür entschuldigen, dass ich dich geküsst habe."

Sie hob eine Augenbraue. „Habe ich dich darum gebeten?"

Er seufzte schwer, seine Schultern sanken nach unten. „Nein, aber das hättest du tun sollen. Es war nicht fair von mir."

„Unfair war, mich zu küssen und dann wegzulaufen", sagte Sonora ganz betont. „Aber nichts davon hat mich so sehr geärgert, wie dass du mir Befehle gegeben hast. Ashton, dieses Thema haben wir schon mehrfach im Lauf der Jahre besprochen. Ich habe gehofft, es hätte sich nun endlich mal bei dir festgesetzt. Ich bin nicht dein Hund."

„Bist du nicht", stimmte er zu. Seine Lippen zuckten. „Beauty ist sehr viel besser trainiert und hört tatsächlich auf mich."

Lieber Gott. Durch irgendein Wunder hielt sie sich davon ab, laut zu lachen. Seine schlechten Angewohnheiten musste man nicht auch noch ermuntern.

Konzentriert legte Sonora die Ellbogen auf dem Tisch ab. „Du solltest dich entschuldigen, dass du mir aufgetragen hast, sitzen zu bleiben."

„Ich will nicht, dass du mir abhaust", beschwerte er sich.

„Und sieh nur, wie gut das gelaufen ist", fuhr sie ihn an. Ihr entschlüpfte ein genervtes Seufzen, aber sie bekam ihren Tonfall wieder in den Griff und wurde ruhig. „Gib mir keine Befehle. *Bitte* mich."

„Ich weiß. Du hast recht.“ Er schaute finster in seine Teetasse. „Tut mir leid.“

Sie wartete.

Er schnaubte. „Tut mir leid, dass ich dich herumkommandiert habe, anstatt dich zu bitten.“

„Vielen Dank.“ Sonora stellte ihre eigene Tasse ab und legte die Hände aneinander. Nun war es an ihr, nervös zu sein. „Ashton, darf ich dich was fragen?“

„Natürlich.“

Sie schaute sich im Raum um, zu all ihren behaglichen, vertrauten Dingen. Zu dem Heim, das sie sich an diesem Ort aufgebaut hatte, der ihr inzwischen so viel bedeutete.

Es war ein Prozess gewesen, und der Mann ihr gegenüber war Teil dieses Wachstums. Er war immer bereit gewesen, ihr zu helfen. War immer irgendwie am Rande dessen gewesen, was sie neu lernte.

Vielleicht war es an der Zeit, ihn in die Mitte zu holen.

Sonora holte tief Luft. „Was würdest du davon halten, wenn wir uns ein wenig ... näher kommen?“

Er erstarrte sofort. „Warum bist du zum ersten Mal in deinem Leben weniger als unverblümt? Was heißt denn *näher* kommen?“

Es war erschreckend, wie direkt das war. „Ich bin mir nicht sicher“, gab sie zu. „Wir sind befreundet. Das weiß ich. Und du bist mir unglaublich wichtig.“

„Du bist mir auch wichtig“, erwiderte Ashton sofort.

„Doch du hast mich geküsst“, sagte Sonora und hob eine Augenbraue. „Du küsst mich doch nie. Nur auf die Wange, wenn wir uns an Weihnachten treffen.“

Er nickte langsam. „Darf ich dich was fragen?“

Sie schnaubte. „Hör doch mal, wie das klingt. Natürlich darfst du das. Lassen wir doch einfach dieses unangenehm höfliche Verhalten und haben eine ganz typische Sonora/Ashton-Unterhaltung."

„Gut. Du hast den Kuss erwidert", sagte Ashton. Er grinste. „Ganz begeistert."

„Es war unterhaltsam", setzte sie an, bevor sie den Kopf schüttelte. „Nein. Jetzt ist nicht die Zeit für Scherze. Nur die Wahrheit. Ich habe den Kuss erwidert. Es hat mir gefallen, und ich war sehr dazu bereit, mehr zu tun, als sich nur zu küssen."

Er runzelte die Stirn. „*Warst* du? Jetzt nicht mehr?"

Sie hob eine Hand. „Das ist nur Semantik. Ich habe Interesse an Dingen, an denen ich vorher kein Interesse hatte, aber ich weiß nicht, wie all diese Ideen zu uns passen, zu dem, wer wir im Lauf der Jahre geworden sind. Ich bin nicht bereit, eine gute Freundschaft wegen der Tatsache zu opfern, dass du inzwischen schon viel zu lange Star-Rolle in meinen schmutzigen Tagträumen hast."

Ashton stand der Mund offen.

Es fühlte sich gut an, ihrem Lachen endlich nachzugeben. „Ist es jetzt deutlich genug?"

Er nickte, seine Augen leuchteten. „Zum Glück gibt es Frauen, die sich deutlich ausdrücken." Er schob die Teetassen zur Seite und nahm ihre Finger in seine. „Um deine Frage von vorhin zu beantworten: Möchte ich, dass wir uns näherkommen? Wir sind bereits Freunde. Du bist mir wichtig, und ich will für dich das Beste. Ich hätte dich auch gern unter mir, während du meinen Namen schreist, weil du um einen Schwanz so heftig kommst, dass du Sterne siehst."

Oh. *Oh* …

Sonora nickte langsam. „Und das war von dir sehr deutlich ausgedrückt."

„Uns verständlich machen, das können wir gut." Ashton strich mit dem Daumen über ihre Fingerknöchel, um sie sanft zu streicheln. „Willst du, dass wir auf Dates gehen? Geht es darum, dass wir gemeinsam Essen gehen, und ins Kino, und so weiter?"

Daten mit sechzig? Sie schüttelte langsam den Kopf. „Das scheint mir eine Menge Arbeit zu sein, wenn wir einfach nur zu dem Teil mit dem superheißen Sex übergehen könnten."

Ashton stockte. „Ich will nicht, dass du das Gefühl hast, benutzt zu werden."

„Wenn zwei Freunde beschließen, etwas zu teilen, das Spaß macht, wird doch niemand benutzt." Sonora zuckte mit den Schultern. „Ich habe Meinungen zum Thema Sex."

„Ist mir aufgefallen." Ashton zwinkerte ihr aber zu. „Die Ehe gehört für dich nicht dazu."

Sie lachte. „Du warst an diesem Abend so süß. Aber offensichtlich hat sich das, was ich gesagt habe, bei dir festgesetzt."

Er nickte. „Hat es. Und du hast recht, es ist gut, wenn wir die Regeln dieser potenziellen Neuheit zwischen uns glasklar festlegen. Sag mir noch mal, wie das für dich im Kopf funktioniert."

Sonora hielt inne, um sicherzustellen, dass die Worte über das, was sie glaubte, richtig klangen. „Die Ehe ist für die Liebe. Wenn die Leute sich auch mit dem Herzen dabei fühlen, dann ist es Zeit, einen Termin in der Kirche zu buchen und ja zu sagen."

Ashton wurde reglos. „Du bist mir wichtig, Sonora, aber ich bin nicht der Typ zum Heiraten. Ich ... liebe dich ... nicht so."

„Was in Ordnung ist", versicherte sie ihm. „Du bist mir auch äußerst wichtig. Aber ich suche nicht nach einem Ring und einer Kirche. Ich habe Interesse an Sex, was immer noch eine ziemlich große Sache ist, nur auf andere Art."

„Fahr fort."

Über diesen Teil hatte sie in den letzten paar Wochen oft

nachgedacht. „Sex ist trotzdem noch eine Verpflichtung. Man kümmert sich auf körperliche Weise umeinander und teilt eine Freude, die sich für alle Beteiligten in Lust verwandelt."

„Alle Beteiligt*en*?" Ashton runzelte die Stirn.

Sie winkte bei seinem Kommentar ab. „Für mich sind das zwei Leute im Bett, aber ich versuche heutzutage, alles ganz offen zu formulieren. Ich habe Enkelkinder, und ich habe keine Ahnung, mit wem sie sich in der Zukunft einlassen werden."

Er schüttelte den Kopf. „Um mal beim Hier und Jetzt zu bleiben, sagst du, du willst, dass zu unserer Beziehung auch Sex gehört?"

„Sex mit einer Verbindung. Nur du, nur mit mir, solcher Sex. Kein Daten, keine Veränderungen unserer Beziehung darüber hinaus. Außerdem glaube ich nicht, dass sonst jemand erfahren muss, dass sich was verändert hat. Wir haben immer schon Zeit zusammen verbracht. Haben schon immer gern gemeinsam was unternommen, aber als Freunde. Das werden wir einfach beibehalten."

„Verstanden."

Sonora schaute sich in ihrem Haus um, dem Ort, den sie sich so bemüht hatte, zu ihrem zu machen, und sie war nicht bereit, von dieser Kontrolle etwas aufzugeben. Außerdem glaubte sie nicht, dass Ashton sie als mehr als eine Freundin in seinem Alltagsleben wollte. Nicht wirklich.

Er räusperte sich. „Was passiert, wenn sich die Dinge ändern?"

„Was meinst du?"

„Was, wenn du genug von mir hast?" Er grinste. „Ich habe vor, mein Bestes zu geben, dass es dazu nicht kommt, aber gibt es ein Verfallsdatum bei der Sache, dass wir miteinander Spaß haben?"

„Das hängt davon ab, wie gut du bist", scherzte sie, bevor sie es ehrlich probierte. „Ich weiß nicht, Ashton. Wir müssen das alles so nehmen, wie es kommt." Erheiterung machte sich breit. „Wir sind seit sechzehn Jahren Freunde. Vielleicht sind wir dann genauso lange Geliebte."

„Vielleicht." Seine Augen blitzten, und Hitze kroch über ihre Haut, während sein Blick über sie wanderte. „Was hältst du davon, wenn wir die nächsten sechzehn Jahre gleich jetzt anfangen?"

~

Unerwartet. Ganz gleich, dass sie einander schon seit Jahren kannten, Sonora schaffte es trotzdem, das Unerwartete zu tun, und seine Konzentration über den Haufen zu werfen.

Wie jetzt. Nicht die Unterhaltungen und all die erstaunlichen Wendungen, die sie genommen hatte, sondern die Tatsache, dass sie sofort aufstand und eine Hand ausstreckte.

Das Lächeln, das sie aufblitzen ließ, war so heiß, dass ihm die Knie weich wurden.

Ashton nahm ihre Hand und folgte ihr, überrascht, als sie am Sofa anhielt und ihn mit sich nach unten zog.

Eine weitere unerwartete Wendung. „Heute kein Schlafzimmer?"

„Ach, das sage ich doch überhaupt nicht." Sonora wackelte mit den Augenbrauen. „Ich will hier anfangen. Ich hatte eine Menge schmutziger Tagträume, die auf diesem Sofa ihren Anfang nahmen. Es wird Spaß machen, ein paar echte Erinnerungen dazukommen zu lassen."

Er war dabei. Er war total dabei.

Ashton richtete sich neu aus, bis sein Arm auf der Rückenlehne lag, kaum ihre Schultern streifte. Sein Oberschenkel drückte sich an ihren, und die Hitze ihres Oberkörpers legte sich um ihn. Der Geruch nach ihrem

Shampoo, das Geräusch ihrer Atmung – sie füllte seine Sinne auf jeder Ebene. „Ich bin wirklich interessiert am Anfangen."

„Hast du den Tag frei?", fragte Sonora.

Die Frage hörte er kaum. Sie hatte ihm die Hand auf die Brust gelegt und streichelte mit den Fingern in sanften, kaum wahrnehmbaren Kreisen. „Nein. Spätschicht."

„Das passt schon. Man muss sich also nicht beeilen." Sonoras Blick folgte ihrem Finger, während sie den obersten Knopf seines Hemdes öffnete. „Die Freiwilligen, die in der Tierrettung arbeiten, werden zwischen drei und fünf herkommen."

„Es ist erst zehn", erklärte er, erstaunt, dass er die Worte noch herausbrachte. Sonora beugte sich vor und presste ihm die Lippen auf den Hals. Feuchte Hitze, sanftes Liebkosen, sie in seinen Armen. „Du bringst mich noch um, Frau."

„Still. Das wollte ich schon ewig."

War das so?

Ashton schloss die Augen und ballte die Finger zu Fäusten, damit er nicht die Führung übernahm. Gegenseitiges Vergnügen, hatte sie gesagt. Sie hatte das gewollt? Er würde die Folter so lange andauern lassen, wie er es aushielt.

Sonora stöhnte, ein leises, bedürftiges Geräusch, und im nächsten Augenblick saß sie rittlings auf ihm. Das Gewicht ihres Hinterns, das sich auf seinen Oberschenkel niederließ, ließ alle möglichen Alarme aufheulen. Sie schrillten: *schneller, härter, mehr*.

Und als sie an seinem Ohr knabberte, bewegte er sich.

Mit den Händen auf ihrer Hüfte hob er sie weit genug hoch, um den Kontakt zwischen ihren Lippen und seinem Hals zu beenden. Der Positionswechsel befreite ihren Mund, damit er bereit für ihn war, als er dazu kam und sie in einem Kuss nahm, der klarmachte, dass er *darüber* auch eine lange, lange Zeit nachgedacht hatte.

Sonora vergrub die Finger in seinen Haaren, das leichte Brennen, als sie die Faust schloss und daran zerrte, sorgte dafür, dass er sich lebendig und wild fühlte. Bedürftig und dreist, während er ihren Hinterkopf in die Hand nahm und den Winkel veränderte. Den Kuss vertiefte, mehr forderte.

Als sie sich von ihm löste, anstatt ihn zu sich zu zerren, keuchten sie beide und rangen nach Luft.

Einen Augenblick lang schauten sie einander an, dann lächelte sie. „Ich freue mich darauf, diese Seite von dir kennenzulernen."

„Das sagst du jetzt", warnte er sie. „Es gefällt dir doch nicht, wenn ich dich herumkommandiere. Und ich habe große Angst, das ist die Seite, die vielleicht hervorkommt."

„Im Schlafzimmer?", scherzte sie.

„Im Schlafzimmer, auf dem Tisch, auf der Rückenlehne dieses verdammten Sofas." Er würde ihr weiter erzählen, wo er vorhatte, sie zu nehmen, tagelang, wenn dieser benommene Ausdruck in ihren Augen immer stärker wurde. „Wirst du damit fertig?"

„Ich werde mit dir bestens fertig, Ashton Stewart. Das tue ich doch schon seit ..."

Er nahm wieder ihrem Mund, lachte im ersten Augenblick, bis ihr Geschmack ihn überwältigte und alle Erheiterung im Staub hinter sich ließ.

Den Kuss zu genießen, war das erste, was auf seinem Plan stand, und Ashton widmete dieser Aufgabe eine richtig lange Zeit. An jenem Tag vor so langer Zeit hatte er sie auch geküsst. Aber die Erinnerung war verstrickt in Trauer und Schmerz und Trost. Obwohl es wirklich sexy und heiß gewesen war, war es ein unbezahlbarer Schatz, der nichts mit der körperlichen Dringlichkeit zu tun hatte, die sie nun antrieb.

Eine Feier des Lebens, hatte sie es genannt. Er erinnerte sich bis zum heutigen Tag an ihre Worte. Aber jetzt? War es eine Feier der Lebenden. Die Erfahrung eines durchweg dekadenten Augenblicks sexueller Freude.

Oder zumindest war es dahin unterwegs.

Sonora hatte wie magisch seine Knöpfe geöffnet, und als sie den Stoff zurückschob, knurrte sie empört an seinem Mund. „Du trägst ein Unterhemd", beschwerte sie sich.

Er lächelte, während sie das Hemd von seinen Schultern zog und begann, an dem Stoff an seiner Taille zu zerren. „Fast immer. Wir wohnen in Alberta, und ich arbeite mit Heu und Stroh. Da gibt es viele Gründe für eine zweite Schutzschicht."

Sonora schaute finster, lehnte sich zurück. „Runter damit."

„Jetzt kommandierst du mich aber ziemlich herum, meine Liebe." Er griff über den Kopf und riss das Kleidungsstück nach vorne und in einer Bewegung herunter. „Du bist dran."

Sonora zog den langärmligen Pulli aus, der ihre oberste Schicht war. Das dünne Oberteil darunter schmiegte sich ganz süß an ihre Kurven, und Ashton musste innehalten und kurz Luft holen. Er nahm ihre Handgelenke, bevor sie diese Schicht ausziehen konnte. „Ich will dich in einem Happen verschlingen. Ich will dich ausziehen und dich so schnell unter mir haben, ich kann gar nicht denken. Also weiß ich nicht, warum ich dich aufhalte, aber verdammt. Lass dich von mir erst mal so berühren."

War es, um die Vorfreude zu verlängern? Um ein paar Erinnerungen zusätzlich zu den unschuldigen Augenblicken der Bewunderung in den letzten Jahren zu schaffen?

Er wusste nur sicher, dass sie sich leicht zurücklehnte, ihre Brüste drückten an die weiche Baumwolle des Oberteils, und ihr Lächeln verzauberte ihn. „Dann berühre mich doch. Aber sei gewarnt: Ich werde den Gefallen erwidern."

Ashton legte die Handflächen auf ihre Taille. Liebkoste ihren Körper mit einer kontrollierten Konzentration, die besagte, dass er dran bleiben, aber sich nicht auf sie stürzen würde.

Stattdessen genoss er sie. Ein kleiner Happen, um sie zu necken und anzudeuten, was als nächstes kommen würde. Die Baumwolle unter seinen Händen war warm durch ihren Körper. Als er eine Hand hinter ihren Rücken gleiten ließ, beugte sie sich näher und summte zustimmend.

Die Bewegung hob ihre Brüste zu ihm wie ein Geschenk. Ashton grinste und nahm die Gabe an, schob eine Hand vor, um seine Handfläche mit den weichen Wundern zu füllen.

Die Spitze ihres Nippels neckte seine Haut, während er sich vorbeugte und wieder ihre Lippen nahm. Diesmal langsamer. Als er sie leicht auf die Unterlippe biss, tauschten sie erhitzte Luft aus, und er rieb mit dem Daumen vor und zurück, bis er mehr brauchte.

Ihre Hände strichen über seinen Oberkörper, die Fingernägel kratzten ihn leicht. „Lass mich mein Oberteil ausziehen", schlug sie vor.

„Nicht nötig." Ashton ließ eine Hand unter den Stoff gleiten und griff wieder zu, die dünne Schicht ihres BHs war jetzt alles, was noch zwischen ihnen war.

„Ich fühle mich wie ein Kind." Sonora strich mit den Fingern seinen Nacken hinauf, dann sanft über seine Lippen, den Blick auf ihn gerichtet, während sie spielte. „Als würde ich was tun, wofür ich Ärger kriege."

„Bei uns wird keiner reinplatzen", versicherte Ashton ihr. „Aber falls doch, wir sind doch Erwachsene, die das so wollen. Da kriegst du keine Schwierigkeiten."

Oder zumindest noch nicht.

„Willst du Kondome benutzen?", fragte er. „Falls ja, hast du welche?"

Sie lachte. „Heißt das, dass du nicht die ganze Zeit welche dabei hast?"

„Normalerweise schon, um ehrlich zu sein. Vor allem, um sie den Helfern zu geben, von denen ich glaube, dass sie was Unkluges vorhaben."

Sonoras Erheiterung wurde größer. „Ich hab sie normalerweise auch da, damit ich sie den Mädchen oder ihren Freunden geben kann, die was Ähnliches vorhaben."

Normalerweise. Was bedeutete, dass er diesmal kreativ werden musste. „Nächstes Mal bin ich vorbereitet."

„Gute Idee." Sie drückte ihm die Hände auf die Wangen und küsste ihn wieder. Eine süße, hungrige Bewegung, die ihn darauf vorbereitete, *langsam* bald mal hinter sich zu lassen.

Sonoras Handy klingelte. Sie wurden beide reglos.

„Beachte es nicht", schlug Ashton vor, aber sie hatte sich bereits von seinem Schoß gelöst und war zu ihrer Handtasche gegangen, um ein paar Knöpfe auf ihrem Handy zu drücken.

„Hi, Sophie." Sonora rümpfte die Nase, während sie einen Blick zurück zu Ashton warf. „Tut mir leid, ich hätte anrufen und dir sagen sollen, dass sich meine Pläne geändert haben. Da das Wetter so schlimm geworden ist, hat Ashton mich nach Hause gefahren."

Sophies Antwort erklang über Lautsprecher. „Ich freue mich, dass du in Sicherheit bist. Malachi ist unterwegs."

Verdammt.

Sonora beäugte ihr Handy verstimmt. „Warum kommt er vorbei?"

„Der Sturm, Mom. Er holt dich hierher. Falls es so schlimm wird, wie sie es womöglich vorhersagen, will ich nicht, dass du allein bist. Es könnten der Strom und die Heizung ausfallen."

„Ich habe einen Holzofen und Kerzen", sagte Sonora gedehnt. „Vielleicht solltet du, Malachi und Fern kommen und den Sturm bei mir aussitzen."

„Daran hätte ich eher denken sollen. Auf jeden Fall ist Malachi in den nächsten zehn Minuten bei dir. Bring doch das

Rezept für deine Schoko-Brownies mit. Fern hat danach gefragt." Sophie legte auf.

Sonora wandte sich mit einem resignierten Blick zu Ashton. „Sie meinen es gut."

„Kein Problem. Das verstehe ich." Er stand auf und ging zu ihr. „Sophie hat recht. Für mich ist es auch besser, wenn ich auf der Ranch bin, nur für den Fall. Unser neues Abenteuer beginnen wir, wenn die Zeit dafür passt."

„Da bleibt uns beiden Zeit, Kondome zu kaufen", scherzte Sonora.

Ashton zog sie an sich und küsste sie einmal mehr. Weil er es konnte. Weil er es wollte. „Pass auf dich auf. Wir reden bald."

Er schaffte es weg vom Haus, bevor Sonoras Schwiegersohn eintraf, das Geheimnis über die Veränderung zwischen ihnen war wie eine glühende Kohle, die sich in seiner Brust verbarg.

8

Ein Gutes entstand daraus, die Nacht bei ihrer Tochter verbracht zu haben. Sonora beäugte die Dutzend Körbe mit frisch gebackenen Leckerbissen mit großer Zufriedenheit, die derzeit den Kofferraum von Sophies Auto füllten.

„Zumindest haben wir was daraus gemacht, den Sturm des Jahrzehnts auszusitzen", scherzte Sonora.

Sophie streckte die Zunge raus. „Es gab trotzdem noch eineinhalb Meter Schnee über Nacht. Ich bin froh, dass es nicht so schlimm war, wie sie es vorhergesagt hatten. Schlimm genug, dass es auf dem Highway einen großen Unfall gab."

„Na ja, einer dieser Körbe kann zur Feuerwache", bot Sonora an. „Ich bin sicher, das Team, das während des Sturms raus musste, wird es zu schätzen wissen."

Es war nicht die sexy Beschäftigung gewesen, auf die Sonora gehofft hatte, aber sie konnte sich kaum beschweren, dass sie einen Abend mit ihrer Familie hatte genießen dürfen. Mit ihrer jüngsten Enkeltochter zu backen, hatte ihr und Fern die Zeit verschafft, sich auf den neuesten Stand zu bringen.

Familie war und würde bei Sonora immer an erster Stelle stehen.

Nun, da sie bereit waren, die Leckerbissen in der ganzen Stadt zu verteilen, wusste Sonora die Schneereifen und den Vierradantrieb von Sophies Fahrzeug zu schätzen, besonders, nachdem sie auf einigen der steileren Zufahrten der Gemeinde unterwegs gewesen waren.

Das schlechte Wetter hatte sie alle hereingelegt, indem es heftig, aber kurz gewesen war, und es gab überall große Schneehaufen, doch die Sonne schien mit einer fast heftigen Intensität. Die Temperatur war kurz über dem Gefrierpunkt, und nicht die eisige Kälte, die sie vor ein paar Tagen gehabt hatten.

Sophie warf einen Blick auf sie, während sie sich der Lone Pine Ranch näherten. „Es muss sich seltsam anfühlen, hier rauf zu kommen und nicht von Connie begrüßt zu werden."

„Es ist niemals einfach, eine Freundin zu verlieren", stimmte Sonora zu. Connie war eine der besonderen Freuden beim Umzug nach Heart Falls gewesen. Vor drei Jahren an Weihnachten war sie an Krebs gestorben, und der Schmerz blieb. „Ich bin froh, dass Patrick jetzt eine Familie hat, die bei ihm wohnt. Es wäre schon besonders einsam, hätte er nicht Brad, Hanna und Crissy."

„Ein bisschen einsam, wie es in deinem Haus wird?", fragte Sophie leise.

Vielleicht, aber Sonora war noch nicht bereit, ihre Freiheit aufzugeben. „Manchmal wird es einsam, aber es wird einsam auf eine Art, die ich mag. Würde es mir Spaß machen, noch jemanden da zu haben? Manchmal. Aber ich fühle mich immer noch, als würde ich lernen, wie ich am besten ich bin, und das ist leichter, wenn man nicht auf die Stimmen anderer hört."

Außer natürlich der Stimme ihres Mannes, wie man ihn,

oder es, oder was immer in ihrer Psyche vorging, nennen sollte, das sie mit Wahrheiten beglückte, die nicht zu leugnen waren.

Verdammter Geist.

„Solange du dir da noch sicher bist." Sophie blieb vor dem Haus stehen. Sie legte eine Hand auf Sonoras Arm. „Du musst den genauen nächsten Schritt nicht kennen, um zu sagen, dass du bereit für eine Veränderung bist. Ich verspreche, wir werden dich nicht abholen und umziehen, in dem Augenblick, in dem du was sagst. Falls du dir darum Sorgen gemacht hast."

„Es ist irgendwie gruselig, wie klug du bist", sagte Sonora.

Sophie zwinkerte. „Habe ich von den Besten gelernt."

Die Eingangstür öffnete sich, bevor sie auch nur auf die Klingel drückten. Hanna Ford stand mit einem einladenden Lächeln da und winkte sie vor. „Kommt rein, bevor die ganze Hitze rausgeht."

Crissy rannte zur Tür, die Elfjährige grinste breit. „Opa ist im Wohnzimmer. Willst du ihn treffen?"

„Opa ist hier, du Wirbelwind." Patrick lehnte sich auf seine Krücke und wackelte mit den Fingern einer Hand, um sie zu begrüßen. „Nur weil du schneller rennen kannst als ich, heißt das nicht, ich dass ich nicht dahin komme, wohin ich will."

„Wenn sie dich im Wohnzimmer besuchen, kann ich euch Tee und Plätzchen bringen", bot Crissy an.

„Was nur bedeutet, dass du dich an der Plätzchendose zu schaffen machen kannst und ganz bestimmt auch selbst wieder eine Handvoll genießt", sagte Hanna leise, während sie verschwörerisch den Kopf zu Sonora beugte.

„Wir hätten gerne Tee", sagte Sophie ernsthaft zu Crissy. „Und wir haben was Süßes dabei. Vielleicht kannst du das ins Wohnzimmer bringen, damit dein Opa sich was aussuchen kann?"

Patrick klatschte in die Hände. „Weihnachtsgebäck. Eines meiner liebsten Dinge."

Sophie nahm ihre Jacke ab, dann begleitete sie Patrick ins Wohnzimmer. Crissy ging in die Küche, aber Hanna blieb, um Sonora zu helfen, ihre Sachen aufzuhängen.

Oder zumindest schien das die Ausrede zu sein, die sie fand.

Sonora beäugte die jüngere Frau zurückhaltend. Sie hatte ein Strahlen an sich, und als Hanna ihren hellroten Weihnachtspulli über ihrem Bauch glättete, ein sanftes Lächeln auf den Lippen, wuchs Sonoras Argwohn.

Hanna schaute auf und wurde rot. „Ups?"

„Ich werde nicht fragen", setzte Sonora sie in Kenntnis. „Wenn du was zu sagen hast, ist das was, das du direkt sagen musst."

Hanna warf einen Blick hinter sich, dann trat sie näher heran. „Crissy weiß es noch nicht, aber ja. Der Termin ist im Juni."

Sonora umarmte die jüngere Frau fest. Die nächsten Schritte waren immer groß und wichtig, ganz gleich, wie alltäglich sie waren. „Connie hätte sich sehr gefreut über die Familie, die du dir hier mit Brad aufbaust."

Hannas Augen leuchteten, als sie zurücktrat. „Brad ist begeistert, und Patrick genauso."

„Das ist auch recht so." Sonora drückte sich die Finger auf die Lippen. „Jetzt sehen wir mal, ob Crissy irgendwas vom Gebäck für Patrick übrig gelassen hat."

Hanna legte einen Arm um Sonora und führte sie ins Wohnzimmer, um sie herum tänzelte Gelächter.

Eine Stunde später beendeten Sonora und Patrick ihr Cribbage-Spiel, während Hanna und Crissy Sophie zur Scheune brachten, um kurz die Kätzchen zu kuscheln.

„Du hast doch was vor", verkündete Patrick über das Spielbrett hinweg.

Sonora blinzelte, schaute auf ihre Hand. „Ich mogle nicht."

Patrick verschränkte die Arme vor der Brust, schüttelte langsam den Kopf. „Ich rede doch nicht von den Karten." Er beugte sich dichter zu ihr, sein Blick kam aus zusammengekniffenen Augen. „Deine Miene. Das habe ich schon mal gesehen. Das bedeutet, du heckst was aus."

„Wirklich?" Sonora legte so viel Schock und Unglauben in ihre Stimme, wie es nur möglich war.

Er beäugte sie, Erheiterung spielte um seine Lippen. „Du hattest dieselbe Miene auf wie damals, als du und Connie die erste Junggesellenversteigerung organisiert haben."

Sonora lächelte ihn süß an. „Und daraus ist ein äußerst erfolgreicher jährlicher Spendenaufruf geworden."

„Und ein andermal hast du Connie irgendwie in eine Wette verwickelt, zu der gehörte, dass das Café vom Ort nach ihr benannt wurde." Patrick schüttelte den Kopf. „Okay, das ist schon witzig. Ich höre immer, dass Stephanie und Jason die ganze Zeit erklären müssen, dass Connie zwar eine echte Person war, aber nein, sie ist keine Verwandte von ihnen oder eine frühere Besitzerin."

„Nur jemand, der sehr gut beim Quiz war", rief Sonora Patrick in Erinnerung. „Es war eigentlich Stephanies Schuld. Alle anderen in der Stadt wussten es besser, als sich mit Conny anzulegen, wenn es um Trivial Pursuit ging."

Patrick nahm wieder die Karten auf und richtete sie neu aus. Er schob eine auf die andere Seite und dann wieder zurück, schlug Zeit tot. „Ich sage nur, ich kenne dich schon sehr lange, Sonora. Ich wünsche mir Gutes für dich, was bedeutet, wenn du Ärger planst, hoffe ich, es ist die beste Art von Ärger. Denk dran, wenn du irgendwas brauchst, bin ich zwar nicht Connie, aber ich bin trotzdem noch dein Freund."

Sonora legte eine Hand auf seine. „Weiß ich. Und ich bin darum dankbar. Was immer für einen Schabernack ich plane, ich verspreche, ich werde vorsichtig sein und gleichzeitig Spaß haben."

Und dann hoffte sie wirklich, dass Ashton in nächster Zeit bald mal vorbeikam, denn Patrick war gut genug mit ihnen *beiden* befreundet, dass er eins und eins zusammen zählen und Ärger aushecken konnte.

Genauso wie ihre Enkelinnen inzwischen angefangen hatten, Ärger zu machen.

Sonora umarmte Patrick fest, als es Zeit war zu gehen, nahm eine Umarmung und einen Kuss von Crissy entgegen und drückte Hanna ein letztes Mal.

Sophie seufzte glücklich, während sie die schmale Straße zurück nach Heart Falls nahmen. „Ich freue mich so für sie. Sie haben in den letzten Jahren ein paar schwierige Augenblicke erlebt, aber sie sind gemeinsam daraus hervorgegangen und gewachsen."

„Genau wie unsere Familie", entgegnete Sonora. Sie lächelte ihre Tochter an. „Ivy und Walker sind eine Freude. Rose und Tansy blühen auf in dem, was sie machen. Ich weiß, der Erfolg des Ladens war nur möglich, weil du und Malachi ihnen Rat gegeben habt."

„Du hast ihnen Geld angeboten, damit sie überhaupt erst eröffnen können", erwiderte Sophie sanft. „Familie kümmert sich umeinander, wie immer wir es brauchen."

„Was braucht Fern?", fragte Sonora, die ehrlich interessiert war. Der Abend, den sie zusammen mit Backen verbracht hatten, war süß gewesen, doch Fern gab ihre Geheimnisse nicht leicht preis. Was immer ihrer jüngsten Enkeltochter durch den Kopf ging, war völlig verborgen geblieben. „Sie scheint sich glücklich in vielen Dingen zu engagieren, aber ich gehe davon aus, dass sie auch auf der Suche ist."

„Ich glaube, im Augenblick geht es ihr gut, aber du hast recht. Wir werden Ausschau halten." Sophie fuhr mit dem

Auto zur Feuerwache. „Noch ein Halt, dann bringe ich dich nach Hause."

Sonoras Haus war kalt, als sie hineinging, aber es dauerte nicht lange, den Kamin auflodern zu lassen. Sie machte sich eine Tasse Tee und setzte sich auf das Sofa, um ihre Optionen durchzugehen.

Sie waren ja beide einverstanden gewesen, die Beziehung so ändern, dass sie breiter aufgestellt waren als vorher, aber vor allem anderen waren sie und Ashton befreundet. Ihn einfach nur anzurufen, damit er vorbeikam, um mit ihr zu schlafen, war nicht, was sie für die Zukunft geplant hatte.

Sie hatten es gestern gesagt. Sechzehn Jahre lang waren sie Freunde gewesen. Wie würde es aussehen, sechzehn Jahre lang Geliebte zu sein? Und wie würden sie beides miteinander kombinieren?

Sie dachte über das nach, was sie von seiner Routine wusste, bevor sie ihr Handy herausholte und eine Nachricht schrieb.

> Sonora: Ich nehme an, du schläfst gerade nach deiner Nachtschicht. Komm doch morgen zum Abendessen vorbei, falls das funktioniert. Du kannst das Dessert mitbringen.

Sie wollte ihr Handy schon wegstecken, als ihr ihr Fehler bewusst wurde. Ashton eine Nachricht zu schreiben, war ziemlich wenig zielführend. Die Chance, dass er seine Nachrichten öffnete, war gering.

Sie wollte ihm aber nicht auch noch eine Sprachnachricht hinterlassen oder eine E-Mail schicken, denn eine Nachricht, die ihn darum bat, zum Essen vorbeizukommen, mit dem angedeuteten Sex-danach-Angebot, reichte. Zwei Kontaktaufnahmen kamen ihr verzweifelt vor, und drei wären jenseits von elend. So viele Versuche, um ihn zu erreichen, würden Signale schicken, dass sie vorhatte, fordernd und schwierig zu sein, und das war nicht der Gedanke hinter den veränderten Umständen.

Sonora seufzte. Es wäre schön gewesen, hätten sie gestern eine weitere Stunde ohne Störungen gehabt.

Als Ashton am Sonntag oder am folgenden Vormittag nicht schrieb oder anrief oder ihr eine Nachricht schickte, schüttelte sie aber nur erheitert den Kopf und nahm es gelassen hin.

Aber am späten Montagnachmittag wollte sie wirklich wissen, wann sie einander das nächste Mal treffen würden.

Sie wollte ihn gerade anrufen, als ein Windstoß fast das Dach abheben ließ. Sonora rannte zum Fenster und sah zu, wie der Schnee so fest und schnell zu fallen begann, dass sie ihre Zufahrt nicht mehr sehen konnte.

So viel also dazu, dem vorhergesagten schlimmen Wetter entkommen zu sein. Der Sturm des Jahrzehnts war eingetroffen.

„In der Kantine ist der Strom ausgefallen." Luke Stone schob die Tür hinter sich zu und schüttelte den Schnee von den Schultern, während er dort hinkam, wo Ashton ein Notfalltreffen mit den Helfern abhielt.

„Das letzte Mal, als das so war, hast du das doch wieder zum Laufen gebracht." Caleb wies mit dem Kopf auf Ashton. „Glaubst du, das kriegst du wieder hin? Denn die Chance, dass wir jetzt einen Elektriker hier raus bekommen, geht gegen null."

„Schickt jemanden mit mir, damit ich noch ein paar Hände habe, und ich versuche es." Ashton deutete auf die Männer, die rechts von ihm versammelt waren. „Auf der nördlichen Weide sind noch Tiere. Wir müssen sie in Unterstände schaffen und aus dem Wind raus. Bleibt bei eurem Partner, bewegt die Tiere zu der Schlucht hin, wenn ihr könnt. Sie werden eher geneigt sein, dort hinzugehen, und raus aus dem Wind", rief er ihnen in Erinnerung.

So hatte Ashton diesen Tag nicht geplant. Er hatte sich eine Liste mit Arbeitsaufgaben geschrieben, die er erledigen musste, und ein paar Dinge für Freunde dazu gestellt, aber sich mit Sonora zu treffen, war sein eigentliches Ziel gewesen.

Einen Teil des Vormittags hatte er damit verbracht, nach der Information über den Stern zu suchen, nach dem Brooke gefragt hatte. Der Himmel war wunderbar hellblau gewesen, als er schließlich Mack aufgespürt und ihn hatte wissen lassen, wo man nachsehen musste.

Verdammt. Er hoffte, Mack hatte nichts Törichtes getan, wie etwa auf der Suche dort hinzufahren. Ashton holte sein Handy heraus, um ihm eine warnende Nachricht zu schicken, und sah Sonoras einige Tage alte Einladung zum Abendessen.

Noch etwas, das Ashton nicht tun würde, bis das Wetter wieder zur Ruhe kam.

Caleb schloss sich den Helfern an, um sicherzustellen, dass sie die Ausrüstung hatten, die sie warmhalten würde.

Luke ging mit Ashton, während sie durch die Scheunen eilten und zur Kantine unterwegs waren. „Und da dachte ich noch, wir hätten es geschafft, dem Sturm zu entgehen."

„Ich würde dir ja was davon erzählen, dass du den Tag nicht vor dem Abend loben sollst, aber ich habe auf dasselbe gehofft", gab Ashton zu. Er liebte seine Aufgaben, liebte die Arbeit auf Silver Stone. Aber er hatte gehofft, gerade jetzt schon zu Sonora unterwegs zu sein.

Stattdessen arbeiteten er und Luke eine Stunde, bevor sie endlich den kaputten Schaltkreis fanden. Sobald der Strom in der Kantine wieder lief, wartete eine weitere Aufgabe, die man unbedingt erledigen musste. Und dann noch eine.

Luke blieb allerdings bei ihm, und Ashton war dankbar um die Gesellschaft. Sie gingen zur Kaffeemaschine und füllten sich Tassen mit der dunklen, dampfenden Flüssigkeit, machten Pause, um mal wieder zu Atem zu kommen.

Ashton beäugte den jüngeren Mann. „Sag mir, was du und Kelli für das neue Jahr vorhabt."

„Nicht viel Außergewöhnliches", gab Luke zu, doch er ließ ein Grinsen sehen. „Dass wir einfach nur zusammen sind, ist immer noch so toll, dass ich zugeben muss, dass es sich eigentlich nie alltäglich anfühlt."

„Ihr beiden gehört zusammen", sagte Ashton einfach.

„Du willst mir nicht mehr die Ohren lang ziehen?", scherzte Luke.

Ashton hob eine Augenbraue. „Deine *Ohren* waren da eigentlich nie in Gefahr."

Luke lachte, fuhr aber leicht zusammen. „Habe ich verstanden."

Kelli James, inzwischen Kelli Stone, war jahrelang die einzige weibliche Helferin auf Silver Stone gewesen, und Ashton hatte sich mehr als nur zuständig gefühlt, auf sie aufzupassen. Dass sie und Luke sich im Lauf der Jahre so gut verstanden hatten, war etwas Gutes gewesen.

Verdammt sei sein Bruder, dass er ständig nahelegte, Ashton hätte keine Kinder. Er hatte so viele Leute, bei denen es ihm wichtig war, sie gut aufwachsen zu sehen, das war richtiggehend empörend.

Der Montagabend verschwand in einem Aufruhr aus Aufgaben und der Bewältigung des Sturms. Ashton hatte kaum Zeit, Luft zu holen, aber schließlich konnte er einen Moment freischaufeln, um auf Sonoras Einladung zu antworten.

Ashton: Tut mir leid. Das habe ich zu spät gesehen, und wie du erkennen kannst, sind die Wettergötter derzeit gegen uns. Wollen wir es verschieben?

Es war Dienstagvormittag, bis er eine weitere Gelegenheit bekam, um nach ihrer Antwort zu schauen.

Sonora: Technik ist an dich verschwendet. Aber wirklich.

Sonora: Natürlich verschieben wir es. Ich hoffe, auf Silver Stone ist alles gut. Ich sitze im Haus fest, ich habe genug Feuerholz und keine Probleme mit der Elektrik. Den Tieren im Tierheim geht es allen gut. Ich habe derzeit sowieso nicht viele.

Sonora: Wir kümmern uns darum, dass wir uns nach den Weihnachtstagen treffen. Frohe Weihnachten, Ashton.

Das war alles. So weit war sie betroffen.

Es war … seltsam, aber richtig. Sie hatten einander noch nie im Nacken gesessen, und obwohl er sich mit ihr auf dieses nächste Level stürzen wollte …

Bestand kein Grund zur Eile.

Oder zumindest versuchte er, sich das zu sagen, während er am ersten Weihnachtsfeiertag mit einem Ständer und schmutzigen Tagträumen aufwachte, die immer noch durch seine Gedanken gingen.

Traditionen waren etwas Wunderbares, aber in diesem Augenblick wünschte sich Ashton, er könne die ganze Weihnachtssaison in den Müll werfen.

Normalerweise war es, wenn man in das Haupthaus der Ranch bei den Stones ging, als würde man eine warme Umarmung genießen. Seit ihre Eltern gestorben waren, hatten Caleb und seine Geschwister ihr Bestes getan, um neue

Erinnerungen zu schaffen. Es hatte ein paar Jahre gegeben, in denen leichte Panik aufgekommen war, weil so viel zu bewältigen war, bis Ashton vorgeschlagen hatte, dass sie nicht versuchen wollte, alles vorab zu erledigen.

Was bedeutete, der Heiligabend, nachdem die Jungen ins Bett gegangen waren, war der Zeitpunkt, an dem der Baum wie durch Magie aufgestellt wurde. In den frühen Jahren war es nur Dustin gewesen, der zu der Überraschung von Geschenken und Lametta und Zimtduft aufwachte. In den ersten Jahren, nachdem seine Freunde gestorben waren, war Ashton am Vorabend da gewesen, hatte geholfen, den Baum aufzustellen, und dann war er gleich am Morgen wiedergekommen.

Manche Traditionen hatten sich verändert. Nun, da Caleb und Tamara glücklich in dem Haus eingerichtet waren, die älteren Jungs verheiratet waren und in der Nähe lebten, beschränkte sich Ashtons Aufgabe darauf, zum Weihnachtsessen am Mittag vorbeizukommen und seine Fiedel mitzubringen, um darauf zu spielen.

Eigentlich wollte er rüber zu Sonoras Haus, aber mit dem vielen Schnee in den letzten achtundvierzig Stunden, der schließlich ein Ende gefunden hatte, konnte er nicht einfach wegfahren. Außerdem war sie bei der Familie Fields. Sonora, ihre unverheirateten Enkelinnen und Ivy und Walker trafen sich heute Vormittag mit Sophie und Malachi, und das war gut so.

Sie gehörte dorthin. Er gehörte hierher.

Ashton genoss die Mahlzeit und das Gelächter. Er spielte ein paar Lieder, während die Kinder tanzten und das Haus von Glück erfüllt war. Walker kam mit Ivy, setzte sie bald in eine stille Ecke, damit sie an dem Treffen auf ihre eigene Art teilnehmen konnte, und die Familie schien sich sogar noch fester zu verbinden, direkt vor Ashtons Augen.

Der Gedanke kam ihm schnell und heftig. *Was mein Bruder Steve mit Lynn hat, ist gar nicht wie das, was die Stones sich geschaffen haben.*

Ashton saß einen Moment stumm da und fragte sich, weshalb die Wahrheit aus dem Nichts zu ihm gekommen war. Es war die Wahrheit – absolut.

Es war nicht, dass die Ehe etwas Schreckliches war. Caleb und Tamara und Walter und Deb vor ihnen bewiesen das. Der Augenblick dazwischen, in dem Calebs erste Ehe gescheitert war, war ebenfalls wahr, aber die positiven Grundlagen, die seine Freunde aufgebaut hatten, waren der Anfang von etwas Wunderbarem gewesen. Walker und Ivy. Luke und Kelli.

„Du wirkst abgelenkt." Caleb legte Ashton eine Hand auf die Schulter. „Machst du dir Sorgen wegen der Nachwirkungen des Sturms?"

Ashton schaute den Mann an, sein Verstand hatte Mühe, aufzuholen. Es war gut, das als Ausrede zu haben, andererseits wollte er nicht, dass Caleb sich Gedanken machte. „Alle haben erledigt, was erledigt werden muss. Ich habe nur eine Menge Zeug, das mir durch den Kopf geht."

Caleb drückte ihm die Schulter, dann setzte er sich neben ihn. „Veränderungen geschehen langsam, wie es scheint. Das Wetter, die Tiere." Er schaute sich im Raum bei seinen Brüdern und ihren Frauen und seinen Kindern um, die fröhlich mit ihren Onkeln und Tanten herumtollten. „Viele gute Veränderungen."

„Sehe ich auch so."

Caleb schaute ihn nicht an, doch seine nächsten Worte waren betont. „Du nimmst auch die Veränderungen vor, die du brauchst. Du bist ein felsenfester Teil dieser Familie, aber das heißt nicht, dass du ein Fels sein musst."

Ashton hielt inne. Die Worte reichten aus, dass er sich

zurücklehnte und den Mann vor sich betrachtete. Er schaute sich Caleb wirklich an und sah jemand Neuen.

Caleb war nicht mehr der junge Mann, der er vor all den Jahren gewesen war, überwältigt durch das Gewicht der Verantwortung, das ihm die Zeit und die Umstände auferlegt hatten.

Natürlich war er älter, aber es war sein Gefühl der Bestimmung und seines eigenen Wertes, die Caleb auf genau die richtige Art unerschütterlich gemacht hatten. Er hatte eine Frau, die ihn unterstützte und ihn aufmerksam machte, wenn er vom Weg abkam. Er hatte Kinder, die ihm die Aufgabe gaben, in die Zukunft zu zielen, und Familienmitglieder, die stark genug waren, um ihn aufzurichten.

Caleb brauchte Ashton nicht mehr so wie früher. Das Wissen war gut, doch bis auf die Seele erschütternd.

Er würde mehr Zeit brauchen, um die Veränderung wirklich zu verstehen, aber vorerst neigte Ashton das Kinn und hörte die herzliche Botschaft hinter den Worten. „Ich bin gern Teil der Familie. Und ich fühle mich nicht schlecht behandelt oder in der Falle", beharrte er aufrichtig.

„Das freut mich", sagte Caleb, sein Blick wanderte wieder hinüber zu seiner Familie. „Ich will, dass du das Gefühl hast, immer einen Platz auf Silver Stone zu haben. Und das ist überhaupt kein verdeckter Hinweis, aber wenn du die Dinge verändern willst, wenn du nicht mehr mitten in einem Sturm auf Strommasten klettern willst, lass es mich wissen. Du solltest darüber nachdenken, ein paar Jahre einen Lehrling dazuzuholen, wenn du magst. Damit der Übergang glatter läuft."

„Den soll ich dann den Strommast raufklettern lassen?"

Caleb grinste. „Vielleicht. Wenn du bereit bist, reden wir über das, was als nächstes kommt. Abgemacht?"

„An diesem Punkt bin ich noch nicht, aber abgemacht", stimmte Ashton zu.

Die Unterhaltung brach ab, als Tamara herüber kam und den acht Monate alten Tyler Ashton übergab. „Du schuldest mir einen Tanz", sagte sie zu Caleb und zog ihn auf die Beine.

Zur Freude der Kinder wirbelte Caleb Tamara in dem offenen Raum vor der Küche herum. Luke drehte das Radio auf, dann zog er Kelli in die Arme. Walker hielt seine Arme auf, und Ivy schloss sich ihm an, und sie tanzten alle, bewegten sich zusammen vor Freude und Glück und einem Gefühl der Richtigkeit, das Ashton das Herz wärmte.

Gute Leute. Gute, solide Leute, die er das Glück hatte, in seiner Welt zu haben.

Wenig später schlüpfte er hinaus, dass warme Leuchten blieb bei ihm, während er in die Winternacht hinaustrat. Sein Hund Beauty kam kurz zu ihm, um gestreichelt zu werden, bevor er zurück in die Wärme der Scheune rannte, um sich den anderen Ranchhunden anzuschließen.

Ashton war auf halbem Weg zurück über den Hof, als ihm ein weiteres warmes Leuchten auffiel, und das kam aus den Fenstern seiner Räume in der Schlafbaracke. Es war hübsch, aber gleichzeitig schaute er sich um, um zu sehen, ob irgendeiner der Helfer in Sicht war.

Er hatte viel zu oft davon gepredigt, Strom zu sparen und die Lichter abzuschalten, um ohne einen Tadel davonzukommen. Der verdammte Teil, von dem er sich sicher war, war aber, dass er sie abgeschaltet hatte. Doch offensichtlich hatte er das nicht.

Er grollte, während er durch die Tür ging, und dann kam er ruckartig zum Stillstand.

Es war kein Deckenlicht, das er angelassen hatte. Sonora war da, zusammengerollt auf seinem Sofa. Ein kleiner

Weihnachtsbaum zum Einstecken mit hellgelben Lichtern am Ende der Äste glühte an der Wand daneben.

„Du bist da.“ Es war keine einfallsreiche Feststellung, aber mehr hatte er nicht.

„Bin ich“, erwiderte sie, legte ihr Buch ab und stand auf. Sie kam zu ihm, ein Lächeln auf dem Gesicht. „Ich hoffe, dir macht es nichts, dass ich mich selbst eingeladen habe. Aber ich habe ein Geschenk, das ich dir überreichen will, und es ist immer noch Weihnachten.“

Da fiel ihm auf, was sie trug. Ein silberner Bademantel, der kaum bis über die Knie ging, und von einem leuchtend roten Band gehalten wurde, das an der Taille geschnürt war.

Ashton hob den Blick, um ihr in die Augen zu schauen. „Frohe Weihnachten für mich.“

9

Es hatte auf sie notwendig gewirkt. Nachdem ihre Pläne durch die Familie und Mutter Natur über den Haufen geworfen worden waren, war es die einzige machbare Option gewesen, die Kontrolle über die Situation zu übernehmen.

Und obwohl sie dazu etwas hatte jonglieren müssen, war Sonora mit dem Ergebnis zufrieden.

Besonders mit der Art, wie Ashton sie ansah.

„Ich will ja nicht ins Detail gehen, aber wie bist du hergekommen?", fragte Ashton, während er seine Stiefel und die Jacke auszog und dann zu ihr trat.

„Rose und Tansy haben mich auf ihrem Weg zur Familienversammlung der Fields heute Vormittag abgeholt. Sophie hat mir ihren Truck geliehen, um nach Hause zu fahren. Das heißt, ich habe ein Fahrzeug, das guten Halt hat, darum musst du dir um mich keine Sorgen machen, wenn ich gehe. Und falls du dich fragst, ich habe auf dem Parkplatz der Helfer geparkt und bin dann durch die Scheune gekommen. Niemand hat mich gesehen."

„Was vermutlich eine Einzelheit ist, auf die ich sehr viel mehr geistige Energie verwenden sollte, aber ich bin derzeit irgendwie abgelenkt."

Er strich mit den Fingern vorne über ihren Bademantel hinab, und sofort ragten ihre Nippel unter dem Stoff vor. „Trotz des Risikos, dass du Nein sagst, frage ich noch mal. Bist du sicher, dass du das willst? Jetzt? Heute Abend?"

„Ich hätte nicht gedacht, dass ein Ablaufdatum auf dem Angebot steht oder sonst was. Ich will einfach nur bei dir sein", sagte Sonora nur.

Diese talentierten Finger wanderten weiter nach oben, hielten inne, als sie eine der steifen Erhebungen erkundeten. Er krümmte den Finger und strich mit dem Knöchel über die Spitze, und ihr ganzer Körper stand vor Vorfreude in Flammen.

„Das freut mich." Ashton ließ die andere Hand um ihren Rücken gleiten und zog ihre Oberkörper aneinander. „Das freut mich außerordentlich."

Sie schaute auf, er lehnte sich herab, und ihre Münder trafen sich erneut. Diesmal war es weniger Schock, aber auch nicht annähernd vertraut. Immer noch prickelnd bis in die letzten Nervenenden, ließ es ein Sehnen im Körper aufkommen, die Vorfreude auf die Lust schickte winzige Impulse, die von ihrem Innersten ausstrahlen.

„Vielen Dank für meinen Weihnachtsbaum", flüsterte er an ihren Lippen.

Sie ließ die Hände an der Taille seiner Jeans hinabgleiten, bis sie so viel Stoff in der Faust gesammelt hatte, um mit dem Ausziehen zu beginnen. „Sieh dir seinen Schmuck etwas genauer an."

Er hielt sie an seinem Oberkörper, während er den Kopf zur Seite drehte. Ein heftiges Lachen brach aus ihm vor, während er sich die winzigen Pakete anschaute, die an den Ästen hingen. „Hast du die gebastelt?"

„So ist es. Hab ich auf Pinterest gesehen“, sagte sie gedehnt.

Ashton beugte sich zur Seite und holte sich einen der Schneemänner vom Baum. Drei silberne Kondompäckchen waren strategisch zusammengeklebt, mit Wackelaugen und farbigen Tonpapierstücken, damit die Nase, der Mund und die Knöpfe entstanden.

„Ich weiß nicht, was für eine seltsame Bedeutung Schneemänner und Sex zusammen haben sollen, aber ich danke dir für diesen Vorrat.“

„Keine versteckten Botschaften, das verspreche ich.“ Sonora ließ die Hände an seinem Hemd hinaufgleiten. Heiße männliche Haut war an ihren Handflächen, und sie seufzte glücklich. „Bitte zieh dich aus.“

Seine Antwort war, nach dem Gürtel ihres Bademantels zu greifen und ihn langsam zu öffnen. Er trennte den Stoff, und seine Atmung wurde etwas schneller. Sie war nicht mutig genug gewesen, unter dem Bademantel völlig nackt zu sein. Ihr hübschestes Unterwäsche-Set verlieh ihr den Mut, ihr Kinn erhoben zu halten, während sein Blick über sie wanderte.

Ashtons Finger gingen erst zu ihrem Tattoo, eine kaum spürbare Berührung neckte sie, während er über die Linien strich, die in den Jahren seit ihrer letzten Zusammenkunft dazugekommen waren. „Sonora. Das ist wunderschön.“ Er schaute ihr in die Augen. „Du bist wunderschön.“

Er ließ die Handflächen über ihren Körper und ihren Rücken hinab gleiten, bis er ihren Hintern zu fassen bekam. Als er sie an sich zog, öffneten sich die Seiten des Bademantels, sodass ihre nackte Haut an sein Baumwollhemd streifte, und den raueren Stoff seiner Jeans.

Seine Lippen auf ihren fühlten sich richtig an. Ließen sie innerlich sehnen, während er ihre Zunge neckte, damit sie mit seiner spielte. Er drückte ihr eine Reihe von Küssen am Kinn entlang, bis zu der Stelle unter dem Ohr, sodass ein Beben von oben bis unten über sie wogte.

Während sie sich küssten, berührte sie ihn überall. Hände über seinen Armen, die Fingerspitzen strichen über den Bizeps und Trizeps, voll tiefer Zuneigung. Wanderten über die Muskeln seines Rückens und hinab an seiner Wirbelsäule, und Sonora genoss den Kontakt, bis er derjenige war, der stöhnte.

Immer noch küssend führte Ashton sie in sein Schlafzimmer. Sie fühlte sich überhaupt nicht schuldig, dass sie in diesem Raum bereits gewesen war, um sicherzustellen, dass er für diesen Augenblick auch bereit war. Sie hatte sich keine Sorgen gemacht, dass sie ein Durcheinander finden würde, nicht so diszipliniert, wie er war. Aber als sie mit den Kniekehlen an die Matratze stieß, wusste sie, dass die Decke bereits zurückgeschlagen war, und nichts ihnen im Weg sein würde, um die Reise fortzusetzen, die sie begonnen hatten.

Ihm entwischte ein leises Lachen, während er sie halb hochhob und auf der Matratze absetzte, bevor er neben sie stieg. „Ich hatte wohl Besuch von Goldlöckchen. War das Bett zu weich oder zu hart?"

Sonora öffnete die Beine und ließ zu, dass sich seine Hüfte zwischen ihren Oberschenkeln niederließ. „Genau richtig. Besonders jetzt."

Sie küssten sich wieder, aber noch während ihre Zungen einander umkreisten, hob sie die Hüfte, um sich an der Härte seines deutlich begeisterten Schwanzes zu wiegen. Ihre Sinne drehten sich, und als sie seine Zunge in ihren Mund saugte, zuckten seine Hüften automatisch.

Ashton schnappte nach Luft, dann zog er sich zurück. „Wenn du das weiter so machst, werde ich nicht durchhalten", warnte er.

„Es gibt ja auch keine Quote." Das gespielte Funkeln, das sie ihm zuwarf, beeindruckte ihn überhaupt nicht. „Du bist echt nicht gut darin, Befehle anzunehmen, oder? Du solltest doch nackt sein."

„Nicht, bis ich dich nicht erst einmal ran genommen habe." Seine Stimme war so tief und rau, dass sie wie eine körperliche Berührung über ihre Haut streifte.

Er ließ eine Hand über ihren Bauch gleiten, bis er auf ihrem Venusvögel innehielt.

Ein leiser Fluch entschlüpfte ihm, während er starke Finger zwischen ihre Schamlippen stieß. Er leckte sich die Lippen. „Du bist feucht."

„Ich habe die letzten paar Stunden an dich gedacht, und an das, was wir vielleicht vorhaben könnten", erklärte sie. „Das reicht, dass bei jedem der Motor zum Laufen kommt."

„Gut zu wissen." Er schob die Finger etwas tiefer hinein, bevor er sie zurückzog, ein sanftes Streichen über ihre Klitoris, das sich toll anfühlte.

„Mach das noch mal", forderte sie.

Sein Grinsen war regelrecht fies. „Ich muss erst noch was anderes machen."

Er ließ die Hand besitzergreifend über ihren Venushügel gleiten, während er den Kopf zu ihrer Brust senkte, bevor er seine Lippen um einen Nippel schloss.

Empfindung folgte auf Empfindung. Die empfindlichen Spitzen reagierten auf die Hitze seines Mundes und das träge Kreisen seiner Zunge. Das allein hätte ihr schon Lust verschafft, nach all den Jahren, in denen sie niemand berührt hatte.

Aber zusammen mit der Art, wie er seine Finger bewegte, die leiseste Bewegung, mit der intimsten Liebkosung ...

Sonora schloss die Augen, legte die Hände um seine Schulter und ließ ihn die Kontrolle übernehmen.

~

Ashton konnte sich nicht an das letzte Mal erinnern, dass er so schnell so angetörnt gewesen war. Es war nicht nur, dass die Frau schön war, sondern sie war …

Sonora. Nicht nur Kurven und Kuhlen, sondern auch Haltung und Frechheit und Macht.

Langsam zu machen, brauchte jegliche Selbstbeherrschung, die er hatte. Die Geräusche von ihren Lippen, das leise Keuchen und Stöhnen, machten ihn heiß und schickten ein sengendes Verlangen über seine Nervenbahnen. Schickten einen Impuls, der sich um seinen Schwanz und seine Eier legte und bei seinen Gehirnzellen für einen Kurzschluss sorgte.

Er schob einen Finger tiefer in ihre Scheide, und sie schnappte nach Luft. Muskeln spannten sich fest an, während er sie innerlich streichelte und mit dem Daumen ihre Klitoris streifte.

„Ja, mach das noch mal." Sonora fluchte, öffnete die Beine weiter, damit er sich leichter bewegen konnte. Ashton lächelte und legte den Kopf wieder an ihre Brust, saugte direkt durch den Stoff daran. Während er sie mit zwei Fingern fickte, schob er mit dem Mund ihren BH-Cup zur Seite und leckte fest über ihren Nippel, bis sich ihre Muschi um seine Hand anspannte, und ihr Höhepunkt setzte ein.

Er zog seine Boxershorts aus, holte sie an den Rand des Bettes, und nachdem er sie ihrer Unterwäsche entledigt hatte, legte er den Mund über ihr pulsierendes Geschlecht.

Sie schrie vor Freude auf und vergrub die Finger in seinen Haaren. Sonora wurde wild, bog sich noch fester zu seinem Mund durch, rief seinen Namen, kam immer noch heftig um seine Finger, und er war kurz davor, sich ihr anzuschließen.

Er kämpfte um Kontrolle und schaffte es gerade so. Er ließ die Zunge über ihre Klitoris tänzeln, streichelte ihre Schamlippen und stieß die Finger immer wieder in sie hinein, bis eine weitere Welle anbrandete. Erst dann bewegte er sich.

Es dauerte kurz, ein Kondom von seinem Beistelltisch zu holen und sich zu bedecken, aber dann war er über ihrem Körper. Die Spitze seines Schwanzes war mittig über ihrem Geschlecht, und er hielt inne, um ihr Gesicht zu mustern. Dort sah er nichts als Lust und Vorfreude.

Ashton schaute in ihre Augen, während er in einer geschmeidigen Bewegung in ihre Hitze hinabsank.

Ihr leises Lustgeräusch war genau das, was er hören musste. Dass Sonora die Füße hob und die Beine um ihn herum legte, um sie noch dichter zueinander zu bringen, machte es noch besser. Ashton bebte, kurz vor dem Kontrollverlust.

Sonora vergrub die Fingernägel in seinen Rücken und kratzte ihn langsam. „Mehr", forderte sie.

Scheiße. Ashton stieß zu.

Nicht mehr langsam, sondern jeder Stoß war härter und schneller als der vorherige, trieb ihren Rücken ins Bett, brachte ihn so tief in ihre einladenden Falten, wie es nur möglich war. Sonoras Lächeln wurde breiter, und er hatte auch das Gefühl, lachen zu müssen. Zusammen zu sein, war heiß und himmlisch, ohne Erwartungen, die über diesen Augenblick hinausgingen, über dieses Gefühl.

Ein lauter Rums drang ein.

Von der anderen Seite der Wand drang ein stetiges hämmerndes Geräusch in sein Zimmer, und Sonora lachte laut. „Echt jetzt?"

Himmel. Ashton schüttelte den Kopf. „Neuer Helfer. Ist erst vor ein paar Tagen eingezogen."

Ihr Lächeln wurde breiter, noch während sie sich zu ihm wiegte, ihn ermutigte, sich weiter zu bewegen. „Er hat keine Ahnung, dass sein Zimmer an deines grenzt, oder?"

Ashton hätte auch gelacht, aber alles in ihm war darauf konzentriert, die Lust zwischen ihnen ansteigen zu lassen. Sein Bett wackelte leise, während sie sich abrackerten – zum Glück war *er* klug genug gewesen, den Bettrahmen nicht direkt an die Wand zu stellen, oder sie hätten ebenfalls vor der ganzen Ranch kundgetan, was in den Räumlichkeiten des Vorarbeiters vorging.

Sonora packte seinen Arsch und zog ihn beim nächsten Stoß fester in sich, hob die Hüften, um ihm entgegenzukommen. Sie stemmte die Fersen in seinen Hintern, die Lustgeräusche im Raum wurden lauter und schneller.

„Ja, so dicht dran." Sonora leckte über seine Brust und wand sich.

Normalerweise hätte er langsamer gemacht, zwischen sie gegriffen und ihr beim Höhepunkt geholfen, aber er war schon jenseits von Gut und Böse. Seine Eier hatten sich so sehr an seinen Körper gezogen, dass sie fast verschwanden, und er merkte kaum, dass sich ihre Hand zwischen sie schlich, um über ihre Klitoris zu reiben.

Im nächsten Augenblick explodierte er, sein ganzer Körper zuckte als Reaktion auf das Gefühl, wie sie ihn berührte, sich an ihn presste, seine Sinne überwältigte. Unter ihm bebte sie in ihrem Höhepunkt, und dann waren sie beide völlig kraftlos, lachten zusammen auf dem Bett, während aus dem Raum hinter seinem das ständige Hämmern weiter erklang.

„Glaubst du, sie brauchen noch lange?", fragte Sonora, ihr Gesicht war schelmisch.

Er strich mit der Hand über ihren Körper und beobachtete, wie ein Beben seiner Berührung vorausging. „Wenn er es herausfindet, dass wir Nachbarn sind, wird es ihm sehr peinlich sein."

Sie lachte wieder. Die Erheiterung wurde zu einem

Summen, während er eine Linie des Tattoos nachfuhr. „Das war schön, Ashton. Äußerst schön."

„Fand ich auch."

Die Geräusche wurden schneller, und sie unterdrückten beide ein Kichern. Sonora seufzte zufrieden, dann beäugte sie die Wand. „Er ist begeistert dabei. Dafür muss er Pluspunkte kriegen."

„Anstatt jemand anderem zuzuhören, würde ich dich gern noch mal dazu bringen, meinen Namen zu stöhnen."

Ihr Gesicht leuchtete, und Ashtons Körper reagierte sofort. Verdammt, bei ihr war er wie ein Teenager.

„Dusche?", schlug er vor. „Vielleicht ist das Gezappel fertig, bis wir rauskommen."

Sonora stand auf, ohne zu erröten, und ging zum Bad. Sie drehte sich im Eingang, und er erhaschte einen langen Blick auf ihren Körper, die weichen, silbernen Haarsträhnen flossen über ihre Schultern. „Ich habe bis Mitternacht", verkündete sie.

„Musst du einen Kürbis erwischen?" Er schloss sich ihr an der Tür an und drehte den Hahn auf.

Sie gingen in die Dusche. Ashton summte zustimmend, während sie die Seife nahm und in den Händen rieb, um etwas Schaum zu erzeugen. „Nein, morgen habe ich Dinge zu erledigen, und ich muss meinen Schlaf kriegen. Es ist wohl am besten, wenn mein Truck vor morgen früh weg ist." Sie rieb mit einer seifigen Hand über seine Brust und beugte sich zu einem Kuss vor. „Zeit für noch eine Runde, falls du dafür zu haben bist."

Ashton küsste sie sanft, bevor er sich zurückzog. Sie war doch zu schön, um wahr zu sein. „Kein Ablaufdatum, keine Quote", rief er ihr in Erinnerung.

Sonora zuckte mit den Schultern. „Es ist lange her, und ich

hatte Spaß." Ihre Hände bewegten sich tiefer hinab, und er bebte, während sie fest seinen Schwanz in die Hand nahm.

„Bis Mitternacht, was?" Er schaute auf die Digitaluhr auf dem Nachttisch, die man gerade noch durch die offene Badtür sehen konnte.

Sie schien fasziniert von dem, was er mit den Händen tat. „Ja."

Er würde als glücklicher Mann sterben. Er schloss die Augen und ließ sie spielen. Sie hatten noch Stunden vor sich. Seine Kraft an diese Frau zu verschwenden, würde äußerst unterhaltsam und befriedigend sein.

Diese erste Nacht führte zu einer weiteren ein paar Tage später, und dann zu mehr Spaß, als Ashton sich hätte träumen lassen können. Innerhalb und außerhalb des Bettes wurde Sonora seine äußerst willige Partnerin im Vergnügen.

Nein, das stimmte nicht. Die Dinge wurden zwischen ihnen schon durchaus schmutzig, aber es zog sich immer eine solche Freude und ein solcher Anstand durch den Sex, dass Ashton sich dachte, er hätte wohl das große Los gezogen.

Er fand Möglichkeiten, sich zu ihr rüber zu schleichen. Sie tauchte an den seltsamsten Orten zu den seltsamsten Zeiten auf der Ranch auf, war bereit, sich im Raum mit dem Sattelzeug oder im Heuschober auf ihn zu stürzen.

An einem wunderbar warmen Frühlingstag öffnete er die Tür eines Traktors und stellte fest, dass sie darin wartete. Die Logistik hinter dieser Begegnung hätte einen weniger einfallsreichen Mann ausgebremst.

Ashton war einfallsreich.

Der heutige Mittsommer-Angelausflug war eher dazu da, einander zu necken und zu einer unvorstellbar lustvollen

Erleichterung zu bringen, als die flüchtige Regenbogenforelle aufzuspüren.

Sie waren gerade mit einem ziemlich lebhaften Zwischenspiel fertig, und Sonora gab immer noch die zartesten Geräusche von sich, während sie auf der schweren Picknickdecke neben ihm lag, die er am Flussufer ausgelegt hatte.

Ashton rollte sich auf die Seite und lachte. „Erholst du dich da drüben mal wieder?"

Sie drehte den Kopf zu ihm, die rosige Farbe ihrer Wangen ließ ihre Augen noch heftiger leuchten. „Wie bitte?"

„Du seufzt und keuchst so heftig, da dachte ich, vielleicht ist was kaputt."

Ihr Lachen trieb über die das sonnengefleckte Wasser, das an ihren Füßen glitzerte. „Vielleicht hast du mich aufgepumpt. Das war ziemlich athletisch, Ashton."

„Ich habe meine Cornflakes gegessen." Er beugte sich dichter heran und küsste sie. Sanft und zart. Verdammt, wenn diese regelmäßigen Zusammenkünfte nicht die Kirsche auf dem Kuchen waren, die er sein ganzes Leben lang vermisst hatte. „Danke, dass du mitgekommen bist."

„Ich angle gern", sagte sie, ohne auch nur eine Miene zu verziehen.

„Ha, genau wie ich." Er ließ seinen Blick bewundernd über sie wandern. Nackt oder angezogen, Sonora traf genau seinen Geschmack. Er war nicht schockiert, was für Mühen er auf sich nahm, um ein wenig Zeit allein mit ihr herauszuschlagen. „Aber die Jungs werden mich aufziehen, was für ein Pech ich doch hatte, wenn ich schon wieder ohne Fische heimkomme."

„Ja, wie schade, dass du überhaupt kein Glück hast." Ihre Lippen wölbten sich zu einem Grinsen, während sie sich hinsetzte und nach ihren Kleidern griff.

Er legte ihr eine Hand auf die Schulter, um sie vom Anziehen abzuhalten. „Ist dir kalt?“

Sie schüttelte den Kopf. „Nicht wirklich.“ Ashton drängte sie zurück auf die Decke, legte sich mit seinem Körper über sie. „Ich möchte mir noch mal dein Tattoo anschauen.“

„Du bist besessen.“

„Vielleicht.“ Obwohl er nicht dachte, dass er das vom Tattoo war, sondern vielmehr von der Leinwand darunter. Aber Sonora streckte sich, rollte sich leicht herum und summte glücklich, während er mit den Fingern über ihre Seite glitt, um das Muster abermals nachzufahren.

Das hatte er schon ein dutzendmal getan, seit sie offiziell Geliebte geworden waren, aber jedes Mal sah er etwas Neues. „Deine Tätowiererin ist toll.“

„Ist sie. Einen Teil der Entwürfe hat Fern gemacht“, rief sie ihm in Erinnerung.

„So talentiert.“ Er strich über die winzigen Blätter, die sich an ihrem Hüftknochen entfalteten. „Es sind nicht nur Linien, sondern die Textzeilen machen es sogar noch bedeutungsvoller.“ Ashton drückte einen Kuss auf den winzigen Steinhaufen, der aus Walters und Debs Namen geschaffen wurde. „Die Stones.“

„Ein Eckstein“, sagte sie.

Ashton zog sich zurück und schaute sich das größere Bild genauer an. Na, verdammt, sie hatte recht. „Das ist mir noch nicht aufgefallen.“

Sonora strich mit den Fingern durch seine Haare. „Sie haben mit das schwerste getan. Sie haben einen sicheren Ort für ihre Kinder geschaffen, an dem sie aufwachsen konnten, noch nachdem sie weg waren. Und du warst daran beteiligt“, rief sie ihm in Erinnerung.

Er glitt neben sie und zog sie in die Arme. „Ich schätze schon. Bin ich immer noch.“ Er drückte ihr die Lippen auf die

Schläfe und ließ die Hitze ihres Körpers ihn wärmen. „Ich schätze, das werde ich immer sein."

Sie waren mitten dabei, sich anzuziehen, als eine Glocke ertönte, und Sonora johlte. Sie schob die Füße in ihre Stiefel und eilte ein kurzes Stück den Fluss hinab.

Er folgte ihr und lachte, als er feststellte, dass die Angelschnur und der Schwimmer ein fröhliches Tänzchen aufführten.

Sie zog eine ordentlich große Forelle heraus, dann präsentierte sie sie ihm mit einem Grinsen. „Hier. Die gehört dir. Nimm sie und zeig sie den Jungs, damit dein Ruf zumindest heute noch intakt bleibt."

Verdammt schön. Verdammt klug. Ashton nahm den Fisch entgegen, als wäre er eine Goldmedaille.

Das Leben ging weiter, reichhaltig und unterhaltsam. Die Arbeit auf Silver Stone blieb immer fordernd. Ashton wurde gebeten, bei der Feuerwache auszuhelfen, und die Zeit, die er mit den Koordinatoren dort verbrachte, erfüllte das Bedürfnis in ihm, der Gemeinschaft jenseits der Ranch etwas zurückzugeben.

Er und Sonora trafen sich weiterhin insgeheim. Manchmal wöchentlich, manchmal verging mehr Zeit, bis sie einander wieder sahen und jedes Mal, wenn sie sich trafen, blieb die Verbindung so leuchtend glücklich und sengend heiß. Sonora schien zufrieden zu sein. Und Ashton?

Ashton nahm jeden Tag und genoss alles daran.

10

Dezember, vor einem Jahr

„Rummy."

Ashton fluchte auf den grinsenden Gary Silver, der dramatisch seine Karten auf dem Tisch auslegte. „Wie zum Teufel machst du das? Wir haben nur eine Runde gespielt, und du bist schon wieder durch?"

Gary zuckte mit den Schultern, während er die Karten einsammelte und sie zu mischen begann. „Ich lebe gesund, und dazu kommt noch meine überaus extreme Intelligenz."

James, der dritte Mann am Tisch, schaute Gary finster an. „Eher schon hast du ein Hufeisen im Arsch."

„Wortwahl", sagte Ashton automatisch, nur weil er wusste, dass seine Freunde dann lachen würden.

Die Musik, die um sie herum pulsierte, war ein guter Hintergrund zur Gesellschaft am Tisch. Im Rough Cut gab es nur begrenzt was zu essen, aber die einfachen Burger und eine Tüte Chips reichten für ihre Zusammenkunft, besonders, wenn sie dazu noch ein Bier bekamen.

Wenn man es genau betrachtete, waren die Optionen zum Ausgehen und Essen in der Stadt limitiert, außer man wollte schon wieder ins örtliche Diner gehen oder für ein schickes Essen in den paar hochwertigeren Läden in der Nähe bezahlen.

Burger und Bier? Das gab es nur im Rough Cut.

Auf der Tanzfläche war es an diesem Freitagabend hektisch, aber der Tisch, den Ashton und seine Freunde sich an der Seite geschnappt hatten, war ziemlich ruhig. Der Besitzer des Ladens und Freiwilligen-Kollege bei der Feuerwache, Ryan Zhao, kam und füllte ihre Gläser auf. „Ihr Gentlemen müsst aufpassen. Wenn ihr euch noch wilder benehmt, werfe ich euch raus."

„Wo wir gerade von wildem Benehmen sprechen." Ashton schaute sich den Mann an, dann richtete er den Blick zum Tresen. „War schön, gestern Abend auf der Feuerwache deine Freundin Madison zu treffen."

Ryans Gesicht strahlte. „Meine beste Freundin von vor langer Zeit. Sie bleibt den Rest des Monats hier."

„Das höre ich gern." Ashton warf einen Blick rüber zu der Frau, die locker mit Ryans Assistentin plauderte, während die beiden sich in einem stetigen Rhythmus hinter dem Tresen bewegten und Getränke einschenkten. Die dunklen Ringe unter Madisons Augen sandten alle möglichen Warnsignale, darum war es gut gewesen, herauszufinden, dass der Schaden von einem Autounfall stammte, nicht von einem Menschen.

Ryan trat weg, und Gary lehnte sich vor, um etwas zu sagen, damit er nicht schreien musste. „Brooke hat Madisons Auto abgeschleppt, damit wir es reparieren. Es war nichts in allzu schlechter Verfassung, aber verdammt, diese Airbags haben dem Mädchen übel mitgespielt."

„Das kleine Energiebündel hinter dem Tresen?", fragte

James, bevor er sich wieder zu seinen Karten wandte. „Wenn sie bei Ryan rumhängt, ist sie in guten Händen."

Ashton stimmte zu. Er hatte Ryan in den letzten paar Monaten auf der Feuerwache kennengelernt. Der Mann war robust und unermüdlich.

James mischte die Karten und hielt sie fragend hoch. „Noch eine Runde?"

„Sofort. Ich bin gleich wieder da." Ashton nickte seinen Freunden zu, dann ging er zu den Toiletten. Unterwegs sah er ein paar der weniger anständigen Helfer von Silver Stone.

Es war Instinkt, sich auf eine Art durch die zunehmende Menge zu schlängeln, die ihn in Hörweite brachte, besonders nachdem er die betonten Blicke wahrnahm, die sie in Madisons Richtung schickten, während sie hinter dem Tresen arbeitete.

„Da würde ich auch mal anzapfen." Jim neigte das Kinn zu ihr, ein anerkennendes Glotzen in den Augen.

„Ich auch. Willst du rausfinden, wer der bessere Mann ist?", schlug Michael vor. „Ich wette, ich ziehe ihr noch vor Mitternacht das Höschen aus."

„Ach. Bei dir geht es so schnell raus und rein, das merken die doch noch nicht mal."

„O doch, das merken sie", prahlte Mike. „Tagelang danach gehen sie noch krumm."

Verdammt noch mal. Hatten die jungen Leute heutzutage das Gefühl, damit prahlen zu müssen? Ashton trat zwischen sie und den Tresen, schnitt ihnen die Sicht auf Madison ab. „Wenn die Frau an einem von euch Interesse hat, schätze ich, sie wird es euch wissen lassen. Aber eigentlich solltet ihr vermutlich eure Aufmerksamkeit woanders hinrichten."

Die Männer zogen sich instinktiv zurück. „Hey, Ashton. Hatte dich gar nicht gesehen", sagte Jim.

„Dachte ich mir", sagte Ashton gedehnt.

Mike und Jim wechselten einen Blick. „Wir scherzen doch nur. Weißt doch, wie es ist."

„Und ich erinnere euch nur daran, eure Manieren im Auge zu behalten. Ich habe kein Problem, wenn ihr Spaß mit den Damen habt, solange sie auch Spaß dabei haben." Ashton warf Jim einen betonten Blick zu. „Triffst du dich nicht regelmäßig mit einer?"

Der Mann hatte den Anstand, etwas unbehaglich zu wirken, bevor seine Dreistigkeit wieder zutage trat. „Das ist eher so eine gelegentliche Sache."

„Wirklich?" Der Unglauben in seinem Tonfall war tödlich. „Okay. Ihr Gentlemen habt einen schönen Abend, und ich sehe euch morgen auf der Schicht." Ashton schaute sie streng an. „Kommt nicht zu spät."

Er wusste nicht, weshalb sie so daneben waren, ob es an mangelnder Erziehung lag, oder weil es ihnen egal war, aber es war traurig, das zu sehen. Ashton erleichterte sich, dann blieb er vor der Tür stehen. Er setzte sich in den Schatten auf die Bank, um seine Stiefel ausziehen und sich um ein Steinchen zu kümmern, das ihn den ganzen Abend lang geplagt hatte.

„Das war schlechtes Timing, dass Ashton mitgehört hat", beschwerte sich Mike, während er sich einen Weg zum Klo bahnte.

„Der Arsch muss mal rangenommen werden. Vielleicht hätte er dann eine Weile mal bessere Laune."

„Nö, mangelnder Sex ist das nicht. Ich glaube, er ist einfach so ein Bastard. Er und diese Fallen treiben es doch regelmäßig."

„Hör auf. Das ist nur ein Gerücht", behauptete Jim.

„Glaube ich nicht. Ich habe mal gesehen, wie er ihr nachstarrt, während sie vorbeigekommen ist, um etwas für ihren Schwiegersohn abzugeben." Mike lachte leise. „Sie ist alt, aber sie ist trotzdem noch top in Form. Die ist im Bett bestimmt total wild, denn der Bastard scheint immer ein Lächeln im Gesicht zu haben, nachdem sie geht. Sieh dir das doch mal an."

Jim schob sich durch die Klotür, seine Stimme verklang, während sie sich hinter ihm schloss. „Er kommt regelmäßig zum Zug? Das ist doch unfair."

„Das wusstest du echt nicht? Damit können wir Geld machen", schlug Mike vor. „Ich sag ja nur."

Ashton wartete, bis er sicher war, dass die Männer ihn nicht sehen würden, dann verschwand er zurück an den Tisch mit seinen Freunden und verfluchte sich, doch er war dankbar, dass er die Unterhaltung mitgehört hatte.

Es war nicht nur, wie eklig es war, auf diese Art und Weise besprochen zu werden. Es hieß doch immer, wenn man lauschte, würde man schlimme Dinge über sich selbst hören.

Dass schlimme Dinge über Sonora gesagt wurden, war ihm sehr viel unangenehmer.

Ashton überlegte die ganze Nacht, und am nächsten Morgen dachte er sich, dass er wohl eine Lösung hatte. Er kam sich vor wie ein absoluter Narr, aber es musste getan werden. Alles, um die scharfen Zungen und Augen von Sonora fernzuhalten.

Zum Glück hatte er einen guten Grund, bei der Tierrettung vorbeizuschauen. Ashton schnappte sich die zusätzlichen Beutel Hundefutter, den Silver Stone zur Spende bestellt hatte, und begab sich auf den Weg in die Scheune vor Sonoras Haus.

In den Jahren, seit sie eingezogen war, hatte sich der Ort mehrmals verändert. Obwohl sie selbst nie mehr als ein paar Tiere gehabt hatte, hatte sie es gut gemacht, es dort für sie so behaglich wie möglich zu gestalten.

In den frühen Jahren hatte er auch Hand angelegt, hatte Systeme geschaffen, die es ihr gestatteten, so unabhängig wie möglich zu sein, wenn es darum ging, ihr Pferd zu satteln und den ganzen Rest. Die Ausrüstung war schwer, und obwohl sie gut in Form war, gab es keinen Grund, weshalb sie die Sättel und Futtertröge ganz oben aufbewahren sollte, wie sie es bei Silver Stone machten.

„Hey, Ashton." Charity Gruzing lief an ihm vorbei, in ihren Armen wanden sich ein paar Kätzchen. Die Frau war auch eine Freiwillige bei der Feuerwache. „Suchst du nach einem Ort, wo du das abstellen kannst?"

„Ich dachte mir, im Lager. Machst du mir die Tür auf?", fragte er.

„Kein Problem." Sie jonglierte die Kätzchen ein bisschen und schaffte es, ihm zu helfen. „Ich sage Sonora, dass du da bist."

„Ist sie in der Scheune?"

„Sie hat eine Box gereinigt. Hier entlang." Eines der Kätzchen entwischte aus Charitys Griff, und die junge Frau kroch ihm nach. „Verflixt."

Ashton lachte. „Hab viel Spaß."

Dann spürte er Sonora auf.

Sie reinigte eine alte Box. Langsam fuhr sie mit dem Rechen durch, und das Knirschen der Zinken, die den Bodenbelag in Ordnung brachten, war ein sanftes Streichen über seine Trommelfelle.

„Hey."

„Hey." Sonora lächelte zu ihm auf. „Willst du, dass ich dir was zu arbeiten gebe?"

„Wohl kaum. Ich habe nur kurz, aber ich muss mit dir reden."

Sie lehnte den Rechen an die Wand. „Leg los."

Ihr mitzuteilen, was er in der Bar mitgehört hatte, sorgte

dafür, dass er sich wie ein Scheißhaufen vorkam. Zum Glück wirkte Sonora darüber gar nicht so besorgt wie er.

Trotzdem musste man das hinbiegen, und zwar bald. „Ich glaube, wir sollten streiten."

Sie verdrehte die Augen. „Echt?"

„Du hast gerade einen Augenblick lang genau wie Tansy ausgesehen", sagte er zu ihr.

„Meine Enkeltochter ist ein wunderbares Mädchen, das Unfug erkennt, wenn man ihn ihr vorsetzt." Sonora schüttelte den Kopf. „Ein Streit? Du willst, dass ich dir sage, du bist ein missmutiger Bastard oder so was?"

„Schätze schon." Er dachte an das letzte Mal zurück, als sie ihm die Hölle heißgemacht hatte. „Du kannst sagen, ich bin ein alter Narr, und den Leuten mitteilen, dass ich mir mal endlich einen Sinn für Humor zulegen soll."

„Ach, vertraue mir, man muss mir nicht beibringen, worüber ich mich beschweren soll, wenn es um dich geht." Sie sagte das ganz trocken, doch ihre Miene wurde lockerer. „Bist du sicher, dass du das nicht als größeres Problem als nötig siehst?"

„Willst du, dass sich jeder bei uns einmischt?", wollte er wissen.

Sonora sah ihn finster an. „Wir wohnen in einer Kleinstadt, Ashton. Alle mischen sich immer bei allen ein."

„Nicht bei uns", erklärte er. „Und darum tut es mir auch leid. Ich habe das wohl versaut. Aber ich glaube, das lässt sich leicht lösen."

Sie seufzte schwer. „Also gut. Ich kann dich ja einen Miesepeter und einen nervtötenden Arsch nennen, und dann werden alle darüber reden, dass wir beide niemals unter vier Augen sein dürfen, denn wir werden wahrscheinlich die Hütte abbrennen."

Ashton schaute sich um, um sicherzustellen, dass niemand

nahe genug war, um sie zu sehen oder zu hören. Dann drängte er sich nach vorne und presste sie mit seinem Körper an die Wand. „Dieser Teil stimmt doch. Wir brennen die Hütte ab."

„Du bist auf Ärger aus." Sonora nahm sein Gesicht in die Hände und küsste ihn süß. Ihre Zunge glitt auf eine Art zwischen seine Lippen, die ihn von innen heraus brennen ließ.

Er lehnte die Stirn an ihre. „Kann ich morgen rüberkommen?"

Sie hob eine Augenbraue. „Ich denke mal darüber nach. Ich glaube nicht, dass ich mit so einem Miesepeter umhängen möchte."

Er lachte leise. „Da ist ja wieder dieses schicke Wort."

„Gewöhn dich daran." Dann küsste sie ihn, bis es ihm egal war, wie sie ihn nannte.

Aber er passte auf und bekam seine Miene und seine Erektion wieder in den Griff, bevor er in die Öffentlichkeit ging. Er musste ja nicht vor jedem zur Schau stellen, wie genau sie ihn empfinden ließ.

Die Sache zwischen ihnen war privat, um Himmelswillen. Warum mussten alle unbedingt ihre Nase in ihre Angelegenheiten stecken? Was sie hinter verschlossenen Türen taten, war nur für sie, für sie allein.

Es ist aber was Gutes. Es zu verstecken, wirkt falsch.

Er war nicht sicher, wo dieser Gedanke hergekommen war. Ashton schüttelte den Kopf und konzentrierte sich auf all die anderen Dinge, die er an diesem Tag noch schaffen musste.

Sehnte sich nach dem nächsten Augenblick, an dem sie zusammen sein konnten.

Sonora mochte es nicht, wenn sie beleidigt war. Sie war eine Erwachsene, um Himmelswillen, und verantwortlich für ihre eigenen Gefühle, aber aus irgendeinem Grund war der angeordnete Streit, den Ashton für den folgenden Vormittag angesetzt hatte, mehr als genug, um sie anzupissen.

Sie setzte sich in ihren gemütlichen Sessel im Wohnzimmer und brütete vor sich hin.

Du hast ja eine Laune.

Gah. Hätte ihr Geist nicht auftauchen und eine ablenkende Unterhaltung anfangen können? Nein, er musste sie direkt wieder auf das bringen, was sie überhaupt erst anpisste.

Du nervst, sagte sie im Geiste zu Greg.

Du bist frustriert. Bau das doch mit etwas Aktivem ab. Stricke, häkle, mach Ashton noch eine weitere total hässliche Türdeko. Er hat es verdient.

Sie lachte. Sie hatte die Zeit vor ein paar Jahren vergessen, als Ashton ihr selbstherrlich gekommen war und sie ihm darum eine möglichst hässliche Türdeko gebastelt hatte. Eine wunderbare Erinnerung. Ja, im Lauf der Jahre Möglichkeiten zu finden, den Mann zu nerven, half schon, um mit den frustrierenden Augenblicken fertig zu werden.

Hmmmm. Gute Idee.

Sonora ging zu ihrem Bastelschrank und schnappte sich die Materialien, die sie brauchte. Eine halbe Stunde später war sie fast fertig mit dem Makramee-Wandbehang. Sie hatte ihn einfach gestaltet, nur eine Reihe von Knoten in einem stetigen Schachbrettmuster.

Sie glättete die letzten Stränge und fing noch einen an, ihre Erheiterung wurde größer. Die sich wiederholende Bewegung, die beim Befestigen der Knoten entstand, gestattete ihren Gedanken, auf Wanderschaft zu gehen, bis ihr schließlich genau kam, weshalb genau sie genervt war.

Ashton hatte eindeutig das Gefühl, dass es wichtig war, dass sie geheim blieben. Was schon gut war. Darauf hatten sie sich geeinigt, und sie hatte nicht wirklich ein Problem damit. Nur mit dem Gefühl der Dringlichkeit, das er an sie gerichtet hatte.

War sie denn so schrecklich, dass er es nicht aushielt, dass irgendjemand erfuhr, dass sie zusammen waren?

Nein. Dieser Gedanke war nicht nett und völlig übertrieben. Ashton hatte das nicht so gemeint, er wollte nur den Status quo beibehalten.

Aber für dich wäre es okay, wenn die Dinge nicht mehr geheim sind, oder?

Diesmal machte sie sich nicht die Mühe, Greg zu sagen, er solle den Mund halten. In den letzten paar Monaten hatte sich die Wahrheit an sie angeschlichen, aber sie brauchte darauf nicht zu reagieren.

Tatsächlich musste sie genau das Gegenteil tun.

Ashton hatte recht damit, sich an ihren ursprünglichen Plan zu halten. Sie hatten sich darauf eingelassen, Freunde mit gewissen Vorzügen zu sein, und nichts an dieser Übereinkunft hatte sich offiziell geändert.

Sie glättete einen weiteren Knoten und gestattete sich die nächste Beichte. Sie liebte ihr Haus. Liebte die Tierrettung, die sie eingerichtet hatte, und die in Heart Falls auch einen Bedarf gefunden hatte, aber mit beidem wurden die Aufgaben zu viel, um allein damit fertig zu werden.

Sie konnte nicht ewig auf dem Land bleiben. Nicht, ohne ihre Kinder Zeit und Energie hineinstecken zu lassen – was sie auf jeden Fall tun würden. Nur war das nicht richtig. Auf dem Land zu leben, war ihr Traum, nicht der von ihnen. Falls sie die Arbeit nicht erledigen konnte, hatte sie nicht das Recht zu bleiben.

Wenn Ashton da wäre, um die Aufgaben mit ihr zu teilen …

Nein. Auf gar keinen Fall.

Mehr noch, wenn das der Grund war, weshalb diese wirren Gefühle in ihr sich zu verändern begonnen hatten, würde Sonora diese Knospe sofort abschneiden. Ashton war ihr Freund, ihr Geliebter, nicht jemand, der ihr zu irgendwas verpflichtet war. Ganz gewiss niemand, der bei ihr einziehen sollte, nur um ihrem Bedarf an Gesellschaft und Hilfe entgegenzukommen.

Es stand gar nicht zur Debatte, dass er sein Leben und seine Verpflichtungen ändern sollte, damit es ihr besser passte. Sie hätte ihn darum gebeten, genau das zu tun, was er immer gesagt hatte, dass er vermeiden wollte.

Die Tatsache, dass sie ihn gern um sich hätte, kam dabei nicht ins Spiel. Jedes Mal, wenn sie redeten, war klar, dass er nicht in den Ruhestand gehen wollte. Er hatte immer noch das Gefühl, dass es auf Silver Stone zu viel zu tun gab.

Wenn er wollte, dass sie sich an den Plan hielten, würde sie alles tun, was sie tun konnte, um ihn glücklich zu machen.

Und deshalb tauchte sie am nächsten Vormittag im Café ihrer Enkelinnen auf, wie es vereinbart war. Sie legte ihre Sachen auf einem der kleinen Tische an der Seite des Raums ab, bevor sie an den Tresen ging, um zu bestellen.

Tansy lächelte breit. „Oma. Du bist doch kaum je an einem Sonntag so früh unterwegs. Triffst du dich mit jemandem?"

„Nur ich", erklärte sie, gab Tansy einen Kuss und drückte sie fest. „Wie geht es euch Mädchen?"

„Gut, aber wir sind beschäftigt. Können wir morgen oder am Dienstag vorbeikommen?"

„Natürlich. Ich bin hier, um ein bisschen Ruhe zu genießen, aber in Gesellschaft. Ich brauche nur einen Heidelbeer-Muffin und einen Kaffee bitte."

„Wird geliefert. Ich habe einen mit dem besonderen braunen Zucker, den du magst." Tansy grinste breit, dann arbeitete sie an der Bestellung.

Sonora nahm ihre Sachen und richtete sich an ihrem gewählten Kampfposten ein. Sie zog ihr Handy heraus, überrascht, dass sie eine Nachricht von Ashton sah.

Wer hätte das gedacht? Der Mann hatte tatsächlich daran gedacht, wie man Nachrichten schrieb.

Ashton: bin unterwegs

Sie lachte. Gott sei es gedankt für Zeitstempel, oder sie hätte keine Ahnung gehabt, wann sie mit ihm rechnen sollte.

Die Nachricht war vor fünfzehn Minuten geschickt worden, und darum, als sich die Tür öffnete und er hereinmarschierte, war sie bereit. Sonora hielt den Blick auf den Bildschirm ihres Handys gesenkt und fragte sich, wie viel Schabernack sie unterbringen konnte.

Nicht zu viel. Und sie würde ihre Rolle spielen, da er fand, das war wichtig.

Das bedeutete nicht, dass sie nicht auch etwas Spaß haben konnte.

Sie tippte rasch.

Sonora: Nachdem das alles vorbei ist, komm zu mir rüber. Ich habe das Gefühl, dich ausziehen und wie ein Pony reiten zu müssen.

Sie zögerte nur einen Sekundenbruchteil, bevor sie auf Senden klickte.

Er marschierte an ihr vorbei, ein Summen drang von seinem Handy heran, als die Nachricht eintraf. Es fiel ihr sehr, sehr schwer, nicht zu kichern.

Besonders, als Ashton seine Bestellung aufgab und dann an ihren Tisch kam. Wie sie abgesprochen hatten, blieb er mit der Hand an dem zweiten Stuhl stehen. „Darf ich mich dazusetzen?“

Sie setzte ihre hochnäsigste Miene auf. „Tatsächlich darfst du das nicht."

Das sanfte Raunen der Unterhaltungen in dem Café senkte sich zu einem reinen Flüstern. Während sie den Blick auf Ashton gerichtet hielt, hätte Sonora schwören können, sie spürte, wie alle im Raum in ihre Richtung schauten.

Ashton machte ein finsteres Gesicht. „Echt?"

„Echt." Sie nahm ihren Kaffee und nippte betont daran. Dann schaute sie auf, als wäre sie überrascht, ihn immer noch am Tisch zu sehen. „Zieh ab, Ashton. Ich versuche doch, mein Frühstück zu genießen. Ich brauche keinen Miesepeter wie dich, bei dem die Milch gerinnt."

Er plusterte sich auf, seine Augen blitzten bei ihren Worten. Dann neigte er das Kinn und drehte sich um. Der Tisch, der ihrem am nächsten war, war ebenso leer, und er riss einen Stuhl heraus, die Beine klapperten über dem Holzboden.

Er ließ sich in den Stuhl fallen, als bestünde er aus Beton und nicht aus Metall, und Ashton saß mit dem Rücken zu ihr. Er legte die Hände auf den Tisch. Sobald er auf den Bildschirm gestarrt hatte, kam ein scharfes Einatmen, und er schoss hoch, seine Schultern waren steif.

Es schien, als hätte er ihre Nachricht gesehen. Gut. Das könnte Spaß machen.

Ashton hatte sein Handy nach oben auf dem Tisch ausgerichtet, was hieß, jedes Mal, wenn sie auf Senden drückte, war die neue Nachricht, die aufploppte, bestens sichtbar. Natürlich sagte seine Körpersprache ganz deutlich, dass etwas vor sich ging.

Mit jeder unbehaglichen Regung stieg Sonoras Erheiterung an. Er tat ihr auch ein bisschen leid – aber nur ein bisschen. Er hatte sie darum gebeten, genau das zu tun, was sie jetzt tat.

Na ja, nicht die sexuellen Anspielungen. Das ging ganz auf

ihre Kappe, aber sie würde es wieder gutmachen. Früher oder später.

Ashtons Konzentration ging hin und her zwischen der Fixierung auf sein Frühstück und einem Starren ins Nichts, während er versuchte, nicht auf ihre Verlockungen zu reagieren.

Sonora: Weißt du noch, das eine Mal, als ich hinter deinem Schreibtisch im Büro war, und deinen Schwanz im Mund hatte, während einer der Helfer reinkam?

Sonora: Du hast in dem Augenblick, als er weg war, auf meiner Zunge abgespritzt.

Sonora: Das sollten wir noch mal machen.

Sonora: Bald.

Er stöhnte. Stöhnte buchstäblich.

Sonora nippte an ihrem Kaffee und tat so, als würde sie etwas auf ihrem Handy lesen, während sie sich erlaubte, dass ihre Erheiterung zunahm. Der arme Ashton. Was für ein Wirrwarr. Sie würde sein Ego später beruhigen müssen, aber vorerst saß sie einfach nur da und genoss ihr Essen, lauschte bei den Unterhaltungen in der Nähe mit.

Neben ihr hatte sich eine Gruppe aus sechs wunderbaren jungen Leuten versammelt. Sie alle bis auf eine waren vertraut und hatten einen Platz in ihrem Herzen. Sonora kannte Brooke und Mack am besten, Brooke von den Jahren zusammen in der Gemeinschaft. Die anderen waren erst in neuerer Zeit angekommen, aber sie alle hatten bereits einen festen Platz in Heart Falls. Alex arbeitete auf Silver Stone mit Ashton, und Ryan gehörte das Rough Cut, und beide waren sie Freiwillige bei der Feuerwehr. Die junge Tierärztin Yvette war regelmäßig bei der Tierrettung, und Sonora wusste ihr zartes Herz und ihr technisches Können zu schätzen.

Die Unterhaltung bog um eine falsche Ecke, als Alex sich an einem Witz versuchte, und der kam mehr als nur schlecht an. Sein Kommentar, jemanden zu einem Ritt ranzunehmen, war schon wirklich grenzwertig und gruselig, und Sonora beschloss, dass jetzt ein guter Zeitpunkt war, hier rauszukommen und den armen Mann vor sich selbst zu retten.

Sie stand auf und trat an den Tisch.

„Das hat mehr Ärger als Gutes eingebracht." Sie warf Alex einen missbilligenden Blick zu, bevor sie den Kopf schieflegte, bis niemand sehen konnte, dass sie ihm zuzwinkerte. Sie wandte den Blick zu den drei Frauen, die am Tisch saßen. Sie lächelte und hielt der Besucherin der Gruppe eine Hand hin. „Sonora Fallen. Wenn ihr drei gerne einen Austritt unternehmen möchtet, kann ich das in die Wege leiten."

Ryans Freundin Madison Joy schüttelte die angebotene Hand und grinste aufgeregt. „Das ist wunderbar. Vielen Dank."

Yvette spähte weiterhin erheitert zu Alex, aber sie antwortete Sonora ebenfalls. „Das ist toll. Sowohl der Ausritt, als auch die Tatsache, dass Alex sich derzeit etwa so groß vorkommt."

Sie hob einen Finger und Daumen, als würde sie ein Körnchen Sand halten.

Alex wirkte so betroffen, wie er es unter den derzeitigen Umständen konnte. „Ich entschuldige mich. Ich hatte etwa drei klugscheißerische Kommentare, die gleichzeitig raus wollten, und sie haben sich sehr schlimm miteinander vermischt."

„Dann solltest du vielleicht das Klugscheißen lassen", schlug Yvette vor, bevor sie sich zu Sonora drehte. „Einigen wir uns doch auf eine Zeit, die für alle funktioniert."

Sonora stimmte zu, sich in ein paar Tagen mit ihnen zu treffen, dann fuhr sie nach Hause und setzte den Teekessel auf.

Und natürlich tauchte Ashton etwa zwanzig Minuten danach auf.

Sie blieb, wo sie war, während er sich neben ihr auf dem Sofa niederließ. „Hast du das Gefühl, dass wir vor aller Augen ausreichend kein Paar sind?“

Er nickte, nahm aber ihre Finger in seine, sein Blick war auf nichts gerichtet, seine Gedanken offensichtlich woanders.

Sonora nahm sein Gesicht und zog ihn zu sich. „Sprich mit mir. Ich entschuldige mich, wenn das daneben war.“

„Was?“ Er blinzelte überrascht, dann drückte er ihr einen Kuss auf die Handfläche. „Nein. Du warst zum Schießen, es hat mir überhaupt nichts ausgemacht. Ich fühle mich nur etwas innerlich durcheinander.“

„Wegen was Konkretem?“

Er dachte nach. „Dass ich Ryan mit Madison gesehen habe. Es fühlt sich an, als wäre da irgendein Funken, aber ich will mir nichts einbilden, wo nichts ist.“ Ashton hob den Blick zu ihrem. „Er ist ein guter Mann, der sehr lange einsam war. Ich vergleiche das mit dem Elend, dem mein Bruder und seine Frau einander täglich aussetzen, und nichts ergibt einen Sinn.“

Himmel. Die Beziehung seines Bruders war eine Landmine, die Sonora normalerweise zu ignorieren versuchte. Es war im Lauf der Jahre allerdings klar geworden, dass ihr schlimmes Beispiel einer Ehe Ashton ziemlich beeinflusst hatte.

Trotzdem konnte sie über den anderen Teil seines Kommentars rechtmäßig Auskunft geben.

Sie drückte sich an Ashton und hielt sich fest. „Der Tod macht nie einen Sinn. Ob es nun Freunde sind, wie die Stones, oder diejenigen, die wir mit Herz und Seele lieben, wie Ryan

Justina oder ich meinen Greg. Besonders, wenn es sich anfühlt, als hätte man sich nicht wirklich verabschieden können."

Ashton nickte, Trauer stand in seinen Augen, und eine Furche bildete sich auf seiner Stirn.

Sonora strich mit ihren Fingern über die Linie, während sie fortfuhr: „Ryan und ich haben vor ein paar Monaten darüber gesprochen, wie es ist, jemanden zu verlieren, den man liebt." Sie schaute auf Ashtons Hände hinab, bemerkte die Stärke darin. Die aufgerauten Knöchel und die Linien, die die Jahre der harten Arbeit in seine Haut gegraben hatten. „Wie einige Leute Wurzeln in der eigenen Seele schlagen." Sie strich über Ashtons Wange, Gedanken an jene, die sie im Lauf der Jahre verloren hatten, ließen eine tief sitzende Traurigkeit aufsteigen. „Auf eine Art sind sie immer noch bei uns, aber es ist niemals so wie vorher."

„Man liebt sie immer noch."

Sie nickte. „Ich werde Greg bis zu dem Tag lieben, an dem ich sterbe. Ryan wird seine Justina lieben." Die Wurzeln dieses Gefühls blieben im Inneren stark. Es war ein Privileg und ein Fluch, so stark geliebt zu haben.

Sie und Ashton saßen ein paar weitere Minuten still da, bevor sie ihr Gesicht zu ihm hob. Der kluge, wunderbare Mann nahm den Hinweis auf und küsste sie, und alle Gedanken an das Café, das Aufziehen, die Traurigkeit – all das verschwand, während sie an einen Ort abglitten, wo sie einander etwas geben konnten.

Langsam und träge und äußerst, äußerst befriedigend.

Ein paar Stunden später stand Sonora an der Hintertür und wartete, während er seine Sachen anzog und sich zum Gehen bereit machte. Ashton legte ein weiteres Mal die Arme um sie und hielt sie dicht an sich, bevor er ihr einen Abschiedskuss gab. „Wir sehen uns bald."

Er war fast durch die Tür, als es ihr wieder einfiel. „Warte, ich habe was für dich."

Sie schnappte sich den Wandbehang und drückte ihn ihm in die Hände.

„Was ist das?" Er rollte ihn auf, seine Verwirrung deutlich, während er die Schnur zum Aufhängen hielt und die Vielzahl der Baumwollknoten aus seinen Fingern herabrieselten.

Sie lächelte süß. „Das soll dein Zuhause ein wenig aufhellen. Ich habe es gemacht und an dich gedacht." Was überhaupt keine Lüge war.

Er räusperte sich, sein Gehirn war offensichtlich nicht nachgekommen, während er sich eine Antwort überlegte. „Ich liebe es."

Sie hatte keine Ahnung, wie sie ihre Miene ausdruckslos hielt. „Das freut mich."

Als Ashton ging, setzte sie sich hin und machte fünf weitere.

11

Wie üblich verging der Dezember in einem Rausch familiärer Aktivitäten und Gemeinde-Events. Dieses Jahr gab es zusätzliche Aufregung, für die Ryans Weihnachtsgast verantwortlich war.

Die Organisation der Nicht-ganz-Nussknacker-Aufführung war ein Geniestreich von Madison gewesen. Das gemeinschaftliche Ereignis trieb die Vorstellungskraft und Konzentration aller ganze zwei Wochen lang an. Ein Erfolg als Spendenaktion und ein Erfolg in der Form einer Menge Spaß.

Zwei Abende nach der Vorführung und zwei Tage vor Weihnachten wühlte Sonora mit der Hand in der Popcornschüssel und schmiegte sich dicht an Ashtons Seite, während sie auf ihrem Sofa saßen und die Aufnahme anschauten, die gerade in die Cloud hochgeladen worden war.

Ashtons Hund Beauty lag zu ihren Füßen am Boden zusammengerollt. Eigentlich ein echt süßes Hündchen.

„In einem anderen Teil der Scheune schlossen sich die weisesten Wesen dem Tanz an. Ach, Moment. Nicht die weisesten …“

„Pass auf, hier kommst du.“ Sonora stieß Ashton an.

Er verschränkte die Arme vor der Brust und tat so, als würde er eine Schnute ziehen. „Ich kann nicht glauben, dass du die Leute überzeugt hast, zusammenzulegen, damit ich eine Ziege werde.“

„Wenn der Bart passt …“ Sie quietschte und floh vor seiner Berührung. „Nicht kitzeln. Ich muss mich konzentrieren. Meine ganze Aufmerksamkeit ist vonnöten, um deine Vorführung wertzuschätzen.“

„Also gut.“ Ashton zog sie wieder zurück, sein Tonfall war erheitert, während er über die Sperenzchen auf dem Display lachte. Er und seine freiwilligen Kollegen, die auch Sponsoren hatten, damit sie als Ziegen auftraten, stießen die Fersen nach oben und hüpften auf andere Art auf der Bühne herum. Zu den besonders langen Bärten im Gesicht trugen sie auch Hüte, auf denen fellige Ohren saßen.

Als Krönung ihrer Zeit auf der Bühne liefen sie alle zusammen und taten so, als würden sie auf den Rücken der anderen steigen. Tatsächlich wurde sich sehr viel verrenkt und gestreckt, damit am Ende alle fünf „Ziegen“ in einer geraden vertikalen Linie aufgereiht standen.

„Das hat sehr viel Spaß gemacht“, gab Ashton zu. „Ich bin stolz darauf, dass der Turm funktioniert hat. Das war meine Idee“, erzählte er.

„Du hast dich doch nur so ins Zeug gelegt, damit die Leute bloß nicht glauben, dass du ein Miesepeter bist.“ Sie sprang vom Sofa, um seinen Fingern zu entfliehen. „Ashton Stewart. Benimm dich.“

Er stellte die Popcornschale auf den Beistelltisch und kam ihr nach, die Vorführung war vergessen. Sein Blick wurde hitzig, in seinen Augen stand eine Vorwarnung auf Verlangen. „Ich glaube, wir müssen uns darauf einigen, dieses Wort aus dem kollektiven Gedächtnis der Gemeinde zu streichen. Das wird langsam alt."

„Miesepeter? Echt? Aber das geht so einfach über die Zunge." Sie wich zur Seite aus, aber er erwischte sie, zog sie an sich. „Miese..."

Er legte seinen Mund auf ihren und schnitt die neckenden Worte ab.

Sie griff nach unten und verschränkte ihre Finger ineinander, genoss den Kuss, genoss ihre Verbindung.

Als sie sich lösten, fragte sie, bevor sie noch falsche Annahmen traf. „Wirst du heute Abend noch mehr Zeit mit mir verbringen?"

Ashton bedeutete Beauty, dass sie an Ort und Stelle bleiben sollte. Der Hund streckte sich, dann ringelte er sich zufrieden vor dem Feuer zusammen.

Dann richtete Ashton seine Aufmerksamkeit erneut auf Sonora, strich mit dem Daumen immer wieder über ihre Fingerknöchel, während sie sich Richtung Schlafzimmer begaben. „Ich habe gehofft, dass du das fragst. Morgen Vormittag habe ich auch frei, also haben wir so viel Zeit, wie wir wollen."

Das war auf jeden Fall etwas Besonderes. Noch mehr, wenn man bedachte, dass sie sich vermutlich erst im Januar wieder sehen würden, da die Weihnachtstage und der Rest des Jahres normalerweise ziemlich hektisch wurden.

In den letzten Wochen hatte sie ein Gedanke geneckt, der schließlich fest genug anklopfte, dass Sonora alles auf eine Karte setzte. Es wäre leicht gewesen, einfach ins Bett zu schlüpfen, aber sie waren gut genug befreundet, dass die Frage gestellt werden musste. „Hast du irgendwelche Pläne fürs neue Jahr gefasst?"

„So was wie Vorsätze?" Ashton setzte sich aufs Bett und zog sie zwischen seine breit aufgestellten Beine. Er verzog das

Gesicht, stand kurz auf, dann holte er sein Handy aus der hinteren Hosentasche und ließ es neben seine Hüfte fallen. „Denen versuche ich aus dem Weg zu gehen. Die halten doch sowieso nie lange."

„Ich habe eher an deine Arbeitslast gedacht. Du feierst doch bald deinen fünfundsechzigsten Geburtstag. Denkst du irgendwie daran, langsamer zu machen? Früher oder später irgendwelche Ruhestandspläne zu fassen?"

„Ich habe darüber nachgedacht", gab Ashton zu. „Manchmal glaube ich, ich versuche immer noch, dem Versprechen gerecht zu werden, das ich Walter gegeben habe, dass ich für seine Kinder da sein werde."

Sie wurde reglos. „Ach, Ashton."

„Der Mann war einer meiner besten Freunde." Er schüttelte den Kopf. „Er ist immer noch einer meiner besten Freunde. Ich schwöre, manchmal höre ich seine Stimme. Er sagt mir, worauf man aufpassen muss, oder schiebt mir ein paar neue Ideen unter, die ich Caleb und den anderen Jungs unterbreiten soll." Ashton verzog das Gesicht. „Das klingt vermutlich, als wäre ich nicht ganz richtig im Kopf. Wenn ich Stimmen höre ..."

„Ach, das halte ich überhaupt nicht für seltsam", versicherte Sonora ihm trocken.

Sie achtete nicht auf das schwache erheiterte Lachen ihres eigenen Geistergefährten.

Ashton schnaubte leise. „Man höre sich das an. Caleb und die übrigen sind alle gut dreißig Jahre alt, und ich nenne sie immer noch *Jungs*." Er schaute ihr in die Augen. „Ich weiß, dass ich älter werde. Die Tage werden länger, und die Kälte beißt mehr als früher. Die Heuballen sind schwerer, und der Sonnenaufgang kommt viel zu früh. Aber ich habe versprochen, ich würde für sie da sein, Sonora. Sie brauchen immer noch einen Vorarbeiter, der sich auskennt. Jemand muss sich mit den ganzen winzigen Einzelheiten befassen, damit sie sich auf die wichtigen Dinge konzentrieren und füreinander da sein können."

Sie konnte ihm nicht zum Vorwurf machen, dass ihm das so wichtig war. Aber sie konnte ja versuchen, ihn daran zu erinnern, dass er sich auch um sich kümmern musste.

„Sie brauchen dich, aber sie brauchen dich nicht die ganze Zeit", erklärte sie. „Außerdem wäre Walter der Erste, die dir sagen würde, dass du es verdient hast, das Leben mehr zu genießen. Genauso wie du es den *Jungs* sagst." Dieses Wort betonte sie extra, und er lachte.

„Ich schätze schon." Er verschränkte die Arme vor der Brust.

Diesen Blick kannte Sonora. „Du hast vor, diese Unterhaltung einfach zu ignorieren, oder? Nichts wird sich ändern, wenn du die Räder nicht in Bewegung setzt."

„Mache ich. Mache ich", grollte Ashton. „Aber nicht jetzt. Es ist doch Weihnachten. Lass es einfach auf sich beruhen. Es ist zu viel, zusätzlich zum ganzen Rest auch noch mit Veränderungen fertig zu werden."

Sonora sprach leise, doch sie konnte hartnäckig sein, wenn es nötig war. „Es ist nicht so schwer, weißt du. Um Hilfe zu bitten. Die nächsten Schritte zu gehen, die man gehen muss."

Er funkelte sie an. „Jetzt redest du Unsinn."

„Eigentlich tue ich das nicht." Wie sollte man es dem sturen Mann erklären, wenn er nicht zuhörte? „Was, wenn du Tucker fragen würdest, ob er bei dir in die Lehre geht? Dein Neffe würde es lieben, nach Silver Stone zurückzukehren. Er hat hier Freunde und Familie. Er wäre perfekt. Jetzt und in der Zukunft."

„Ich kann ihn doch nicht bitten, seinen Job aufzugeben und für mich arbeiten zu kommen."

„Warum denn nicht?" Sonora stemmte die Fäuste in die

Hüfte. „Wenn du mich fragst, würde er sich für dich und Silver Stone entscheiden, anstatt für irgendein anderes Gestüt, wenn er die Gelegenheit kriegt."

„Stimmt. Richtig. Ich rufe ihn an. Nach den Feiertagen", fügte Ashton an.

„Warum machst du das schwerer, als es sein sollte?", wollte Sonora wissen. „Schick ihm doch zumindest eine Nachricht und frag ihn, ob er darüber nachdenkt. Das gibt ihm Zeit, sich zu entscheiden und sich womöglich um seine derzeitige Anstellung zu kümmern."

„Eine Nachricht?"

Sie warf die Hände hoch, der Frust kam allmählich durch und raubte ihr die Ruhe. Sie schnappte sich sein Handy, das neben seiner Hüfte lag, und schüttelte es vor ihm. „Komm mal in die neue Welt. Leute schreiben Nachrichten, Ashton. Teufel, wenn du selbst nicht tippen willst, kannst du sogar dein Handy dazu kriegen. Sag einfach: ‚Siri, schreib Tucker'."

„Und dann was? ‚Hey, ich brauche dich. Schwing deinen Arsch so schnell wie möglich hier rüber?'" Ashton erhob sich, während er ihr das Handy aus den Fingern nahm und es auf den Stuhl neben dem Bett warf. „Er ist ein erwachsener Mann, Sonora. Ich kann ihm doch keine Befehle geben."

„Na, ich bin auch eine Erwachsene und hast überhaupt keine Schwierigkeiten damit, zu versuchen, mir Befehle zu geben."

Ashton nahm sie an der Hand und zog sie fest an seinen Körper. „Dir gefällt es doch, wenn ich herrisch bin."

„Normalerweise schon", gab sie zu. „Aber falls dieser Teil der Unterhaltung deiner Vorstellung von Vorspiel entspricht, musst du wohl noch mal nachdenken."

Er strich mit dem Daumen über ihre Unterlippe. Er verlangsamte die Bewegung, liebkoste und streichelte, bis sie sich an ihm entspannte. Er hob eine Augenbraue. „Du weißt, deine Miene vor ein paar Minuten hätte einem alten, zähen Eber die Haut abziehen können."

Sie schaute ihn von oben bis unten an. „Hat nicht funktioniert."

Er kicherte. „Verdammt, du bringst mich um, Frau."

„Nur in meinen Träumen, Liebling", erwiderte sie fröhlich, noch während sie ihr Temperament wieder ein wenig zurückregelte. „Es tut mir leid. Ich habe mich mehr in deine Angelegenheiten eingemischt, als ich es hätte tun sollen. Als Freund bist du mir wichtig, und ich will sehen, dass du Spaß hast und gesund bleibst."

„Ich habe schon gehört, was hinter diesem Drängeln steht", versicherte ihr Ashton. Er strich mit einer Hand über ihren Körper nach oben. „Die Entschuldigung ist angenommen. Wir sollten unbedingt miteinander schlafen, um uns wieder zu vertragen."

Sie lachte. „Ist denn der Versöhnungssex anders als der Sex, den wir sonst genießen?"

„Na ja ..." Er zog ihr lockeres T-Shirt über den Kopf, sein Blick wanderte über ihre Haut wie eine Liebkosung. Während er sprach, fuhr er den Umriss einer Ranke auf ihrer Hüfte nach. „Er ist nicht so schnell und wild wie der Sex an der Wand beim Sattelzeug. Und weniger athletisch als Sex im Traktor, was gut ist, denn ich glaube, so kann ich mich nur einmal im Leben verbiegen."

Erheitert zog Sonora sein Hemd heraus, damit sie mit den Handflächen über seine warmen, muskulösen Schultern streichen konnte. „Bisher erzählst du mir, was es nicht ist. Wie wäre es mit dem, was es ist?"

„Langsam." Er zog sie dicht an sich und drückte ihr einen Kuss zwischen die Brüste, während er hinter sie griff und ihren BH öffnete. „Mit Küssen überallhin, bis du in meinen Armen schmilzt. Bis du flüssig wirst um meinen Schwanz. Atemlos, während du meinen Namen rufst."

Hui. Sie ließ den Kopf nach hinten fallen, während er die Lippen an ihren Nippel legte und mit der Spitze spielte. „Okay."

Er lächelte, die Bewegung zupfte an ihrer Haut. „Okay", stimmte er zu.

Sonora atmete tief ein und ließ ihn die Kontrolle übernehmen.

Ashton öffnete die Augen und war bei einer warmen Frau, die sich an ihn schmiegte, die Lichter auf ihrem Weihnachtsbaum blinkten mit einem Glanz wie altmodische Kerzen.

Er strich über ihre Haut, genoss die Hitze. „Morgen. Bist du wach?"

Sie lachte leise. „Die dämlichste Frage aller Zeiten."

„Lass mich das umformulieren. Hast du gut geschlafen?"

Sie drückte ihm einen Kuss auf die Brust, die Hand auf sein Herz gepresst. „Ich habe lang und hart geschlafen, und keine Witze jetzt. Ich fühle mich sehr glücklich und entspannt, und ich will nicht, dass irgendwas eindringt und den Augenblick verdirbt."

Der Vorabend war ein Balanceakt gewesen, da stimmte er zu. Sie waren aber nicht auf eine Lösung gekommen …

Es schien, als wären sie gut darin, nicht auf Lösungen zu kommen.

„Ich denke weiter darüber nach", versprach er. „Dass ich Tucker dazu bringe, herzukommen und zu helfen."

Sie nickte. „Magst du Kaffee? Frühstück? Oder bist du unterwegs zur Kantine auf Silver Stone?"

Er rollte sie nach oben und lächelte zufrieden, während ihre silbergrauen Haare über sie beide flossen. „Ich habe mir den Morgen freigenommen, weißt du noch?"

Das Lächeln, das sie ihm als Erwiderung schenkte, war strahlend.

~

STUNDEN SPÄTER PFIFF ASHTON, als er zurück an die Arbeit ging, machte sich nicht mal Gedanken, wer ihn hören könnte, während er nach dem Mittagessen die Scheunen auf Silver Stone betrat.

„Ashton. Gottverdammt."

Die Zufriedenheit verschwand, während Luke ihn anbrüllte.

Ashton kam abrupt zum Stillstand. Was zum Teufel? „Luke? Hast du den Verstand verloren?"

„Wo zum Geier warst du?" Luke schaute ihn von oben bis unten an, fuhr sich mit der Hand durch die Haare. „Warte, ich muss die anderen wissen lassen, dass es dir gut geht."

„Die anderen?"

Luke zog sein Handy heraus, die Finger flogen über das Display, bevor er Ashton die volle Kraft seines finsteren Blickes zukommen ließ. „Du hast Tucker ein verdammtes SOS geschickt, und niemand konnte dich finden. Wir haben uns solche Sorgen gemacht. Du bist nicht ans Handy gegangen, also haben wir deine ganzen Freunde angerufen, aber keiner hatte irgendeine Ahnung, wo du bist."

„Ich habe mir den Vormittag freigenommen. Es stand doch im Dienstplan", beharrte Ashton.

Luke entwich ein riesiges Seufzen. „Stand es, aber verdammt, Ashton. Du musst mal endlich in Sachen Technologie auf den neuesten Stand kommen. Aus irgendeinem gottverdammten Grund hat dein Handy um drei Uhr früh eine Nachricht geschickt. Du hast Tucker eine Heidenangst eingejagt. Uns übrigen auch."

„Zwischen Mitternacht und sechs Uhr steht mein Handy auf *nicht stören.* Aber du und Caleb und ein paar andere können mich immer erreichen", behauptete Ashton.

Luke streckte die Hand vor zu Ashton. „Gib es mir."

Da er sich vorkam wie ein getadeltes Kind, fischte Ashton sein Handy aus der Tasche.

Der jüngere Mann schaute sich ein paar Einstellungen an und seufzte gequält vor Ashton. Er hielt das Handy hoch und deutete auf die Seite. „Klingelton. Oben ist an, unten ist aus."

„Scheiße." Ashton war entsetzt, dass er sie alle so viel Stress hatte durchmachen lassen. „Tucker?"

„Ist unterwegs." Luke zuckte mit den Schultern. „Ruf ihn an. Ich habe eine allgemeine Nachricht rausgeschickt, dass es dir gut geht, aber du solltest dem noch nachgehen."

„Mache ich." Ashton legte Luke eine Hand auf den Arm. „Tut mir leid. Ich weiß, dass deine Freunde heute Nachmittag ankommen."

„Meine Schwester kommt auch nach Hause", rief ihm Luke in Erinnerung, bevor er die Augen verdrehte und Ashtons Entschuldigung abwiegelte. „Ist schon gut. Komm – wir haben Aufgaben zu erledigen. Der Vorarbeiter hier ist ein echt harter Hund."

Ashton lachte, aber er hob sein Handy. „Ich bin gleich da. Ich sollte mich erst mal von Tucker anbrüllen lassen."

Luke tätschelte ihm den Rücken und marschierte dann in die Scheune.

Es war nicht so ein Gebrüll, wie Ashton es sich vorgestellt hatte, aber eine Menge Seufzen und Beschwerden, was Technologie und Boomer anging.

„Ich bin schon unterwegs, also komme ich einfach ein paar Tage vorbei“, sagte Tucker.

„Komm, solange du kannst“, schlug Ashton vor. „Wir haben eine Menge aufzuholen, und es wird gut sein, dich da zu haben.“

Gut, um vielleicht eine Unterhaltung darüber zu führen, da zu bleiben, damit Ashton langsam zu etwas anderem übergehen konnte.

Es war gut, dass die Aufgaben sich wiederholten und nur Muskeln erforderten, denn Ashtons Gehirn schlug Purzelbäume. Er stemmte Heuballen, bis seine Arme vor Ermüdung zitterten, aber er bekam seine Gedanken nicht ganz auf die Reihe.

Wollte er in den Ruhestand gehen?

Nein. Dafür war er nicht bereit, aber er könnte einige Anpassungen an seiner täglichen Routine vornehmen.

Bilder strömten in seine Gedanken.

Ein Wecker, auf dem acht Uhr stand, während Ashton noch einen Kaffee trank.

Ein warmer Kamin, vor dem Sonora neben ihm auf einem Sessel saß. Oder noch besser, mit ihm auf dem Sofa, ihre Körper berührten sich, während sie Musik hörten und gemeinsam einen Abend genossen.

Wie er rausfuhr und einen Abend mit seinen Freunden verbrachte, Sonora winkte zum Abschied.

Seine Freunde, die ihn ärgerten, als er sich auf den Heimweg machte, Gary und James, die ihn aufzogen, weil er eine warme Frau hatte, zu der er gerne zurückkehren wollte …

Ashton ließ den Heuballen in seiner Hand fallen und schoss hoch. *Scheiße.*

Das waren doch keine Tagträume vom Halbruhestand. Na ja, okay, manche davon schon, aber das Verbindende – der Teil, der im Augenblick ganz und gar nicht so war?

Dass Sonora in seinem Leben war und jeder es wusste. Es akzeptierte.

Diese Sache zwischen ihnen respektierte.

Ashton brach auf dem nächstbesten Heuballen zusammen und starrte in die Ferne. Das ...

Das war nicht das, dem Sonora zugestimmt hatte. Was einen Sinn ergab, denn als sie als Geliebte begonnen hatten, war das nicht das gewesen, wonach sie gesucht hatten.

Was sie taten – was sie das letzte Jahr getan hatten – daran war nichts falsch. Aber die Dinge hatten sich verändert. Er hatte sich verändert.

Oder nicht?

Es war gut, dass eine Menge Leute da waren, und eine Menge zu tun war, denn Ashton stolperte durch die nächsten Stunden, ohne viel geistige Energie zur Verfügung zu haben.

Tucker traf ein. Sein Neffe schlug ihm auf den Rücken, dann umarmte er ihn heftig. „Ich bin froh, dass du nicht tot bist, aber wenn du mir das noch einmal antust, bringe ich dich um."

Ashton lachte. „Tut mir leid. Nehmt mir einfach mein Handy weg."

„Nein, aber wir werden dir Unterricht geben, wie du es benutzen solltest."

Verdammt. „Das ist jetzt aber ein fieser Angriff."

Tucker grinste. „Führ mich doch ein paar Stunden rum. Ich muss dann früh ins Bett. Drei Uhr früh war zwei Zeitzonen entfernt und ist sehr lange her."

„Wenn du versuchst, mir Schuldgefühle einzureden, dann klappt es", beschwerte sich Ashton.

„Gut." Tucker trat rechtzeitig zurück, um Ashtons Faust zu entgehen. „Wie wäre es denn erst mal mit einem Ausritt? Lass mich doch diese ganzen Verspannungen von der Fahrt rausschütteln, bevor wir die Tour beginnen."

Der Ausritt dauerte ein paar Stunden. Ashton genoss die Zeit, die er mit einem Neffen totschlug. Sie besuchten all die alten Lieblingsorte, die Tucker sehen wollte, wie etwa die Aussicht an den Heart Falls, und die Stelle, wo der junge Luke und Tucker versucht hatten, ein Baumhaus zu bauen.

Der Besuch wurde zu einem Abendessen in der Kantine, und Tucker verschwand für die Nacht in einen der Pferdeanhänger.

Was bedeutete, dass Ashton allein in seiner Unterkunft war, und das vor zehn Uhr abends, mit viel zu viel, über das er nachdenken musste.

Die Sache, die er mit Sonora am Laufen hatte, war gut. Nein – sie war toll.

Sie war außerdem schrecklich, denn ihr geheimes Sex-Arrangement war schon längst nicht mehr ausreichend, aber verdammt, wenn Ashton gewusst hätte, was er deswegen unternehmen sollte.

Er dachte über das nach, was sie gestern Abend zu ihm gesagt hatte. Wie es niemals nachließ, wenn man jemanden verloren hatte, den man liebte.

Sie liebte immer noch Greg.

Ein Ansturm der Gefühle drang auf ihn ein, und er war schockiert, als er feststellte, dass das vorherrschende Gefühl Eifersucht war.

Gottverdammt. Er war eifersüchtig auf einen Toten.

Ashton fuhr sich mit der Hand durch die Haare und schimpfte sich auf alle mögliche Arten ein Arschloch. Er stand auf und ging zwischen seiner Küche und seinem Schlafzimmer hin und her, sein Frust nahm zu.

Natürlich liebte Sonora Greg noch. Der Mann war ihre erste Liebe gewesen. Sie hatten zusammengearbeitet und ein Kind aufgezogen. Es gab keinen Grund, dass die Zeit vermindert haben sollte, wie wichtig er ihr war.

Teufel, Ashton hätte sagen müssen, nachdem sie fast vierzehn Jahre weg waren, liebte er die Stones noch immer, und das war völlig platonisch gewesen, nur als Freunde. Sonora und Greg waren intim miteinander gewesen ...

Ashton schob den brennend heißen Schmerz weg, der auf ihn eindrang. Ja. Eifersucht war das einzige Wort dafür, so sehr er es auch verabscheute, das zuzugeben.

Heute Nacht wünschte er sich mit allem, was er hatte, dass er noch am Haus der Stones gebraucht würde. Um Weihnachtsschmuck aufzubauen und das Haus für den Weihnachtsfeiertag vorzubereiten, das wäre eine willkommene Ablenkung gewesen.

Doch stattdessen saß er mit seinen eigenen Gedanken und seinen eigenen Dämonen fest.

Also verfiel er zurück auf seine übliche Lösung, wenn er nachdenken musste. Zog eine Jacke an und begab sich zurück zur Scheune. Falls Happy-Go-Lucky überrascht war, ihn auftauchen zu sehen, zeigte das Pferd es nicht. Es lehnte sich nur zufrieden in Ashtons Berührung, während er mit dem Striegel über seine Flanken strich.

Ein geduldiges Tier.

Es war spät, bis Ashton sich ins Bett warf, keine Lösung im Kopf. Noch während er sich am Weihnachtsfeiertag den Stones zum Essen anschloss, wie es die Tradition wollte, verbrachte er mehr Zeit damit, sich Sorgen um das Problem zu machen, als in der Gegenwart zu sein.

Zum Glück teilte Caleb die wunderbaren Nachrichten mit, dass die Finanzen von Silver Stone nicht nur gut waren, sondern felsenfest. Die Dinge konnten sich genau auf die richtige Art verändern.

Und die Ideen, die Ashton während des Vortages sinnlos verfolgt hatte, kamen endlich zu ihm.

Er zerrte Tucker zurück zu seinen Räumen, bereit, die

Bombe platzen zu lassen. Es dauerte ein paar Minuten, bis er dahin kam, aber der Augenblick, in dem er es endlich aussprechen konnte, war eine Erleichterung, wie er sie noch nie zuvor verspürt hatte.

„Da ich weiß, dass du die Dinge gern im Voraus planst, eine nervige Angewohnheit, die du von deinen Eltern hast, und die sich trotz all meiner Versuche, sie dir auszutreiben, gehalten hat, hol mal deine Tabellen raus und arbeite an Folgendem." Ashton hob den Blick direkt zu seinem Neffen. „Du hast recht. Ich bin interessiert an Sonora" – er hob warnend einen Finger – „und das wiederholst du bloß vor *niemandem*. Aber das bedeutet, dass ich irgendwann mal bereit sein möchte, den nächsten Schritt zu machen."

„Klingt sinnvoll. Was hat das mit mir zu tun?"

Ashton ließ die Worte heraus. „Ich will, dass du bereit bist, um als Vorarbeiter zu übernehmen, wenn die Zeit gekommen ist."

Es mochte ja dumm von ihm sein, dass er Sonoras Drängeln vor ein paar Tagen gebraucht hatte, um hier zu landen, aber jetzt, da er einen Hauch der Zukunft gesehen hatte, ergab alles einen Sinn.

Ashton plante und arbeitete eine Stunde mit Tucker, bevor sein Neffe sagte, er wäre erschöpft, und für den Abend verschwand.

Anders als am Vorabend fühlte Ashton sich erfüllt von Energie und Hoffnung. Es würde nicht leicht sein, die Veränderung vorzunehmen. Er würde sehr, sehr geduldig und sehr überzeugend sein müssen.

Und klug. Das Letzte, was er wollte, war, Sonora mit seinen Forderungen in die Flucht zu schlagen. Sie mochte ja einverstanden damit sein, dass er beim Sex herrisch war, aber sie hatte sonnenklar gemacht, wenn er sie im echten Leben herum kommandierte, ging das gar nicht.

Ashton starrte an die Wände seines Wohnzimmers und beäugte das Makramee, das dort ausgestellt war. Regenbogenfarben, ein wenig reines Weiß. In den drei Wochen, seit sie ihm das erste geschenkt hatte, waren zwei Dutzend weitere hinzugekommen. Er wusste verdammt gut, dass Sonora irgendeine perverse Freude daran hatte, sie für ihn zu machen.

Wer war er denn, dass er dazu hätte nein sagen können?

Aber während er sie zusammensammelte, um sie an einen neuen Ort zu bringen, eines nach dem anderen, schmiedete er Pläne.

12

Es war nicht leicht, einem Mann, der so ziemlich alles hatte, was er wollte – und der auch noch einen simplen Geschmack hatte –, das zum Geburtstag zu schenken, was er gern hätte. Besonders, wenn sein Neffe und die anderen Männer in seinem Leben eine Überraschungsgeburtstagsparty organisierten und planten, Ashton zu entführen, ohne die entsprechenden Einzelheiten der Entführung ihr mitzuteilen.

Wie unhöflich. Sonora konnte aber nicht herausbringen, weshalb man sie nicht in jeder Entscheidung, die mit diesem Mann zu tun hatte, auf CC setzte. Es hätte ihr Leben auf jeden Fall sehr viel leichter gemacht.

Sie lachte, noch während sie den Kalender beäugte und versuchte, eine Lösung für ihr Dilemma zu finden.

Du könntest die Party crashen.

Gregs geisterhafter Vorschlag ließ sie die Arme verschränken und den Kalender noch fester anstarren. „Genau, nein. Das Letzte, was ich von Walker gehört habe, war, dass über zwanzig Typen auf dem Event sein werden. Ich bin sicher, wenn ich auftauche, würde ich die Deckung, dass wir einfach nur grummelige Freunde sind, total sprengen."

Du crashst die Party ja nicht um ihretwegen, sondern für Ashton.

„Ashton kann sein Geschenk später kriegen. Ist ja nicht so, als wäre der eigentliche Tag magisch oder so was."

Ich wette, er würde sein Geschenk gern am eigentlichen Tag bekommen.

„Du nervst, wie üblich", sagte sie zu Greg. „Natürlich würde es Ashton gefallen, wenn ich komme und an seinem Geburtstag eine sexy Nummer hinlege. Würde das gehen, würde er das jeden Tag von mir wollen."

Sie hielt inne. Na ja, das stimmte vielleicht nicht. Ihre gemeinsamen Vergnügungen waren immer noch unterhaltsam und enthusiastisch, aber sie kamen nicht mehr so regelmäßig wie früher.

Tatsächlich war schon fast eine ganze Woche vergangen, bevor sie sich mal nackig gemacht hatten. Das Seltsame war, ihr war es nicht mal aufgefallen, was sie noch mehr verwirrte.

Nicht, dass ihr der Mangel an Nackt-Zeit entgangen wäre, aber sie hatten immer irgendwas gehabt, was dringender gewesen war.

Manchmal waren sie auf dem Sofa gelandet und hatten Dinge besprochen, die auf Silver Stone passiert waren. Oder als sie Probleme bei der Tierrettung gehabt hatte und Pläne für die beste Möglichkeit machen musste, um weiterzukommen, hatten sie zusammen Ideen ausgebrütet.

Es hatte sich nicht notwendig angefühlt, sich nach diesen Augenblicken auszuziehen. Zeit gemeinsam zu verbringen, war auf ganz andere Art erfreulich gewesen. Sie würde sich darüber nicht beschweren.

Der Nachteil war, wenn er weniger Sex hatte, schien Ashton mehr Zeit und Energie zu finden, um Schwierigkeiten zu machen. In den letzten paar Wochen hatte er sie zweimal genervt, ohne sich auch nur zu bemühen.

Oder vielleicht bemühte er sich und war einfach extrem erfolgreich.

Zum Ersten hatte sie herausgefunden, dass er eine Bestellung für das Tierheim aufgegeben hatte, bei der er die Verbindungen von Silver Stone genutzt hatte. Was süß von ihm war, und ihr vermutlich Geld sparte, nur dass sie bereits Ressourcen hineingegeben hatte und am Schluss mit der Bank alles klären musste, damit die Bilanz wieder stimmte.

Dann hatte sie früher im Monat die Tür geöffnet, um festzustellen, dass Brooke Klassen mit einem großen Lächeln dastand, ihr Mann winkte vom Parkplatz her.

„Ich schnapp mir nur deine Schlüssel“, sagte Brooke, die Hände ausgestreckt.

Sonora beäugte sie verwirrt. „Meine Schlüssel?“

„Ja. Ich fahre.“

Ein Teil der Unterhaltung schien zu fehlen. Sonora versuchte es noch mal. „Ihr wollt meine Schlüssel.“ Sie spähte um Brooke herum zu Mack, der hinter dem Lenkrad ihres Trucks saß. „Stimmt was nicht mit deinem? Mir macht es nichts, dir mein Fahrzeug zu leihen, aber ...“

„Ach, nein. Tut mir leid. Ich dachte, das wüsstest du. Ashton hat mit Dad und mir vereinbart, dass wir mal einen Rundumcheck machen und uns auch die Reifen anschauen. Ich kann dich heute dazwischenschieben und bis Mittwoch fertig sein.“

Sonora hielt den Mund. Sie würde es nicht an Brooke auslassen, dass das Timing nicht toll war. Sonora musste am Dienstag in der Stadt sein. Sie würde eines der Mädchen fragen müssen, ob sie sie abholen konnten, was sie verabscheute, wenn sie ihren freien Tag hatten.

Trotzdem konnte sie mit diesen Schlägen fertig werden.

„Lass sie mich schnell holen“, bot Sonora an.

„Kein Problem.“ Brooke rieb sich die Arme über der Jacke. „Es ist heute kalt.“

„Wie gut, dass keiner von uns draußen arbeiten muss. Ich bin jeden Tag dafür dankbar.“ Sonora ließ die Schlüssel in Brookes Hand fallen. „Möchten du und Mack diese Woche zum Abendessen vorbeikommen?“

„Das wäre schön“, sagte Brooke. „Wir haben am Haus renoviert, und von dem Saustall wegzukommen, wäre eine schöne Ablenkung.“

Nachdem die Pläne vereinbart waren, winkte Sonora zum Abschied, schloss die Tür und ließ ein riesiges Seufzen hören.

Sie war nicht sicher, was sie tun sollte. Ashton eine Nachricht schicken, in der stand: *Danke, dass du mir hilfst, mich um meinen Truck zu kümmern?* Oder ihn verfluchen und ihm einfach eine *Mach niemals wieder was für mich aus, ohne mich vorher zu fragen*-Warnung um die Ohren hauen?

Ihr gefiel, dass er daran gedacht hatte, ihr zu helfen. Wirklich.

Sonora kehrte zu ihrem Platz vor dem Feuer zurück und beschloss, dass vermutlich keine Antwort die richtige war.

Nerviger Typ.

Eine Woche später, als ihr Truck wieder da war, wo er hingehörte, stand Sonora vor einem neuen Dilemma. Trotz seiner Fehler in den letzten paar Wochen war heute Ashtons Geburtstag. Es war eine Lebensregel, Geburtstage zu feiern, und sie würde diese Gewohnheit jetzt nicht umwerfen.

Besonders, da fünfundsechzig ein Meilenstein war, und diese Freundschaft hatten sie schließlich schon seit vielen Jahren. Und wenn schon, wenn diese Überraschungsparty, die Tucker für seinen Onkel organisiert hatte, es ein bisschen schwieriger machte als üblich, Ashtons Geschenk abzuliefern? Sie mochte Herausforderungen.

Sie brauchte allerdings Hilfe. Die Logistik war ansonsten zu kompliziert.

~

Sonora fuhr um die Seite des Hauses auf den Platz direkt neben Lisas und Josiahs Familien-SUV. Es war früh genug, dass Josiah noch bei der Arbeit und tierärztlich unterwegs war, und der Rest der Geburtstagsteilnehmer war nirgendwo zu sehen.

Lisa? Sie wusste, wie man den Mund hielt.

Sonora begab sich zur Hintertür und ging hinein. „Lisa?"

„Hier drin."

Kindermusik lief fröhlich im Hintergrund, und Kindergelächter und -geplauder führte Sonora in das Familienzimmer, wo Lisa auf ihre Tochter Zoë und ihren Neffen Tyler aufpasste. Die Kleinen waren beide noch keine drei Jahre alt und offensichtlich auch gute Freunde, nicht nur Familie.

Bis Zoë einen Truck direkt unter Tylers Nase stahl, und er empört heulte.

„Willkommen im Chaos", sagte Lisa mit einem Lachen zu Sonora. „Zoë. Teilen heißt nicht, dass man seinem Cousin das Spielzeug wegnehmen darf. Gib es zurück."

Sonora sah erheitert zu, wie Lisa geduldig mit den Kindern umging. „Ich will dich nicht von deiner Unterhaltung wegführen."

„Du darfst gerne raus zum Spielhaus gehen und tun, was immer du tun musst. Ich habe die Luftmatratze heute Vormittag hingebracht und sie mit Bettzeug bezogen. Außerdem steht ein elektrischer Heizstrahler auf dem Regal. Schalte ihn einfach aus, wenn du fertig bist." Lisa spielte vor, einen Schlüssel an den Lippen umzudrehen. „Ich schwöre, ich weiß von nichts."

Sonora beugte sich hinunter und küsste Lisa auf die Stirn. Die junge Frau war in den letzten paar Jahren eine gute Freundin geworden. Sie war auch extrem klug und schien irgendwie am Puls jedes kleinsten Hauchs von Klatsch in der Gemeinde zu sein.

Dass Lisa bereits raus hatte, was Sonora und Ashton taten, war ein hinfälliger Schluss. „In Wahrheit weißt du doch alles, meine Liebe. Und so mag ich dich auch."

„Ich hoffe einfach, wenn ich sechzig bin, ziehe ich auch solche Tricks ab." Lisa grinste. „Tatsächlich hofft *Josiah*, dass ich solche Tricks abziehe, wenn ich sechzig bin."

Ein Lachen löste sich, während Sonora den Raum verließ und die letzten Vorbereitungen traf.

Bei der Rückkehr an den Tatort an diesem Abend holte Sonora tief Luft, dann begab sie sich vorsichtig hinüber zum Spielhaus. Sie hielt sich, so gut sie konnte, in den Schatten, bis sie nur noch kurz die Rampe zum Spielhaus hinauflaufen musste. Der verkrustete Schnee unter ihren Füßen hielt sie, knirschte aber bei jedem Schritt, die Temperatur schien mit jedem weiteren Meter zu fallen. Während sie durch den dunklen Hinterhof gelaufen war, hatte der Bademantel, den sie sich um den Körper geschlungen hatte, im Wind geflattert.

Es war teuflisch kalt. Zum Glück gab es den Heizstrahler draußen im Spielhaus, und die Heizdecke für die geplanten Sperenzchen.

Sonora zündete mit einem Streichholz die Kerze im Fenster an, dann griff sie nach ihrem Handy. Nun kam der heikle Teil. Was, wenn Ashton sein Handy zu Hause gelassen hatte? Was, wenn er einfach nicht antwortete?

Die Wahrheit war, wenn ihre ganzen Bemühungen heute Abend scheiterten, machte es Sonora überhaupt nichts aus.

Das Ziel war, dass Ashton einen wunderbaren Abend erlebte. Wenn das ohne ihre Hilfe geschah, sollte es so sein.

Sie tippte ihre Nachricht, dann kreuzte sie die Finger und drückte auf Senden.

> Sonora: Alles Gute zum Geburtstag. Hast du Spaß?

~

Ashton hatte nur vorgehabt, ein paar Minuten von der Party wegzugehen, aber nachdem er eine mysteriöse Gestalt über den Hinterhof hatte huschen sehen, war er zu neugierig gewesen, als dass er hätte widerstehen können, mal kurz nachzusehen.

Das Holz knirschte unter seinen Füßen, während er die Rampe hinauf in das Spielhaus stieg, das Josiah Ryder in seinem Hinterhof gebaut hatte. Als Fort war es ziemlich gut, mit echten Fenstern und einer Tür, die Ashton aufschob, um festzustellen, dass Sonora dort in eine Decke gewickelt war, ihr Blick schoss vom Handy hoch zu ihm.

„Sonora? Was zum Geier?“

Ihre Erheiterung war deutlich. „Na ja, ich hoffe auf jeden Fall, dass ich auch nächstes Mal, wenn ich schreibe, eine so schnelle Reaktion bekomme.“

Ashton schloss die Tür und duckte sich leicht, während er das tat. Zu seiner Überraschung war es warm in dem kleinen Raum, was ihn sogar noch mehr verwirrte. „Was machst du hier?“

Der winzige, nur gut fünf Quadratmeter große Raum war zum Großteil von etwas gefüllt, das eine Luftmatratze und eine Tonne Kissen und Decken zu sein schienen.

Sonora nahm seine Hand. „Ich warte, dass ich dir dein Geburtstagsgeschenk übergeben kann."

Sie zerrte an ihm. Die unerwartete Bewegung ließ ihn auf der Luftmatratze auf die Knie sinken, die leicht wackelte, während er ums Gleichgewicht kämpfte.

„Sonora."

Ein rascher Schubs an den Schultern legte ihn flach auf den Rücken. Einen Augenblick später saß sie rittlings auf seine Hüfte.

Okay, das gefiel ihm. Das gefiel ihm sehr.

Die Miene, die sie aufhatte, wenn sie etwas Fieses plante, trat auf ihr Gesicht, vertraut und willkommen. „Ich weiß. Du hast eine Geburtstagsparty mit deinen Freunden. Ich will dich auf keinen Fall stören."

Er lachte, umfasste instinktiv ihre Hüfte. „Die Tatsache, dass du hier bist, mit anscheinend einem Bett und fragwürdigen Absichten, ist doch die genaue Definition davon, mich zu stören."

Diese süße, verführerische Frau drückte ihm die Hände auf die Brust und lehnte sich dichter an ihn. Ihre langen Haare fielen um ihr Gesicht, bildhübsch, während er in ihre lachenden Augen schaute. Ihre Lippen waren nur wenige Zentimeter von seinen entfernt, und sie summte glücklich. „*Fragwürdige* Absichten? Ich hatte gehofft, die wären ziemlich eindeutig."

Ashton ließ eine Hand ihren Rücken hinaufgleiten, um seine Finger in ihre Haare zu vergraben. Ein leichtes Ziehen, und er hatte den Winkel neu ausgerichtet, sodass er sie küssen konnte. Seine Lippen waren fest an ihren, während er die Kontrolle übernahm. Die Hitze zwischen ihnen war intensiv und stieg so schnell an wie eh und je.

Er rollte herum, ließ sie unter sich gleiten und kam zwischen ihren Oberschenkeln zum Ruhen. Die Luftmatratze wackelte leicht, aber sie war fest genug, um ihren Zwecken hier und jetzt zu dienen. Wärme legte sich um sie, trieb von dem Heizstrahler in der Ecke des kleinen Raumes heran.

Es gab keine Zweifel daran, was Sonora wollte, und vielleicht war er ein Bastard, dass er seine Freunde eine Zeit lang ignorierte, um ihr Geschenk entgegenzunehmen.

Sonora leckte sich die Lippen, und jegliche Absicht, die er gehabt hatte, das Ehrenhafte zu tun und es auf ein andermal zu verschieben, verschwand in einem Lodern von Hitze und Verlangen.

Sie hätte doch ihn verführen sollen, aber plötzlich war sie diejenige, die stärker verlockt wurde. Angezogen von jeder Bewegung seiner Lippen an ihren, um sich vollständiger zu verbinden.

Um ihn zu schmecken, ihn ganz anzunehmen. Den Hunger in seiner Berührung zu genießen, während er sich auf einen Arm stützte und mit sündigen Absichten auf sie herablächelte.

Ashtons Finger auf dem Gürtel ihres Bademantels bewegten sich so geschickt, dass Sonoras Erheiterung ebenfalls anstieg. „Du bist darin echt gut."

„Übung macht den Meister. Mein Gott, Frau. Was du mit mir anstellst." Er schob den Stoff zur Seite und legte eine große Handfläche über ihre Brust, schaute hinab, als hätte er ein Meisterwerk entdeckt.

Dass er sie so ansah, gab ihr das Gefühl, geschätzt zu werden. Schon immer.

Sonora schob die Finger durch seine Haare, strich über seine Schultern, streckte sich, um seinen Rücken zu streicheln. Er küsste sich an ihrem Körper hinab. Sie hatte nicht geplant, dass das Abenteuer so verlief, aber ihn von seinem Pfad abzubringen, war unmöglich.

„Ich soll doch dir ein Geschenk machen“, beschwerte sie sich, bevor sie keuchte. Er hatte eine Hand in ihr Höschen geschoben und unbeirrbar die perfekte Stelle gefunden, um ihre Lust aufflammen zu lassen.

„Ich habe mein Geschenk doch“, sagte Ashton. „Es ist perfekt. Aber nicht ganz die richtige Farbe.“

Sie betrachtete verwirrt sein Gesicht.

Ashton riss ihr Höschen herunter, dann nahm er wieder zwischen ihren Schenkeln Platz. „Ja, mir gefällt es, wenn es ein bisschen rosiger aussieht, oder nicht?“

Er schob die Hände unter ihren Hintern und hob ihr Geschlecht zu seinem Mund, ließ sie mit jedem Lecken seiner Zunge über ihre Klitoris höher fliegen, mit jeder Bewegung durch ihre Schamlippen, jedem Stoß in ihr Innerstes – alles war perfekt, und es entlockte ihrem Körper eine unbeherrschbare Reaktion.

„Süße Sonora“, hauchte Ashton an ihr, die Hitze seines Atems strich über die Feuchtigkeit, die er geschaffen hatte. „Ich liebe, wie du schmeckst. Wie du meine Finger durchtränkst und mich fest umfängst. Ich will, dass du schmilzt, bevor du um meinen Schwanz gleitest.“

„Sprich weiter“, flehte Sonora, bevor sie beschloss, dass das eine furchtbare Idee war. „Nein, hör auf zu reden und nimm deine Zunge. Bitte.“

Er lachte, neckte sie mit den Stoppeln auf seinem Kinn. Dass er mit der rauen Oberfläche langsam über die Haut streifte, die durch seinen Kuss so empfindlich geworden war, ließ ihre körperliche Reaktion bis zu ihrer Kopfhaut hinauf flattern.

Dann senkte er wieder den Mund über ihr, ließ die Finger in sie hineingleiten. Zog sie langsam heraus, führte sie wieder hinein. Immer wieder, bis sie atemlos war, ihre Brust hob sich, während sie nach Erlösung strebte.

„Ashton." Ein Befehl? Eine Bitte vielleicht.

Er nahm es als Handlungsaufforderung. Er hob sich über ihr und holte seinen Schwanz heraus. Mit den Fingern zwischen ihren Schenkeln lotste er die Spitze zu ihrer Hitze.

Sonora öffnete die Schenkel weiter, hieß ihn willkommen. Zum Glück brauchten sie keine Kondome mehr. Keine Zeitverschwendung, um mit dieser Komplikation fertig zu werden. Sie nahm sein Gesicht in die Hände und schaute ihm in die Augen.

Er schob sich mit einer festen Bewegung in sie.

Sie schloss die Augen, erfreut wie immer, wie gut es sich anfühlte, so zusammen zu passen. Ihn in sich zu haben, heiß und hart und perfekt. Sonora legte die Finger um seinen Bizeps und strich über die harten Muskeln. Sein Flanellhemd war weich unter ihren Fingerspitzen, und darunter war eine Kraft in jeder Bewegung.

In der Art, wie er sich über ihr hielt, auf einen Arm auf gestützt. Die Art, wie er die andere Hand zwischen ihnen hielt, Feuchte aus ihrem Geschlecht über ihre Klitoris rieb.

Mit jedem Stoß seiner Hüften glitten seine Finger über die empfindlichen Nerven, und der Orgasmus, der leicht nachgelassen hatte, erhob sich wieder, löste sich fast.

Diese Sache zwischen ihnen war gut. So gut sogar, wie konnte sie das nicht einfach wollen?

„Fester." Sonora bohrte ihre Fingernägel in seine Haut und hielt sich fest.

Er fluchte leise, wurde aber schneller. Die steinharten Muskeln seines Hinterns spannten sich an, während er die Hüften nach vorne stieß. Sein Atem kam in scharfen Stößen, und feuriges Verlangen lag auf seinen Zügen.

Die hohe Geschwindigkeit war genug, um eine Spirale

auszulösen, seine Härte in ihr erwischte all die richtigen Stellen. Dazu noch seine Finger auf ihre Klitoris, und Sonora war verloren.

„Ashton."

Sie keuchte seinen Namen, während ihr Geschlecht sich um ihn zusammenzog. Sofort wurde er langsamer, nicht, um ihre Lust zu brechen, sondern zu verlängern. Ein bedürftiges Geräusch wurde laut, als Ashton sich im Rhythmus ihres pulsierenden Innersten vor und zurück bewegte und immer wieder einen neuen Ansturm der Lust durch sie schickte.

Er hielt noch ein paar Augenblicke nach ihrer Erlösung durch, stieß tief hinein und hielt sich dort, während seine Arme bebten und seine Hüfte zitterte.

Sonora konnte die Augen nicht öffnen. Sie war geschmolzenes Eis an einem Sommertag, ganz dünn zerlaufen und süß und klebrig. „Ich bewege mich niemals wieder."

Ashton zog sich mit einem Stöhnen zurück, dann ließ er sich an ihrer Seite nieder, zog sie an sich. Er zerrte die Ränder ihres Bademantels über ihren Körper, dann schob er ihren Kopf unter sein Kinn. „Vielleicht wird es ein wenig seltsam für dich, in einem Spielhaus zu wohnen."

„Hat sich gelohnt", flüsterte sie. Stille umgab sie. Sonora tätschelte ihm sanft die Brust unter ihren Fingern. „Alles Gute zum Geburtstag."

Einen Augenblick blieb er still, bevor er die Lippen auf ihre Stirn drückte. „Vielen Dank für mein Geschenk. Es ist genau, was ich mir gewünscht habe."

Unter ihren Handflächen schlug sein Herz in einem stetigen Rhythmus.

Sie holte tief Luft und machte ihre Worte fest und wahr. „Du bist ein Mann, den man leicht glücklich macht. Es hilft, dass wir das schon seit einer Weile tun. Wir haben das Genießen und Teilen von Lust wirklich raus. Keine weiteren

Erwartungen, keine anderen Menschen im Weg. Nur wir, wie wir es uns versprochen haben."

So traurig sie dieser Gedanke auch jetzt machte.

Ashton wurde reglos. Er blieb länger reglos, als erwartet, dann neigte er endlich das Kinn. „Genau. Wie wir es versprochen haben."

Fünf Minuten später waren sie beide angezogen.

Nach einem letzten Kuss kehrte er zu seiner Geburtstagsparty zurück.

Sonora richtete ihre Sachen in ordentlichen Bündeln her, damit sie sie am folgenden Tag abholen konnte, dann schlüpfte sie leise durch den Hof, wo sie ihren Truck gelassen hatte.

Auf der Fahrt nach Hause lächelte sie abwechselnd und hatte das Gefühl, dass etwas leicht danebengegangen war. Es war ein schöner Abend gewesen, dessen war sie sich sicher. Sie schmiegte sich in ihr Bett im Haus, hielt sich an dem Gefühl der Zufriedenheit fest, weil sie Ashton eine Freude gemacht hatte.

Am nächsten Morgen wachte sie mit einem vernebelten Verstand und leichten Hinweisen auf einen anhaltenden Albtraum auf. Irgendetwas, zu dem leere Häuser gehörten, die mit traurigen Geistern gefüllt waren, alle von ihnen weinten, als würde ihnen das Herz brechen.

13

September, dieses Jahr

Die süße, wunderbare Sonora Fallen trieb ihn zur Weißglut.

Ashton hatte in den letzten Monaten alles versucht, was ihm einfallen wollte, um sie auf eine neue Stufe ihrer Beziehung zu bringen, aber nichts davon schien zu funktionieren.

Es war nicht nur eine Weigerung von ihrer Seite gewesen, wie er zugeben musste. Die ganze Welt hatte sich verschworen, um den nächsten Schritt verdammt noch mal so gut wie unmöglich zu machen. Silver Stone hatte mehr als nur ein paar Notfälle gehabt, und Tucker hatte Anweisung gebraucht, während er sich in seine neue Rolle als stellvertretender Vorarbeiter einlebte.

Es hatte schöne Familienveranstaltungen gegeben, und Freunde, die ihn um Hilfe gebeten hatten, und Ashton betrachtete das als Privileg und Verantwortung.

An diesem Punkt war Geduld wohl eine Tugend, aber sie lief langsam aus.

Trotzdem, dass er bei Longhorns gegenüber von Gary am Tisch saß, war etwas, das man feiern sollte.

Ashton hob das Glas. „Auf dein einwandfreies Gesundheitszeugnis."

Gary atmete tief ein, bevor er zuließ, dass seine Schultern sich entspannten und ein Lächeln zum Vorschein kam. „Auf dich, der mir die Hand an viel zu vielen verflixten Tagen voller Sorgen und Arzttermine und Krebsbehandlungen gehalten hat."

Die plötzliche Krebsdiagnose hatte Gary ziemlich durch die Mangel genommen. Zum Glück hatte man den Blasenkrebs früh erkannt, und die Behandlung war gut gelaufen. Aber die Monate waren wie im Rausch vergangen, während sie das durchzogen.

Hier zu sein, das Leben zu feiern, war etwas Wichtiges.

„Wir sind Freunde. Ich werde in den schwierigen Augenblicken immer für dich da sein, und genauso in den leichten", erklärte ihm Ashton. „Aber gern geschehen."

Zwei überdimensionierte Steaks kamen, und die nächsten Augenblicke ging es nur darum, sich auf das wunderbare Dankesmahl zu stürzen, das Gary auf die Beine gestellt hatte.

Gary brummte zufrieden mit dem Mund voller Steak, dann schüttelte er vor Ashton seine Gabel. „Die Seeforelle würde Sonora lieben. Die steht nur in den nächsten paar Wochen auf der Speisekarte."

Ashton nickte. Im Juni hatte er endlich seine Ziele eingestanden, was Sonora betraf, und seither hatte Gary sein Bestes getan, ihn nicht nur zu unterstützen, sondern hatte ihm auch alle möglichen Dating-Ratschläge gegeben.

Sein Freund schaute ihn einen Augenblick an, bevor er den

Kopf schüttelte. „Hast du sie denn überhaupt je gefragt? Ob sie mit dir auf ein echtes Date geht?"

„Habe ich", erwiderte Ashton wahrheitsgemäß. „Sie war beschäftigt."

Gary hob eine Augenbraue. „Lass mich das richtig verstehen. Du hast zu ihr gesagt: ‚Sonora, ich würde dich gern zu Longhorns zum Abendessen ausführen. Gehen wir am Mittwoch.' und sie hat dann Nein gesagt."

„Ja. Nein."

„Verflixt noch mal." Gary stützte die Ellbogen auf den Tisch. „Erklär das mal."

„Ich sagte: ‚Auf der Speisekarte bei Longhorns gibt es Forelle.' Sie sagte: ‚Das sind wunderbare Neuigkeiten.' und dann haben wir miteinander geschlafen."

Gary ließ den Kopf hängen, stützte ihn auf die Hände. Seine Schultern bebten, und als er den Blick schließlich zu Ashton hob, blitzte dort Erheiterung, aber auch etwas anderes. „Dir ist schon klar, dass dieser Satz mich gleichzeitig für dich applaudieren lässt, und ich dir eine Ohrfeige geben will."

„‚Wunderbare Neuigkeiten'?"

„‚Wir haben miteinander geschlafen'", erwiderte Gary.

Eine vorüberkommende Aushilfsbedienung bekam große Augen, und Ashton lachte über die entsetzte Miene seines Freundes.

Gary räusperte sich, dann senkte er die Stimme. „Ich meine, *du* hast mit *Sonora* geschlafen. Denn obwohl ich mich freue, dass bei euch immer noch die Laken brennen, glaubst du nicht, es wäre Zeit, mal weiter zu ziehen?"

„Ich versuch's", beharrte Ashton. „Es war ..."

Seine Erklärung geriet ins Stocken. Auf gar keinen Fall würde er auch nur den leisesten Hinweis darauf geben, dass es eine große Aufgabe gewesen war, Gary so viel Zeit zu schenken.

Oder Silver Stone Zeit zu schenken.

Oder Caleb oder Walker.

Es hatten das ganze Jahr lang kleine, aber wichtige Dinge stattgefunden, und Ashton freute sich sehr, dass er an allem beteiligt gewesen war. Einen Anbau an Walkers und Ivys Haus zu bauen, zur Vorbereitung für ihre Adoptivkinder. Calebs ältester Tochter Sasha zu helfen, besser mit Pferden umgehen zu können. Zeit mit Kellis Großvater zu verbringen, der inzwischen die Ranch regelmäßig besuchte.

Ashton schaute seinem Freund direkt in die Augen und sagte es deutlich. „Sonora und ich sind schon sehr lange Zeit befreundet. Wenn es etwas länger dauern sollte, den nächsten Schritt zu machen, dann soll es so sein. In der Zwischenzeit machen wir immer noch das, was uns glücklich macht. Vertrau mir. Ich bin absolut dazu bereit, für sie da zu sein."

Gary seufzte, doch er nickte. „Ich weiß. Und verdammt, ich bin der letzte Mensch, der versuchen sollte, dir Beziehungsratschläge zu geben. Die Mutter meiner Tochter ist nicht lang genug geblieben, um zu sehen, wie Brooke in die Schule kommt, also geht's ja mehr darum, dass ich sehen möchte, wie du glücklich bist."

„Und das bin ich", entgegnete Ashton.

Sein Freund grinste ihn an. „Mein Gott, wir sind nicht betrunken genug für diese Unterhaltung."

„Stimmt, oder?" Ashton legte Gary eine Hand auf die Schulter und drückte sie. „Du gibst mir aber schon einen Nachtisch aus? Um für diesen ganzen zuckersüßen emotionalen Mist aufzukommen."

„Auf jeden Fall."

Nur auf dem Weg zur Tür sprach Ashton mit der Bedienung und organisierte eine Schoko-Creme-Brûlée in einer Schachtel zum Mitnehmen.

Nachdem er Gary in der Werkstatt rausgelassen hatte, begab sich Ashton zu Sonora.

Der Himmel glühte in mehrschichtigen Farbarrangements, der Sonnenuntergang bepinselte die Wolken über ihnen golden und rot, während die Sonne hinter den Bergen verschwand.

Er ging zur Verandaschaukel, die er vor einem Jahr für sie aufgestellt hatte. Sonora lag darauf ausgestreckt, wiegte sich sanft in der Abendbrise.

„Hey."

Er setzte sich neben sie und küsste sie auf die Wange. „Ich hab dir ein Geschenk mitgebracht."

Begeistert öffnete sie die Schachtel. „Du liebe Zeit. Hast du mein Verlangen nach Süßem bis ins Restaurant gehört?"

„Dich verlangt immer nach Süßem", sagte er. Dann zog er die Gabel heraus, die er sich in eine Tasche gesteckt hatte, und bot sie ihr ebenfalls an.

Ihr Lächeln konnte mit dem leuchtenden Himmel mithalten. „Teilen wir?"

„Natürlich." Ashton öffnete gehorsam den Mund, während sie ihm den ersten Bissen ließ. Süße breitete sich auf seiner Zunge aus, aber mit jedem Bissen, den er verspeiste, war es ihr Geschmack, nachdem er sich sehnte. Wie ihre Zunge die Zinken der Gabel ableckte und wie sie zustimmend summte, während sie die Augen schloss und langsam schluckte, erhöhte sein Verlangen nur.

Er sehnte sich nicht nur nach ihrer Berührung, sondern nach *ihr*.

Ashton nahm die leere Schachtel aus ihren Händen und stellte sie neben der Schaukel auf den Boden. Dann legte er einen Arm um sie und schmiegte sie an seine Seite, blickte hinaus über die fernen Berge.

Er sollte etwas sagen. Ihr erzählen, wie wichtig sie ihm war.

Ihr erzählen, dass er wollte, dass sie ihm kitschiges Makramee machte und ihn tadelte, weil er zu viel arbeitete.

Aber als sie seufzte und ihm eine Hand auf die Wange drückte, konnte er es einfach nicht. Konnte dieses perfekte Gleichgewicht zwischen ihnen nicht zerbrechen, das sie genau die sein ließ, die sie waren. Keine scharfen Kanten, keine Kompromisse oder Lieblosigkeiten oder unangenehmen Entscheidungen. Nur Sonora. Nur Ashton.

„So wunderschön", sagte Sonora leise. Sie verschränkte die Finger in seinen und schaute auf den dunkler werdenden Himmel.

„Sehr schön." Ashton schaute auf sie und hoffte auf ein Wunder. Auf Weisheit oder Mut oder irgendwas, das ihm gestatten würde, seine Ängste fallen zu lassen und das endlich richtig hinzubekommen.

Der Herbst verflüchtigte sich in einem Lodern aus Gelb und Rot, die Temperaturen in Alberta fielen dieses eine Mal heftig und schnell genug, um die Blätter tatsächlich die Farbe wechseln zu lassen, anstatt direkt von Grün zu Braun und auf den Boden überzugehen.

Nach ein paar herrlichen Wochen schlich sich der Winter sanfter als üblich ein. Frostige Temperaturen, nur ein bisschen Schnee. Die Landschaft überall verwandelte sich in einen Wirrwarr aus Braun und Grau.

Als der Schnee schließlich kam, war es eine Erleichterung. Sonora begann sich auf die Geschäftigkeit der Weihnachtstage vorzubereiten. Mit ihrer Familie und der Tierrettung gab es immer genug, was sie ablenkte.

Auch Ashton. Nur … Ashton.

Falls irgendetwas in diesem letzten Jahr eine Konstante gewesen war, dann, dass er ihr oft durch den Kopf gegangen war. Er war in ihrem Bett gewesen, aber nicht unbedingt so oft bei ihr gewesen wie letztes Jahr.

Falls du dich beschweren willst, dass Ashton nicht oft da war, könntest du dir auch vielleicht das Zeitdiagramm ansehen, das ich angelegt habe. Von der tatsächlichen Wirklichkeit gegenüber dem, was du für wahr hältst.

Sonora blieb abrupt stehen, schaute sich um und wünschte sich, Greg hätte einen tatsächlichen Körper, dem sie einen Schlag verpassen konnte. „Ein Zeitdiagramm?"

Darüber, wie viel Zeit ihr miteinander verbringt.

Sie konnte es nicht glauben. „Es ist schlimm genug, dass du hier rumhängst und offen über all die Dinge sprichst, die ich lieber ignoriere, aber dass du ein Zeitdiagramm erwähnst, ist jenseits von Gut und Böse."

Ihr Geist war eindeutig erheitert. *Deine Angst vor Mathe hast du nie verloren, oder, Liebling?*

Also gut. Sie und Ashton hatten eine Menge Zeit zusammen verbracht. Obwohl sie beide äußerst beschäftigte Leute waren, unternahmen sie Dinge zusammen, wie Plaudern und Knutschen und sich Entspannen.

Das Gefühl, dass irgendetwas nicht stimmte, war allerdings weiter angestiegen. Sie hatte es eine Weile darauf zurückgeführt, dass er seine Ängste um Gary durcharbeitete. Aber in letzter Zeit war etwas in Ashtons Blick geschehen, das sie sich fragen ließ, ob sie wohl das Ende erreicht hatten.

Er war stiller. Nachdenklicher.

Sie konnte kaum Reue über ihre Vergangenheit verspüren, aber der Gedanke, dass sie nicht bei ihm sein konnte ...

Der tat weh.

Trotzdem, als er bei ihr Zuhause am ersten Samstag im

Dezember auftauchte, war sie bereit, ihre Ängste zur Seite zu schieben und den sehnsüchtigen Kuss anzunehmen, den er ihr auf die Lippen drückte.

Er löste sich von ihr, strich ihr mit den Fingern über die Wange. „Tut mir leid. Ich hätte erst fragen sollen, ob du was vorhast."

Sie dachte, dass sie in der Ferne etwas hörte, doch seine Hände waren auf ihr, und sie konnte sich nicht konzentrieren. Konnte es nicht wirklich wichtig finden, dass sie ihre ganze Entschlossenheit verloren hatte, weil sie das wollte. Weil sie ihn wieder wollte.

Es schien, als würde sie auf Bestrafung stehen. Wenn er vorhatte, langsamer zu machen, die Beziehung abzukühlen, einen Kurswechsel vorzunehmen – spielte keine dieser Vorstellungen auch nur annähernd eine Rolle.

Sonora hob die Lippen zu seinen und nahm den Kuss an. Nahm die Leidenschaft und die Lust und die Verbindung an, und sie schob ihre Sorgen und Ängste weg.

Genau jetzt, in diesem Augenblick. Das war alles, was sie hatten, und sie würde es sich nehmen.

Geschickte Hände strichen mit einem Wissen, dass im Lauf von Jahren und Erfahrungen aufgebaut worden war, über ihren Körper.

Er knöpfte ihre Bluse auf, küsste am Rand ihres BHs entlang. „Ich kann mich nie entscheiden, was mir lieber ist. Du nackt in meinem Bett und alle Zeit der Welt für uns, oder diese Augenblicke, wenn ich nicht schnell genug genug von dir bekommen kann."

„Beides." Sonora bekam die Worte kaum heraus, bevor sie keuchte, weil seine Zähne durch den BH hindurch die Spitze ihres Nippels streiften.

Ein *bumm, bumm, bumm* erklang an der Eingangstür.

Sonora fluchte. Ashton fluchte. Beide kicherten sie, während sie sich trennten.

„Ist die Tür abgesperrt?“, flüsterte Ashton, sein erhitzter Blick immer noch auf ihren Oberkörper gerichtet.

Die Vorderseite ihrer Bluse stand offen, ihre Haut lag offen vor ihm. Im selben leisen Tonfall erwiderte sie: „Ja.“

„Dann komm her“, knurrte er und zog sie an sich.

Hin- und hergerissen zwischen dem Drang, zu ignorieren, was immer da draußen war, und der Frage, ob es ein Engel war, der sie vor einem unklugen Augenblick rettete, warf Sonora einen Blick durch das Fenster. „Ich bin die Einzige, die für die Tierrettung da ist. Da muss ich hingehen.“

Ashton stöhnte, doch er ließ sie los. „Gut. Aber schick sie schnell weg. Ich werde auf dich im Schlafzimmer warten.“

Sein Handy läutete, und er fluchte. Er riss es aus der Tasche und stellte den Klingelton so schnell wie möglich ab, während er die Nachrichten beäugte, die jetzt auf seinem Bildschirm aufploppten.

„Arbeit?“

„Caleb“, flüsterte Ashton. „Mist. Er braucht mich bei den Ställen.“

„Ich lenke den ab, der da an der Tür ist, damit du gehen kannst.“ Vielleicht war das am besten. Eine kleine Atempause könnte bedeuten, dass sie den Kopf gerade gerückt bekam, bevor sie diese Grube noch tiefer grub. Sie drehte sich zur Tür und rief laut: „Komme gleich.“

Er runzelte die Stirn, denn dieser Augenblick hatte alle anderen Möglichkeiten aus dem Weg geräumt. Er richtete seine Hose und zerrte an seinem Hemd, während er sprach. „Also gut. Aber ruf mich an, wenn du kannst.“

„Natürlich.“

Als Ashton zur Hintertür und seinen Stiefeln unterwegs

war, beeilte sich Sonora, sich wieder instand zu setzen. Sie knöpfte ihre Bluse zu und steckte sich die Haare locker hoch.

Ein rascher Blick in den Spiegel im vorderen Eingangsbereich zeigte ihr zu glänzende Augen und äußerst gerötete Wangen, aber das würde gehen müssen. Sie warf einen Blick über die Schulter, um sicherzustellen, dass Ashton durch die Hintertür raus war.

Er war weg, doch ihr Herz raste noch. Sie wurden wirklich ein bisschen zu alt dafür, herumzuschleichen und Unfug zu machen.

Sonora setzte sich eine ruhige Miene auf und öffnete die Tür, um Yvette und Alex zu sehen, die beide ein riesiges Grinsen aufhatten.

„Yvette. Alex. Hi."

„Hi." Yvette wirkte eindeutig betreten, während sie einen Korb leicht hochhob. „Die Tierrettung ist verschlossen, und ich habe ein paar verlassene Kätzchen gefunden."

„Oh. Natürlich. Kommt rein." Sonora trat zur Seite und bedeutete ihnen, vorzukommen. Sie musste das zeitlich richtig abschätzen, damit Ashton gehen konnte, bevor es jemandem auffiel. „Es dauert nur ganz kurz, bis ich meine Sachen habe."

„Wir können hier draußen warten", bot Yvette an.

„Nein, nein. Auf gar keinen Fall. Kommt bloß rein aus der Kälte. Darauf bestehe ich." Sonora überfiel Alex mehr oder weniger. Sie nahm seinen Arm und zerrte ihn ins Haus, damit sie die Tür fest hinter ihm verschließen konnte. „Wartet hier."

Sie wirbelte auf der Stelle herum, ging zur Seitenwand, wo Winterstiefel und Jacken warteten.

„Wie läuft dein Tag?", fragte Alex.

War das ein erheiterter Unterton? Wussten sie es?

Na ja, falls sie es wussten, standen die Chancen gut, dass sie etwas anderes vorgeben würden, wie alle anderen in der Stadt auch. Wenn sie den Truck ignorieren konnte, der fast lautlos an den Fenstern des Wohnzimmers vorbeirollte, würden die beiden das auch tun.

Trotzdem richtete sich Sonora neu aus, bis Yvette und Alex den Fenstern den Rücken zuwenden mussten, damit sie sie weiter ansehen konnten. Die Leute bemühten sich doch immer, höflich zu sein. „Gut. Ich bin nur faul."

Sie brauchte, solange sie konnte, ließ Ashton ausreichend Zeit, dass sein Truck aus der Zufahrt verschwinden konnte. Dann ging sie hinaus zur Scheune und hieß das junge Paar in der süß duftenden Wärme willkommen.

„Wir fahren zum Rough Cut, um die Wohlfahrts-Essenskisten zu packen", erklärte Yvette. „Ich dachte, wir sollten die absetzen, bevor wir dort hingehen. Ich habe ihnen ihre ersten Impfungen verpasst, das ist also schon erledigt."

„Hast du eine Ahnung, wer sie bei dir abgesetzt hat? Die waren in der Klinik, oder?", fragte Sonora, die hinter den Schreibtisch ging und die Formulare herausholte, die sie brauchten.

„Ich habe keine Ahnung, wer sie an meinem Haus abgesetzt hat", sagte Yvette. „Hier, wir helfen dir."

Sie hatten alle schon Zeit damit verbracht, etwas für die Tierrettung zu erledigen, seit Sonora sie auf die Beine gestellt hatte. Einen Augenblick später hatte sich Alex ein Formular geschnappt, Yvette ein weiteres, und sie alle drei arbeiteten, um rasch die Informationen einzutragen, die für mögliche Adoptionen der Kätzchen gebraucht werden würden.

Die Unterbrechung durch Ashton war zur Seite geschoben, und Sonora konzentrierte sich auf das Gute, das in ihrer Welt war. Die Tierrettung hatte ihr eine Motivation und eine Aufgabe gegeben, die sie gut machen musste, als sie angefangen hatte, an anderen Dingen das Interesse zu verlieren.

Hier wurde sie gebraucht. Sie hatte eine Aufgabe zu

erledigen, eine, bei der sie nicht hinter anderer Leute Rücken herumschleichen musste.

Der Gedanke schoss in sie hinein wie ein Blitz. Ein Hauch der Wahrheit, die ihr lange Zeit entgangen war.

Sonora drängte das junge Paar wenige Minuten später durch die Tür hinaus und hoffte, ihren Gedankengang am Leben zu erhalten, bis sie schließlich ihre Sorgen festnageln konnte. „Ich richte sie hier ein. Das ist schon gut."

„Danke, dass du da bist", sagte Yvette, die die weichen Ohren der Kätzchen ein letztes Mal streichelte. „Ich bin froh, dass wir so süße Dinger wie die hier nicht mehr einfach einschläfern müssen."

„Das werden eines Tages gute Mäusejäger", stimmte Alex zu.

Nicht mal zehn Minuten später waren Yvette und Alex weg, und Sonora war allein in der stillen Wärme der Scheune. Der Korb voller schnurrender Kätzchen kletterte über ihre Finger, wo sie das fellige Knäuel abgesetzt hatte, suchte Trost in ihrer spürbaren Lebenskraft.

Brauchte sie.

Jahrelang war dieses Gefühl in ihr eine Antriebskraft gewesen. Die Tierrettung, Zeit mit ihrer Familie zu verbringen und zu helfen, damit ihre Kinder und Enkelkinder gesunde Menschen wurden.

Man hatte sie schon früher gefragt, weshalb sie bei ihrer Tochter gewohnt und geholfen hatte, die Kinder aufzuziehen. Weil sie sie gebraucht hatten. Es war ein Teil dessen, wonach sie sich immer gesehnt hatte. Wofür sie gearbeitet hatte. Was sie hatte bieten wollen.

Nur dass sie nun sah, wie sich ein anderes Bild formte. Gebraucht zu werden war etwas Nebulöses. An einem Ende der Bandbreite bedeutete es, von Pflichtgefühl getrieben zu werden. Gefangen in drückenden täglichen Aufgaben, die Zeit forderten und etwas von jemandem nahmen, ganz gleich, wie sich der Gebende fühlte.

Im besten Fall allerdings war Gebrauchtwerden diese Verbindung von Herz und Seele, die Sonora vor so langer Zeit mit Ryan besprochen hatte.

Verdammt. Wie war sie nur so unaufmerksam gewesen? Gebrauchtwerden war Teil der Liebe. Jemanden zu lieben. Sie streichelte den Fellball unter ihren Fingern und spürte, wie ihr die Tränen kamen.

Sie liebte Ashton. Sie wollte ihn, nicht nur körperlich, sondern in ihrem Leben. Aber er brauchte sie nicht. Nicht auf die gleiche Weise. Das hatte er ihr während der letzten Jahre immer wieder gezeigt, und sie konnte nicht mehr dagegen ankämpfen.

Sie liebte ihn.

Was bedeutete ...

Es dauerte ewig, bis das Einzige, was einen Sinn zu ergeben schien, felsenfest wurde. Sie liebte ihn. Wenn er sie liebte, wäre das eine runde Sache gewesen. Wenn aber nicht, gab es nur eine Wahl.

Sie würde ihn gehen lassen müssen.

Später sah Sonora immer noch keine andere Wahlmöglichkeit, ganz gleich, wie sehr sie versuchte, die Puzzlestücke neu anzuordnen. Sie fürchtete sich vor dem nächsten Teil ihres Lebens mehr als vor jedem anderen Moment, seit sie dazu gezwungen gewesen war, sich plötzlich von Greg zu verabschieden.

Es wäre nicht nett gewesen, das irgendwie anders zu machen als persönlich. Sonora riss sich zusammen und begab sich hinüber zu Silver Stone. Sie verzichtete darauf, verstohlen zu parken, sondern fuhr direkt vor Ashtons Räume, marschierte zu seiner Tür und klopfte.

Er öffnete die Tür, seine Miene strahlte, bis er einen Blick auf ihr Gesicht erhaschte. „Sonora? Stimmt was nicht?"

„Nein. Ja. Nein", stammelte sie, legte die Arme vor sich aneinander wie ein Chorjunge.

Er winkte sie herein. „Komm rein."

„Nein. Ich muss das hier machen." Sie holte tief Luft. „Ich glaube nicht, dass ich dich weiterhin treffen kann."

Ihm stand der Mund offen. „Bist du betrunken?"

Der Drang, die Augen zu verdrehen, war so instinktiv, dass sie fast weinte. „Ich bin äußerst nüchtern und äußerst ernst." Sie schaute ihm direkt in die Augen. „Ich bin schon sehr lange deine Freundin, Ashton. Und ich habe es sehr genossen, deine Geliebte zu sein. Aber wir können das nicht weiterhin tun."

„Wovon redest du da?" Er trat hinaus, keine Jacke, keine Schuhe. Füße in Socken, im Schnee der Veranda, während er verwirrt den Kopf schüttelte. „Das meinst du doch nicht ernst. Wenn du Zeit für dich brauchst, ist das in Ordnung, aber ..."

„Ich liebe dich." Sie sagte es leise, aber die Worte hallten von den Wänden um sie wieder, als wären sie ein Schrei gewesen.

Ashton wurde reglos. Wurde absolut bewegungslos.

Sonora klammerte sich an ihren Mut und schlug ihren Stolz in den Wind. „Wenn du mich auch liebst, dann haben wir etwas, worüber wir reden können."

Er schluckte schwer. *„Sonora."*

Sie wartete.

Sein Gesicht ging durch eine Milliarde Ausdrücke, seine Gedanken so klar, als hätte er etwas gesagt. Angst, Verwirrung, Zorn ...

Traurigkeit.

„Schon in Ordnung", versicherte sie ihm leise. „Es kommt in Ordnung."

Sie wandte sich zum Gehen.

Er nahm sie am Arm. „Geh nicht. Komm rein. Reden wir darüber."

Sonora tätschelte die Hand auf ihrem Arm. „Lass mich los, Ashton."

Sie ging.

Und er ließ sie gehen.

GEISTER DER ZUKÜNFTIGEN WEIHNACHT

Ashton war nicht sicher, was ihn geweckt hatte, aber das Geräusch war laut genug gewesen, um ihn aus dem Bett springen zu lassen. Völlige Dunkelheit sammelte sich im Raum, und sich ins Bewusstsein hochzukämpfen, fühlte sich an, als würde er durch einen Sumpf gezogen.

Sein Kopf war wie Watte, und das Bedauern kam schnell und heftig. Gestern Abend ...

Genau. Gestern Abend hatte er vor sich hin gebrütet. Es war drei Wochen her, seit Sonora aufgetaucht war und ihn in Verwirrung und Zorn gestürzt hatte.

Drei Wochen, seitdem ihn jedes Mal, wenn er gedacht hatte, er könnte Kontakt mit ihr aufnehmen, sein schlechtes Gewissen abgehalten hatte, bevor er sie noch weiter verletzte.

Gestern Abend hatte er schließlich dem Frust nachgegeben und ein paar besonders starke Drinks weggekippt.

„Ich bin kein junger Mann mehr“, beschwerte er sich. Er setzte sich aufrecht hin, und eine eisige Kühle legte ihre knochigen Finger um ihn.

Kälte.

Keine Heizung?

Ein rascher Blick zur Seite ließ ihn die Stirn runzeln. Seine Digitaluhr ging nicht.

Verdammt. Ein Stromausfall bedeutete, dass er den Arsch hochkriegen und sicherstellen musste, dass alles in den Scheunen in Ordnung war. Er tastete sich im Dunkeln vor, um sich für das kalte Wetter anzuziehen.

Draußen war der Himmel eine unheimliche Schattierung von Grauschwarz. Der wehende Schnee verwandelte die Welt in einen alten Schwarz-Weiß-Film. Ashton marschierte über den Hof, unterwegs zur Scheune, als eine grau getönte Laterne, die dorthin hüpfte, seine Aufmerksamkeit auf sich zog.

Er traf Caleb am Scheunentor. „Alles in Ordnung im Haus?"

„Vorerst. Die Mädchen schlafen noch." In seinen Tonfall lag Eis, als wären seine rauen Kanten ausgefranst. „Hast du immer noch vor, zum Weihnachtsessen zu uns zu kommen? Für die Mädchen Fiedel zu spielen?"

„Das mache ich doch immer", sagte Ashton locker. Caleb wirkte ausgezehrt und ein ganzes Stück älter als am Vortag. „Hast du gestern nicht gut geschlafen?"

„Ich schlafe nie gut", grollte Caleb. „Es war keine große Hilfe, dass Luke vorbeigekommen ist und mir gesagt hat, dass er sich scheiden lässt."

Ashton blieb abrupt stehen. „Wie bitte?"

Luke und Kelli ließen sich scheiden? Das war das Letzte, was Ashton sich vorstellen konnte.

„Schau nicht so überrascht", sagte Caleb. „Das war doch von Anfang an zum Scheitern verurteilt, aber er hat darauf beharrt, dass Penny sich ändern würde."

„Penny …" Ashton schüttelte den Kopf. Teufel auch, er dachte schon darüber nach, sich einen Finger ins Ohr zu stecken, um die Watte rauszuholen.

Er beäugte Caleb ein bisschen genauer und fragte sich, was der Mann wohl getrunken hatte, wenn er dachte, dass Penny immer noch wichtig war, wo Lukes Ex-Verlobte doch schon seit Jahren nicht mehr da war.

„Das war eine ziemlich beschissene Unterhaltung beim Baumschmücken, das kann ich dir sagen. Dann ruft Walker an, um zu sagen, dass er dieses Jahr nicht kommt. Dustin beschwert sich bereits, dass er so viel helfen muss, da die Nanny über Weihnachten heim zu ihren Eltern fährt."

Ashton schaffte es kaum, nicht zu fluchen. *„Nanny?"*

Die Familie Stone hatte keine Nanny mehr gehabt, seit Tamara Coleman gekommen und alles im Sturm erobert hatte, und sie und Caleb waren seit über vier Jahren verheiratet.

Caleb hatte den Kopf zum Sicherungskasten gedreht und grummelte wild vor sich hin, während er Schalter betätigte. „Ich hätte wissen sollen, dass sie keine ist, die bleibt, wenn man sie wirklich braucht. Die einzige Nanny, die irgendein Gefühl für die Mädchen hatte, war Tamara – aber sieh dir an, wie das gelaufen ist."

Perfekt?

Ashton starrte Caleb direkt an. „Wo ist Tamara?"

Ein unwilliges Geräusch kam von dem Mann. „Woher zum Teufel soll ich das wissen? Ist wahrscheinlich inzwischen verheiratet und hat ein paar Kinder. Nicht hier, Gott sei es gedankt."

Das war nicht richtig. Nichts an dieser Unterhaltung war richtig.

Caleb betätigte eine weitere Handvoll Sicherungen. „Nein, dieses Weihnachten mag es ja beschissen laufen, aber verdammt, wenn ich mich jemals wieder mit jemandem fest einlasse, schon gar nicht mit einer alle Grenzen überschreitenden, lauten, herrischen Frau, die mir sagen wollte, wie ich meine Ranch zu führen habe. Wie ich mein

Leben zu führen habe." Er deutete auf Ashton. „Du weißt doch, wovon ich rede. Du hast das oft gesagt. Es gibt nichts, was eine Frau bringt, außer Ärger. Man braucht sie nicht. Man will sie nicht."

Die Lichter gingen über ihm an, wurden immer heller, bis der Raum verschwamm ...

„Und irgendwann im neuen Jahr will ich über Quartiere reden." Tucker schenkte ein bisschen mehr Kaffee in Ashtons Tasse.

Ashton blinzelte, schaute sich verwirrt um. Er war nicht in der Scheune mit Caleb. Die Welt hatte immer noch eine seltsame graue Farbe, aber jetzt stand sein Neffe vor ihm, in Ashtons eigenen Räumen in der Schlafbaracke.

Der Raum wirkte allerdings ein bisschen kälter. Keine Kinkerlitzchen, keine Wachsmalkreide-Bilder von den jüngsten Stone-Kindern am Kühlschrank. Ashton drehte sich, um sein eigenes Heim zu begutachten, schockiert von den Unterschieden.

Nüchtern und trostlos. Die weichen Kissen waren weg, genauso die gemütliche Decke, die Sonora beharrlich mitgebracht hatte, damit sie nicht fror, wenn sie zusammen Serien schauten.

Er stand auf und spähte durch sein Schlafzimmer, empört, als er feststellte, dass das Bett mit einer alten graublauen Decke bezogen war, die er jahrelang gehabt hatte, anstatt der neuen, die Sonora ihm gemacht hatte. Selbst das einzelne Makramee, das er behalten hatte – sein liebstes, das wie eine Eule aussah – fehlte an seinem Ehrenplatz.

„Onkel Ashton? Alles in Ordnung?" Tucker legte eine Hand auf Ashtons Schulter und drückte sie leicht. „Hast du dich ein wenig zu früh von der Weihnachtsfreude anstecken lassen?"

„Nein", beharrte Ashton. Er schüttelte den Kopf. „Was hast du gesagt?"

„Mannschaftsquartiere. In der Zukunft werden weitere Männer reinkommen, also habe ich über eine Renovierung nachgedacht. Eine richtige Schlafbaracke für die Neuankömmlinge bauen, und das alte Reihenhaus aufmotzen für die langfristig Angestellten. Und ich hätte gern ein paar Zimmer, so wie deine. Ich könnte ein bisschen mehr Platz brauchen, jetzt, da ich Vollzeit hier bin."

Tucker lehnte sich in seinem Stuhl zurück und nippte an seinem Kaffee.

Ashton schaute ihn sich genau an, dachte über den Vorschlag nach. „Warum brauchst du mehr Platz?"

Tucker schnaubte. „Weil ich keine fünfzehn mehr bin? Ich hätte gern genug Platz, damit es sich tatsächlich auch behaglich anfühlt. Genug Platz, um hin und wieder mal jemanden mit nach Hause zu nehmen."

Ashton dachte, sein Neffe hätte wohl in letzter Zeit einen Todeswunsch entwickelt. „Wenn du planst, jemanden mit nach Hause zu nehmen, hast du lieber mal dein Testament auf neuestem Stand. Ginny wird die Haut abziehen, und *dann* wird sie fies."

Tucker schnaubte. „Wovon redest du da? Die Frau habe ich doch jahrelang nicht mehr gesehen. Nicht, dass die was zu sagen hätte dabei, wie ich mein Leben gestalte."

Was. Zum. Geier? Ashton funkelte seinen Neffen an. „Jetzt nimm mich doch nicht auf den Arm. Das ist gar nicht mehr witzig."

„Genauso wenig du, der beschissene Fragen über Ginny stellt, wo du doch weißt, dass mich das nur wütend macht." Tuckers Beschwerden wurden lauter, und Feuer blitzte in seinen Augen. „Sie hat Spaß gemacht, okay? Was wir gemacht haben, war Spaß, aber da hätte nie mehr draus werden sollen. Ausgerechnet du solltest das doch verstehen."

Eis glitt Ashtons Rückgrat hinauf. „Was soll das bedeuten?"

„Du hast doch immer gesagt, du würdest dich niemals binden lassen. Die Tatsache, dass du und Sonora so lange miteinander rumgemacht habt, hat mich ein bisschen überrascht, aber ich wusste, dass das nicht halten würde. Eines Tages würde sie Forderungen stellen, du würdest dich weigern - und das war's dann. ‚Das letzte, was ich will, ist mein Bruder zu werden'." Tucker zuckte mit den Schultern. „Das hast du immer gesagt. Ich will nie mein Dad werden. In einer Beziehung, in der ich ohne ihre Erlaubnis gar nicht denken darf. Nicht atmen kann, ohne dass jemand wütend auf mich wird. Nicht einfach verdammt noch mal mein Leben leben kann."

Je länger Tucker sprach, umso kälter wurde es im Raum. Die Wände waren von Eiskristallen bedeckt, Grau sickerte in das Gesicht und in die Hände seines Neffen ein.

„Ginny und du wart doch immer füreinander bestimmt", behauptete Ashton. „Das konnte jeder Dummkopf sehen."

„Ha, nun, *dieser* Dummkopf hat eine Falle gesehen, genauso wie du es immer gesagt hast. Ich bin wie der Teufel raus, solange ich noch die Gelegenheit hatte." Tucker erhob sich und schlug Ashton eine Hand auf die Schulter. „Wenn für dich Alleinsein gut genug ist, ist es mehr als gut genug für mich."

Die Wände verschwammen, die Welt um ihn herum veränderte sich.

„Nein." Ashton schüttelte den Kopf, versuchte, die Watte loszuwerden. „Nichts mehr von dieser Hölle."

Er hätte es auch in den Wind schreien können.

. . .

Als die Lichter wieder normal wurden, fuhr Ashton auf der Straße zu Sonora Haus. An der Scheune war ein neuer Anbau, und das Haus war frisch gestrichen. Sonoras Truck war nirgends zu sehen. Stattdessen standen ein SUV und ein alter Ford draußen.

Ashton beeilte sich, durch das Grau an die Eingangstür zu kommen, klopfte ungeduldig.

Der Mann, der die Tür öffnete, beäugte ihn argwöhnisch. „Ja?"

„Wo ist Sonora?"

Der Mann runzelte die Stirn. „Wer – oh, sie." Er räusperte sich unbehaglich. „Sie waren wohl eine Weile nicht mehr hier, oder?"

„Wo ist sie?", wollte Ashton wissen.

Doch auch ohne Antwort wusste er es schon. Was immer für ein Albtraum da ablief, Ashton wusste es. Er schloss die Augen, und als er sie wieder öffnete, stand er auf dem Friedhof im Außenbereich von Heart Falls.

Zu seinen Füßen lag ein schwarzer Marmorstein.

Er wollte nicht hinschauen. Konnte es nicht ertragen, zu bezeugen, was er gleich sehen würde, was alles in ihm ihm entgegenbrüllte.

Sonora Fallen
auf ewig in unseren Herzen

Mit bis in die Kehle schlagendem Herzen und einem Schrei auf den Lippen wachte er auf.

Auf seiner Uhr stand, dass der 23. Dezember war, und der Dienstplan besagte, dass er erst nach dem Mittagessen Schicht hatte. Seine bebenden Hände stellten klar, wenn er nicht etwas zu tun fand, würde er völlig ausrasten.

Verstohlen fuhr er an Sonoras Haus vorbei, bevor er irgendetwas anderes tat, und er holte an diesem Vormittag zum ersten Mal richtig Luft, als er ihren Truck an der üblichen Stelle geparkt sah.

Als es Nachmittag wurde, war Ashton immer noch erschüttert und nicht sicher, was er wegen des Albtraums tun sollte. Was er wegen ihres Besuchs tun sollte und der verdammten Frage, die sie ihm gestellt hatte.

Weshalb hatte sie gefragt, ob er sie liebte? Noch wichtiger, weshalb hatte er nicht geantwortet?

Der Kampf um die Antworten auf beide Fragen war der Grund, weshalb er sich in einer Box zu einer Pferdetherapie versteckte, um ein wenig monoton und die Nerven beruhigend zu striegeln.

Das lief für ihn genauso gut wie für die Pferde.

Er striegelte sein Lieblingspferd, die langen, friedlichen Bewegungen seines Arms wie ein reibungsloses Metronom, das seine Atmung und seinen Puls bestimmte.

Konnte er ohne Sonora überleben? Nein.

Aber liebte er sie?

Ein leises Husten ertönte rechts von ihm.

„Darf ich stören?“, fragte Yvette Wright, Alex’ neue Liebste, trotz der Art, wie die beiden dauernd miteinander stritten. Ashton hatte nicht gedacht, dass eine Partnerschaft sehr wahrscheinlich war.

Es schien, als hätte Alex mehr Glück mit Yvette als Ashton mit Sonora.

„Brauchst du meine ganze Aufmerksamkeit, oder kann ich Happy-Go-Lucky hier fertig striegeln?“

„Arbeite weiter. Ich brauche Informationen über Alex“, sagte sie rasch. „Persönliches Zeug, von dem ich weiß, dass du das normalerweise nicht rausrücken darfst, aber ich hoffe echt, dass es für dich okay ist, die Regeln ein wenig zu verbiegen."

Ashton zögerte einen Augenblick, bevor seine Finger sich wieder in Bewegung setzten. „Persönlich?"

Yvette schaute sich um, um sicherzustellen, dass sie allein waren. „Ich will seine Eltern an Weihnachten für einen Überraschungsanruf kontaktieren, aber ich will ihn nicht um ihre Nummer bitten, denn sonst wird es keine Überraschung. Was meinst du?"

Er dachte nach. „Lass mich fertigmachen. Ich habe die Information in einer Datei." Ashtons Erheiterung wurde größer. „Ich nehme an, er hat dich überzeugt, nach Dezember noch weiterzumachen?"

„Es war irgendwie schwer, nicht überzeugt zu werden. Nicht wenn der Mann mehr oder weniger damit angefangen hat, mir zu sagen, dass es uns bestimmt ist, zusammen zu sein."

Das klang zu einfach. „Mehr war nicht nötig?"

Yvette dachte heftig nach, dann sprach sie langsam. „Was ich vor einem Monat dachte, dass ich brauche, war nicht, was ich wirklich gebraucht habe. Alex hat mir die Zeit gegeben, das alles rauszukriegen, während er sehr deutlich gemacht hat, was *er* braucht. Wir werden in Zukunft sicher noch einiges ausarbeiten müssen, aber ich glaube, wir planen, es zusammen zu machen."

Die Worte landeten auf seinen Ohren, rauschten durch sein Gehirn wie eine Eule, die eine Feldmaus jagte. Er ignorierte den fast schon gewaltsamen Drang, wegzugehen, damit er seine ganze Aufmerksamkeit auf die Offenbarung richten konnte, die kurz außerhalb seiner Reichweite schwebte, und Ashton streifte sich die Hände ab und deutete zur Tür. „Lass mich die Info für dich holen."

Die junge Frau war ein paar Minuten später fort, ihr Herz

strahlte aus ihren Augen, und ein Lächeln stand auf ihren Lippen.

Ashton versuchte nicht mal, weiter zu striegeln. Stattdessen lehnte er sich an die Wand in seinem Büro, während sein Gehirn summte.

Was ich dachte, dass ich brauche …

Was er sagte, dass er braucht …

Es herausfinden – zusammen.

Sein Herz hämmerte an der Wand.

Was er gesagt hatte, dass er brauchte – was sie *beide* gesagt hatten, dass sie irgendwann einmal gebraucht hatten – hatte sich verändert.

Und damals ganz am Anfang, hatte sie ihm direkt gesagt, was man mit solchen Veränderungen anfangen sollte. Oder nicht? War es denn wirklich so einfach? Konnte es das sein?

Es gab nur eine Art, das herauszufinden.

Ashton schnappte sich seinen Hut und seine Jacke und eilte zur Tür hinaus. Er hatte Pläne zu schmieden und nur sehr wenig Zeit, um die Dinge zu arrangieren.

Verflucht seien doch die Albträume. Er hatte gesehen, wie eine Zukunft ohne Sonora aussah. Um nichts in der Welt stimmte er der zu.

Nicht, wenn er sich unbedingt zusammenraffen und anfangen musste, zuzuhören.

Und eine sonnenklare Beichte ablegen.

14

Sonora saß am Küchentisch, eine Teetasse in der Hand und den Blick aus dem Fenster gerichtet. Der 31. Dezember ließ sie immer nachdenklich werden. Normalerweise betrachtete sie das als was Gutes.

In diesem Jahr litt sie.

Sie hatte Ashton seit ihrem unterbrochenen Zwischenspiel am Anfang des Monats nur noch im Vorbeigehen gesehen. Es war leichter gewesen, als erwartet, ihm aus dem Weg zu gehen. Es war eine Menge los, und sie hatte absichtlich mehr Zeit mit ihrer Tochter verbracht. Sie hatte bei Fallen Books gearbeitet. Sie hatte ehrenamtlich Stunden in der Seniorenresidenz von Heart Falls übernommen. Sie war sogar bei Rose und Tansy zu Besuch gewesen und hatte beim Feiertagsansturm geholfen.

Malachi und Sophie hatten angefangen, sie argwöhnisch zu beäugen, aber bisher hatten ihre Kinder den Mund gehalten.

Ganz gleich, wie sehr sie es verbergen wollte, etwas stimmte eindeutig nicht. Nicht mit Ashton oder seiner Antwort. Dass er zugab, dass er auch sie liebte, war eine

Chance von eins zu einer Million gewesen, und Sonora hatte das akzeptiert.

Doch die Dinge konnten so nicht weiterlaufen, beschloss Sonora. Um ihrer beider willen musste sie eine Möglichkeit finden, nicht mehr vor sich hin zu brüten und einen Neuanfang zu machen. Ashton würde in ihrem Leben sein. In einer Kleinstadt, mit verbundenen Familien. Er war Teil ihrer Welt.

Aber sie mussten neu anfangen, und ihre neue Beziehung würde auf Respekt gründen, und auf nichts mehr.

Mein Gott, das würde sie zerbrechen lassen.

Das Sonnenlicht durch das Fenster wärmte sie fast so sehr wie die Hitze von ihrem Holzofen, und sie schloss die Augen und hob das Gesicht zum Licht. Behaglich in ihrem Körper, noch während ihre Gedanken durch all die Möglichkeiten rasten, wie sie sich dem neuen Jahr auf neue Art nähern konnte.

Welche Entscheidungen würden ihr Herz nicht ganz so sehr zerbrechen lassen?

„Ich weiß, dass du das schaffst."

Die unerwartete Stimme ließ sie in ihrem Stuhl hochfahren. Sie drehte sich um, um einen vertrauten Mann mit blonden Haaren zu sehen, der lächelte, während er sich neben sie setzte. „Greg?"

Ihr Mann nahm ihre Hand, während er die Ellbogen auf den Tisch stützte. „Hallo, Sonnenschein."

„Wie ..."

Er schenkte sich eine Tasse Tee ein, dann füllte er ihre nach. „Du brauchst jemanden zum Reden. Also reden wir."

Sonora schaute sich im Raum um. Draußen war es immer noch Winter, es war immer noch ihr behagliches Heim drinnen. Aber Greg ...

„Und wenn es unmöglich ist? Manchmal sind unmögliche

Situationen die besten, die es gibt", scherzte er, bevor er die Stimme senkte und ernst sprach. „Dein Herz leidet Schmerzen. Ich verabscheue es, dich so zu sehen."

Die Liebe in seinen Augen war immer da gewesen. Immer so hell und so dauerhaft. Sie hatte nie an ihm gezweifelt, keinen Augenblick, während der zehn Jahre, die sie miteinander verbracht hatten.

„Du weißt, dass du nicht wirklich da bist", beharrte sie.

Er hob träge eine Schulter. „Ich bin schon jahrelang nicht mehr da, aber du hast mich trotzdem noch gehört. So anders ist das doch auch nicht."

„Du sitzt an meinem Tisch", erklärte sie. „Aber du bist nicht echt."

„Dann kannst du mich ja vermutlich nicht nerven oder mich verletzen. Jetzt spiel schon mit, Sonora. Lass mich dir helfen, das auszuknobeln."

Sie sprach buchstäblich mit ihren Geistern. Sonora nippte an ihrem Tee und musste lächeln. „Okay. Knobeln wir es aus."

„Warum bist du nicht mit Ashton zusammen?"

Himmel. Sie senkte ihre Tasse zum Tisch und funkelte Greg an. „Immer noch diese Fragen, die einem direkt ins Gesicht springen, ob Geist oder aus Fleisch und Blut."

„Die beste Möglichkeit, um die Wahrheit zu finden."

„Weil er mich nicht braucht." Sie stieß die Worte hervor, dann bereute sie sie sofort. Sie kniff die Augen zu und knurrte frustriert. „Ich will gebraucht werden. Ich will nicht nur geben, sondern auf eine Art geben, die das Glück mehrt."

„Du glaubst nicht, dass du das machst?" Greg dachte nach, seine Miene war zerstreut. „Nein. Das Herumknutschen, ohne dem Ganzen einen Namen zu geben oder sich dazu zu bekennen, hat sein Ablaufdatum erreicht."

„Das hat es wirklich", stimmte Sonora leise zu.

„Kluge Frau." Er strich ihr eine Haarsträhne hinters Ohr.

„Die zwei Dinge, die ich an dir am meisten bewundert habe, waren, wie groß dein Herz ist und wie klug du bist, indem du immer wusstest, wie du am besten deine Liebe teilst."

„Du hast nie auf mich herabgeschaut. Mir ist inzwischen klar, wie selten das ist, besonders, wenn man bedenkt, dass ich achtzehn war, und du vierunddreißig. Du hast immer gesagt, ich könnte alles tun, aber du warst da, wenn Hilfe nötig war."

„Das war nicht alles, was ich für dich tun wollte, aber es gehört dazu." Greg rieb sich übers Kinn. „Warum ist das so schwierig für dich? Warum kannst du diesen Ashton nicht einfach lieben?"

„Weil er mich nicht liebt", erklärte Sonora traurig.

„Bist du dir sicher?" Greg tippte sich auf die Brust. „Für manche ist es eine schwierige Aufgabe, das, was hier drin ist, aus dem Mund purzeln zu lassen."

Sie schätzte schon.

„Weißt du was?" Greg lehnte sich vor und sprach, als würde er ihr ein Geheimnis mitteilen. „*Ich* glaube, er liebt dich."

So eine Aussage hatte sie nicht von ihm erwartet. „Wirklich?"

„Ja. Er sieht dich so an, wie ich das immer getan habe."

Ein Windstoß traf das Haus, und ihre Schlafzimmertür knallte zu. Das Buchregal daneben, in dem Kinkerlitzchen und Familienbilder standen, wackelte, und ein paar Rahmen fielen auf den Boden.

Sonora hob sie rasch auf und stellte sie dorthin zurück, wohin sie gehörten.

Und erstarrte.

Die beiden Rahmen in ihren Händen waren unterschiedlich, aber gleichermaßen besonders. Eines war ein Bild von vor Jahren von Greg, der den Arm um sie gelegt hatte. Sie hatte in die Kamera gelächelt, aber sein Blick war auf sie gerichtet, seine Miene leuchtend und rein, als würde er für sie Berge versetzen.

Das andere war ein impulsives Gruppenbild während einer Versammlung bei den Stones, wo sie alle nach einem Ausritt in der Scheune gewesen waren. Tamara hatte sie alle zusammengerufen, und Sonora war am Ende zwischen Tucker und Ashton gequetscht worden.

Ashton betrachtete sie, und seine Miene war so vertraut, dass sie noch einmal hinschauen musste.

Er sieht dich auf dieselbe Art an, wie ich das immer getan habe.

Sonora schaute zurück zum Tisch, aber Greg war nicht mehr da. Nur eine Teetasse, und die Decke, die sie sich um die Schultern gelegt hatte, war auf den Sessel gefallen, als sie sich erhoben hatte ...

Hatte sie geschlafen und das Ganze geträumt?

Vielleicht. Aber Träume wurden manchmal wahr.

Greg hatte recht. Sie liebte Ashton, Punkt. Genauso wie Greg sie akzeptiert und einfach all die Jahre geliebt hatte, war es nun an ihr, sich an ihren Erwartungen vorbei zu schieben.

Sie würde Ashton nehmen, wie er war, und zusammen würden sie eine Möglichkeit finden.

Sonora eilte zur Küche, um aufzuräumen, bevor sie nach Silver Stone fuhr und den Bastard aufspürte. Es war Zeit, den Schaden wiedergutzumachen, den sie ihnen beiden zugefügt hatte.

Sie hatte gerade ihre Tasse in die Spüle gestellt, als die Vordertür sich öffnete, und eine helle Stimme einen Gruß rief. „Hey, Oma, wo bist du?"

Sonora blieb stehen, Überraschung wandelte sich in Glück. „Rose. Was machst du denn hier?"

Rose zog ihre Stiefel aus, dann trat sie in den Raum, hielt

ihr den Strauß in ihren Händen hin. „Ich mache eine Lieferung. Der ist für dich."

„Wie süß. Danke..."

„Der ist von Ashton."

Oh. Sonoras Hände sanken an ihre Seiten.

Rose grinste. „Du solltest grade mal dein Gesicht sehen."

„Ich kann es mir nur vorstellen", murmelte Sonora.

Ihre Enkeltochter zog einen blauen Umschlag aus der Tasche. „Der ist auch für dich."

Sonora sollte sich hinsetzen. Sollte Rose die Blumen abnehmen und sie zur Begrüßung umarmen.

Stattdessen riss sie mehr oder weniger den Umschlag auf, um an den Brief darin zu kommen.

Sonora.

Ich würde gern den leichten Ausweg nehmen und dir alles in dieser Nachricht sagen, aber da zwischen uns niemals etwas leicht gewesen ist, denke ich mir, das sollte es auch nicht sein.

Ich war voreilig. Genauso du, aber letztlich weigere ich mich, zu erlauben, dass das Beste, was ich je bekommen habe, aus meinem Leben verschwindet. Ich habe eine Zukunft ohne dich gesehen, und es kommt der Hölle so nah, wie ich es mir nur vorstellen kann.

Willst du dich mir bitte zu einem Neuanfang anschließen? Morgen beginnt ein neues Jahr, und es scheint eine angemessene Zeit, dass wir eine Möglichkeit finden, den weiteren Weg angenehmer zu gestalten.

Zieh dir was Hübsches an – aber andererseits siehst du immer hübsch aus. Ich richte mich auch so gut her, wie ich kann, aber du weißt ja, dass diese hässliche Fresse sich mit Seifenwasser nur wenig verbessert.

Und jetzt brabble ich schon vor mich hin, denn das stellst du eben mit mir an.

Ich liebe dich.

Ich weiß, es ist doof, dass ich das zum ersten Mal in einem Brief sage, aber ich dachte, wenn ich das nicht hinschreibe, würdest du nie zustimmen, dich mit mir Elendem zu treffen.

Ich habe vor, dir das persönlich noch einmal zu sagen, und noch mehr, morgen, wenn wir uns treffen. Die Kirchentüren werden offenstehen, und ich bin dann im Chorraum und bete um Weisheit und Geduld.

Mittags. Ich hoffe, du kommst.

Ich würde ja verlangen, dass du auftauchst, aber selbst ich bin inzwischen klüger.

Herzlichst,
Ashton

Sonora hob den Blick von der Nachricht. Wie konnten einfache Buchstaben, die auf einem Blatt Worte bildeten, ihr Herz zum Rasen bringen?

Ihre Enkeltochter stand da, der Strauß in den Händen und ein sanftes Lächeln auf dem Gesicht. „Hast du das gelesen?", fragte Sonora.

„Natürlich nicht." Roses Lippen zuckten, während sie versuchte, keine Miene zu verziehen. „Na ja, außer den Teil, wo er gefragt hat, wie man *Weisheit* schreibt, und dann dafür gesorgt hat, dass ich das ganze Ding Korrektur lese, damit er keine Schreibfehler macht." Ihr Lächeln wurde breiter. „Er liebt dich, Oma."

Die Worte würden niemals alt werden, aber Sonora wollte sie von seinen Lippen hören, nicht von jemand anderem. Nicht nur auf einem Blatt Papier. „Ich weiß das. Ich liebe ihn auch."

Die junge Frau beäugte sie einen Augenblick, dann bewegte sie sich entschlossen. Rose marschierte zur Spüle und holte die Küchenschere heraus, bevor sie eine Glasvase oben aus dem Schrank nahm. Während sie die Blumen stutzte und anrichtete, sprach sie leise. „Ich habe immer bewundert, wie du dich nicht aufhalten lässt. Du entscheidest dich für etwas, und es wird so. Ganz gleich, welche Hindernisse es gibt."

Ein Schnauben entwich ihr. Das Mädchen war genauso eine Silberzunge wie ihr Vater. „Nennst du deine alte Oma stur?"

Rose wischte sich die Wange mit dem Handrücken ab. „Das ist ja witzig. Ich bin ja vielleicht mutig genug, dich stur zu nennen, aber ich würde nie versuchen, dich alt zu nennen."

Guter Punkt. Sonora trat neben ihre Enkeltochter und lehnte sich an die Arbeitsfläche. „Hältst du diese Nachricht für romantisch?"

„Es kommt nur darauf an, was du denkst", erwiderte Rose. „Aber Oma, du hast doch schon was mit Mr. Stewart, solange ich mich erinnern kann. Und ich bin alt genug, um zu wissen, dass das nicht nur heißt, man streitet sich beim Grillabend oder macht sich doofe Geschenke, um einander auf die Nerven zu gehen."

„Sex ist nicht plötzlich weg, nur weil man dreißig wird", sagte Sonora trocken.

„Zum Glück, ansonsten wäre ich in Schwierigkeiten." Rose zwinkerte. „Deine Single-Enkelinnen bekommen derzeit nicht viel geboten. Was traurig ist, besonders, wenn man Tansys und mein Liebesleben mit deinem vergleicht."

Sie schaute weg, Erheiterung spielte um ihre Lippen.

„Du machst doch nur Ärger" beschwerte sich Sonora, noch während sie Rose in die Arme zog. „Erst mal bist du eine wunderschöne Frau. Jemand wird dich eines baldigen Tages wirklich sehen und sich Hals über Kopf in dich verlieben. Du wirst deinem Vater vermutlich graue Haare machen, weil du ihm so schnell verfällst, dass der junge Mann und du *ich liebe dich* sagen, bevor du überhaupt am Boden angekommen bist."

„Bist du jetzt eine Wahrsagerin?", fragte Rose, aber sie drückte Sonora fest. „Ich hoffe, du hast recht. Aber in der Zwischenzeit haben Tansy und ich Pläne, um den Laden zu erweitern. Ivy und Walker haben Pläne, ihre Familie zu erweitern, und das wird aufregend und neu. Und du ..."

Rose zog sich zurück und schaute Sonora direkt in die Augen. Sie hob die Nachricht von Ashton und wedelte sanft damit.

„Und ich habe eine Entscheidung zu treffen", sagte Sonora.

„Ist das so? Wirklich?", fragte Rose leise. „Oder musst du einfach nur zugeben, dass du dich bereits entschlossen hast, und wir können losziehen und aussuchen, was du morgen anziehst?"

Ihre Enkeltochter war klüger, als ihr Alter es nahelegte.

15

1. Januar, United Church, Chorraum. Mittag.

Das Warten war die Hölle gewesen, doch als sich die Tür öffnete, erkannte Ashton, dass es noch etwas Schlimmeres gab. Nicht genau zu wissen, was während der nächsten Augenblicke geschehen würde, war sogar noch nervenzerreißender.

Mit hämmerndem Herzen trat er dorthin, wo das Licht durch die offene Kirchentür fiel.

Sonora kam in den Sonnenschein und betäubte ihn, wo er stand.

Er hatte sich gefragt, ob sie vielleicht ihre Haare öffnen würde. Vielleicht ein sauberes Paar Jeans anziehen und eine Rüschenbluse. Aber anstatt Hosen trug sie ein Kleid in einem ganz blassen Cremeton. Vielleicht Elfenbein – er war nicht gut mit Farben – aber es hob sich sehr schön von dem silbernen Glanz der Zöpfe ab, die auf ihrem Kopf wie eine Krone aufgetürmt waren. Sie sah umwerfend aus.

Sonora ging vorsichtig auf ihn zu, als hätte sie Angst, er würde weglaufen. Ihr Blick ging nach unten, dann nach oben, und nervös richtete er seine Krawatte und stellte sich etwas gerader hin.

Die Stille veränderte sich. Es ging nicht länger um Warten, Hoffen und Angst, die zusammenwirbelten. Stattdessen knisterte in der Luft Vorfreude und Aufregung. Die Sekunden hämmerten vorbei. Ihre Schritte auf dem Teppich hallten wie Stiefel auf dem Beton.

Sonora hielt einen Meter von ihm entfernt inne, ihre Mundwinkel wölbten sich nach oben, während sie das Kinn hob, um ihn anzusehen.

So stark. So wunderschön, und *hier* – sie stand vor ihm. Genau, worauf er gehofft hatte, und was er doch nicht zugelassen hatte, zu glauben, dass es passieren konnte.

Ashton holte tief Luft. Stieß sie langsam aus.

„Ich liebe dich."

Sie sagten es im gleichen Moment, dann lachten sie, ihre überlappenden Geständnisse wie perfekte Spiegelbilder.

Sonora nahm seine Hand in ihre und holte sie an die Lippen. „Ich wusste, was du gemeint hast. Als du gesagt hast, triff mich in der Kirche, wusste ich, dass es nicht einfach nur …"

Ihre Stimme brach, und verdammt, wenn er nicht selbst heftig blinzeln musste.

„Dieser sture alte Schädel hier." Aston drückte ihr den Daumen auf die Wange und wischte die Träne weg, die darüber lief. „Du hast es mir gesagt. Du hast mir vor Jahren gesagt, dass die Ehe für zwei Leute ist, die sich lieben. Dass Liebe das ist, was Leute dazu bringt, einen Tag in der Kirche zu buchen und Ja zu sagen."

„Das werden wir also tun?" Sonora straffte die Schultern. „Ich liebe dich, Ashton. Aber ich habe in den letzten Tagen darüber nachgedacht. Es war nicht richtig von mir, dich einfach sitzen zu lassen, ohne über alles zu reden. Und ich habe beschlossen, dass ich nichts Offizielles brauche. Wenn du mich liebst, wenn du bei mir sein willst, dann reicht das."

„Ich liebe dich. Ich kann nicht glauben, dass es so lange gedauert hat, bis ich die verdammten Worte mal ausspucke."

Ihre Schultern bebten.

„Sie sage, meine ich." Er seufzte schwer, genervt von sich. „*Sagen* ist doch viel romantischer, als vom Spucken zu reden."

Diesmal lachte sie laut, bevor sie sanft lächelte. „Ich mache dir keinen Vorwurf, dass du gezögert hast, bevor du es sagst. Du hast dir Sorgen gemacht, um – *Dinge*."

Ihr nachsichtiges Herz versuchte, ihm die Dinge leichter zu machen. Als wollte sie ihm gestatten, seine Beichte zu überspringen.

Er tat es trotzdem. „Es gibt keine Ausrede. Dass ich zu meinem Bruder schaue und dann der Ehe eine Absage erteile, nur seinetwegen? Das ist nicht so klug, wie ich gerne von mir behaupte. Seine Ehe ist nur ein Beispiel. So viele andere, die ich im Lauf der Jahre bezeugt habe, sind gut gewesen."

„Aber wenn die eigene Familie scheitert, schneidet sich das tief ein. Außerdem dein bester Freund, und Calebs erste Ehe." Sonora nickte, ihre Miene wurde nachdenklich. „Aber ja. Du hattest auch ein paar gute Beispiele. Die Stones, die Fords."

„Caleb und Tamara. Ivy und Walker. Sophie und Malachi." Ashton nahm Sonoras Hände in seine. „Luke und Kelli. Tucker und Ginny – auch wenn sie noch nicht verheiratet sind, aber sind auf dem Weg dahin."

„Es ist wunderbar, wenn die Kinder vorausgehen."

Er brummte. „Sie sind dorthin gekommen, weil sie bereits einen Weg hatten, dem sie folgen konnten. Jedes Mal, wenn du von Greg geredet hast, ist klar gewesen, dass seine Liebe dich felsenfest gehalten hat. Er ist schon länger fort, als ihr gemeinsam hattet, und er gibt seine Liebe immer noch weiter." Sein Blick wurde nachdenklich, bevor er wieder zu ihr aufschaute. „Ich weiß nicht, wie lange wir zusammen haben werden, aber ich hoffe, ich kann dieses Erbe aufrechterhalten und es verstärken."

„Wir werden zusammen darauf aufbauen", bestimmte sie.

Ein Echo der Worte, die er vor einer Woche von Yvette gehört hatte. „Zusammen."

Dann ging er auf ein Knie, nahm ihre Hand in seine. „Sonora Fallen, ich liebe dich. Du hast einst zugestimmt, meine Freundin zu sein, und dann meine Geliebte. Jetzt musst du für mich ja sagen, damit alle erfahren, dass dir mein Herz gehört. Heiratest du mich?"

Sonora drückte sich ihre freie Hand kurz auf den Mund, dann nickte sie begeistert. „Ja."

Er zog sie zu sich hoch und fing ihre Lippen zu einem Kuss auf, denn ganz gleich, was sonst noch passieren sollte, das war das Wichtigste.

Mein Gott, er hatte sie vermisst. Die Tage der Trennung hatten ihm klargemacht, obwohl er vielleicht immer noch unangenehme Angewohnheiten niedertrampeln musste, galten seine Sorgen nicht Sonora.

Mit ihrem Mund auf seinem war die ganze Welt wieder richtig ausgerichtet.

Er machte den Kuss sanfter, bis sie aufhörten, ihre Stirn berührte seine. Sie schauten einander in die Augen.

„Ich habe einiges geplant", sagte er leise. „Das ist irgendwie herrisch von mir, aber ich dachte, wenn unser Treffen gut läuft, sollte ich weitermachen, bevor du es dir doch anders überlegst."

Sie lachte. „Herrisch? Was denn?"

Er zog sein Handy heraus und schüttelte es. „Ich habe dem Pastor gesagt, wenn du zustimmst, mich zu heiraten, schreibe ich eine Nachricht. Er wird kommen und uns sofort unser Gelübde ablegen lassen."

„Du schreibst ihm eine Nachricht? Ich bin äußerst beeindruckt."

„Für dich mache ich alles."

„Sag mir, was für Unfug du noch auf die Beine gestellt hast." Ihre Miene war eine Freude.

„Die Hochzeit, und vielleicht habe ich unsere Flitterwochen gebucht."

Ihr stand der Mund offen. „Du machst Witze."

„Keine Witze. Also hoffe ich echt, dass du nichts geplant hast, denn wir sind schon jenseits des Datums, an dem wir noch absagen können und irgendwas erstattet kriegen."

Ihr Lachen löste sich. Sonora warf die Arme um seinen Nacken und drückte ihn einen Augenblick lang so fest, dass er kaum atmen konnte.

Das gefiel ihm ausgesprochen gut.

„Heißt das ja zur Hochzeit? Ja zu den Flitterwochen?"

Sie erhob sich und zog ihn auch auf die Beine. „Ganz kurz mal."

Sie holte ihr Handy aus einer verborgenen Tasche und tippte ein paar Tasten, bevor sie es zurückschob.

Dann nahm sie seine Hände in ihre. „Also dann, ich bin sehr glücklich, dass du herrisch warst, aber ich muss zugeben, das war ich auch."

Ashton war nicht sicher, wohin das laufen sollte. „Inwiefern?"

„Eines nach dem anderen. Ja zu den Flitterwochen."

Es war an ihm, zu lachen. „Das ist am wichtigsten? Passt für mich, aber ich will mir nur klar sein."

„Die andere Sache ist, ja, wir können jetzt heiraten, aber ich hätte gern, dass mein Schwiegersohn die Zeremonie durchführt. Außerdem, macht es dir was aus, dass ich ein paar Leute eingeladen habe?“

Er hielt inne, dachte an Tucker, seine Freunde, die Leute, die er gern als Zeugen hätte …

Die Tür zur Kirche öffnete sich, und eine Menge strömte herein.

Der erste in der Reihe war Tucker, Ginny im Arm, und sie traten in den Gang und kamen näher wie ein Zug unter Volldampf.

Tuckers Lächeln blitzte auf, während er Ashton die Hand schüttelte. „Glückwunsch, Onkel. Endlich hast du das Mädchen.“

Ashton behauptete nicht, er wäre der klügste von allen, aber es dauerte nicht lang, eins und eins zusammenzuzählen. „Du wusstest es.“ Er schaute zwischen Tucker und Ginny hin und her, die Sonora umarmte, und dann stieß er Tucker in die Brust. „Als du mir geschrieben hast, um zu fragen, ob ich dich hier haben will, hatte Sonora doch bereits den Anruf raus, dass die Leute sich bereithalten sollen.“

„Na ja, das stimmt zum Teil. Ich wusste es, aber es war Fern, die mich und die anderen angerufen hat.“ Tuckers Grinsen wurde noch breiter. „Es scheint, Rose wusste, dass was im Busch ist, und sie hat es Tansy gesagt, die es Fern gesagt hat. Das Baby der Familie war diejenige, die Sonora gefragt hat, ob es okay ist, die potenziellen Hochzeitsgäste einzuladen.“

Fern. Natürlich, Fern. Ashton kannte sie nicht so gut, wie er es wollte, aber Sonora sagte, sie wäre extrem klug und äußerst entschlossen.

Sie würden die Zeit haben, die Mädchen einzuladen …

Da traf es ihn. Gottverdammt, noch eine unerwartete Wahrheit kam schließlich in seinem dicken Schädel an, und er wurde ganz starr.

Tucker runzelte die Stirn. „Onkel Ashton?“

Er nahm Tuckers Hand. „Ich werde Opa."

Ein leiser, zustimmender Ton kam von seinem Neffen, und dann landete eine Hand auf seiner Schulter und drückte fest. „Ich schätze schon. Die Mädchen haben verdammtes Glück. Du hast bereits bewiesen, dass du weißt, wie man ein Vater ist, mehr als hundertmal. Opa ist doch bestimmt noch besser. Mehr Verhätscheln, weniger Verantwortung."

Ashton war sich mit diesen letzten Teil nicht so sicher, aber Sonora war zurück an seine Seite gekommen und hatte ihm die Finger um den Arm gelegt, und plötzlich war der volle Raum seine kleinste Sorge.

Sie würde ihm gehören. Das war alles, was er wollte.

Erst jedoch mussten sie tatsächlich aneinandergebunden werden.

Das würde nur nicht so einfach werden, denn die Kirche wurde immer voller, mit Freunden und Familie und Leuten aus der Gemeinde. Alle schwärmten um sie herum, denn es schien die Regel des Tages zu sein, dass man gratulierte, bevor man auch nur *ich will* gesagt hatte. Ashton schüttelte Hände und nahm Schläge auf den Rücken und neckende Kommentare darüber entgegen, dass er sich endlich mal aufgerafft hatte.

Gary Silver umarmte ihn so fest, dass Ashtons Rippen knackten. „Gut zu wissen, dass du es letztlich hingekriegt hast."

„Ein alter Mann, der was Neues lernt", sagte Ashton trocken. Sonora stieß ihn sanft in die Rippen, und er knurrte, bevor er grinste. „Nicht ganz so alter Mann, der was Neues lernt."

„Besser", sagte sie und hielt inne, um Gary fest zu umarmen. „Danke, dass du die ganzen Jahre für ihn da warst."

„Das sage ich zu dir auch." Gary zwinkerte, dann schloss er sich Brooke und Mack an, die sie bereits begrüßt hatten.

Ashtons restliche Freunde von der Feuerwache trafen ein.

Alex und Yvette kamen Hand in Hand zu ihnen, und die überwältigte Miene auf dem Gesicht des Mannes ließ einen Ansturm der Erheiterung auf Ashton niedergehen. Zumindest bis Ashton klar wurde, dass sein Gesicht vermutlich genauso aussah.

Ryan eskortierte sorgsam die äußerst schwangere Madison, deren Bauch sich herausschob, sodass es fast unmögliche Proportionen zu sein schienen.

Ashton eilte heran, um ihr in die nächstbeste Kirchenbank zu helfen, damit sie nicht angerempelt wurde. „Schön, dich hier zu sehen, aber hältst du es für eine gute Idee, derzeit draußen unterwegs zu sein?"

„Ich habe immer noch zwei Wochen vor mir", sagte Madison, die die Hand auf ihren Bauch legte. „Jetzt ist die richtige Zeit für Ablenkungen. Also danke, dass du diese Hochzeit arrangiert hast – perfektes Timing eigentlich. Und morgen haben wir einen Mädelsabend vor uns. Bauchabdrücke machen."

„Ich bin mir nie sicher, wofür die gut sein sollen. Chips vielleicht. Oder eine Punschschüssel." Alex beäugte Madisons Bauch. „Swimmingpool?"

Yvette zog an Alex' Arm und verdrehte die Augen vor ihm. „Irgendwann wird dein Mund noch dafür sorgen, dass du verletzt wirst." Sie lächelte Ashton und Sonora an. „Wir freuen uns so für euch."

„Danke, meine Liebe", erwiderte Sonora.

„Übrigens hattest du recht." Ashton nahm Yvettes Hand fest und drückte sie. „Es war sogar brillant."

Yvette blinzelte. „Wirklich?"

„Ja. Also danke für den Rat."

Alex' Neugier stand ihm direkt im Gesicht. „Was hat sie denn gesagt?"

„Na ja, das wäre ja jetzt Klatsch und Tratsch, und da bin

ich nicht für zu haben." Ashton sprach die Worte gedehnt, dann drehte er sich mit Sonora an seinem Arm um. „Komm schon. Ich will das offiziell machen, bevor du es dir noch anders überlegst."

Sonora kicherte leise, aber ging bereitwillig an seiner Seite, während er sie vorne in die Kirche leitete, wo ihre Enkeltöchter alles schon hergerichtet hatten. „Was hat Yvette denn gesagt?"

„Dass es wichtig ist, zu wissen, was wir brauchen, aber es noch besser ist, zusammen Entscheidungen zu treffen." Er beugte sich vor und flüsterte ihr ins Ohr: „Es so kryptisch zu machen, sollte nur Alex ein wenig aufschütteln. Den muss man auf Trab halten."

Das bedeutete, dass Sonora lachte, während Ashton sie inmitten eines Kreises aus leuchtenden Blumen zum Stillstand brachte. Hand in Hand warteten sie, während der Raum um sie herum langsam still wurde und alle einen Platz zum Sitzen fanden.

Endlich traten Sophie und Malachi vor.

Sonoras Tochter hielt einen weiteren Strauß, während sie eine Umarmung für ihre Mutter einschmuggelte. „Ich freue mich so für dich." Sophie warf Ashton ein Lächeln zu. „Für euch beide."

Bevor Ashton etwas sagen konnte, schlüpfte Sophie weg, um sich dem Rest der Familie in der Kirchenbank anzuschließen, Malachi nahm ihren Platz ein, sein Grinsen viel zu breit für eine so feierliche Angelegenheit. Er küsste Sonora auf die Wange, dann schüttelte er Ashton die Hand.

Er drehte sich um zur Versammlung, sein Lächeln blitzte auf. „Wir sind heute versammelt, um das Ehegelübde von Sonora Fallen und Ashton Stewart zu bezeugen." Er schaute Ashton in die Augen. *„Endlich."*

Gelächter erhob sich, Ashton schloss sich an. Diese

Erheiterung richtete sich nicht gegen sie, sie war ganz bei ihnen.

Er hielt Sonoras Finger in seinen, und sie lächelte, während sie ihm in die Augen schaute, die Liebe, die dort leuchtete, war so hell wie das Sonnenlicht, das durch die Buntglasfenster fiel. Die Gelübde, die sie sprachen, waren einfach, aber sie kamen von Herzen.

Es war Liebe. Das war alles, was sie brauchten.

EPILOG

Die Brise, die durch das Fenster ihrer Wohnung auf Hawaii wehte, machte sich auf ihrer erhitzten Haut kaum bemerkbar. Sonora trug eine Schweißschicht wegen Ashtons ungeteilter Aufmerksamkeit. Seiner Hände, seiner Zunge. Seines Schwanzes.

Ihr stockte der Atem, als Ashton erneut in sie stieß. Mit Muskeln, die vor Lust ganz schlaff geworden waren, packte Sonora seine Handgelenke und hielt sich fest, während das Pulsieren fordernder wurde.

Ein grollendes Stöhnen bebte in der Luft, als er langsamer wurde, und sie öffnete die Augen, um sich auf das vorzubereiten, was immer er da gleich anstellen würde. Sie waren schon jahrelang Geliebte, und doch hatte sie keine Ahnung, wozu dieser Mann fähig war, wenn er ein paar Tage ununterbrochen Zeit hatte.

Ihrer Ansicht nach waren die Flitterwochen ein Erfolg.

„Ich gehe nicht weg." Ashton sprach leise, während er ihre Stellung wechselte und die Verbindung löste, wo sie sich an ihn klammerte. Er schob seine Finger durch ihre und drückte ihre

Hände neben ihrem Kopf auf die Matratze, schaute ihr in die Augen, während sie ihre geteilte Lust genossen.

Während sie einander liebten.

Natürlich war es immer noch Sex, manchmal wild und ungezähmt und ungefiltert. Aber inzwischen war klar, dass auch das Süße und Sanfte und Zarte zum Rest passte, wie eine Hand in einen Handschuh, weil es eine Wahrheit in ihrem Innersten gab.

Liebe.

Sonora nahm seinen Kuss entgegen, hob die Hüfte, um seinen zunehmend bedürftigen Stößen entgegenzukommen. Sank in die Erlösung, während sein Körper und ihrer über den Punkt ohne Wiederkehr hinausgeschossen.

Atemlos lagen sie auf der Matratze und ließen sich vom Wind, der vom Meer herüberwehte, liebkosen. Sonora schmiegte sich fester an und seufzte zufrieden. „Du bist wunderbar."

„Das ist mein Text." Ashton küsste sie auf den Kopf.

„Nein, ernsthaft. Ich habe genossen, was wir vorher hatten, aber das?" Sie legte eine Hand an seine Wange und lächelte ihn dreist an. „Du hast noch mal eine Schippe draufgepackt. Das gefällt mir."

„Vielleicht ist das der zusätzliche Schlaf, den ich kriege."

„Dann werde ich Tucker dazu bringen, deinen Arbeitsplan von jetzt bis in alle Ewigkeit anzupassen."

Ashton lachte immer noch leise, als er sie von der Matratze und in die Dusche zog, um sich frisch zu machen.

Hand in Hand gingen sie zum Stand vor ihrer Wohnung, ein langsamer Spaziergang, der ihren sonstigen schnellen Schritten, um alles erledigt zu bekommen, so wenig ähnelte, dass Sonora lachen musste. „Glaubst du, das würde jemand glauben?"

Ashton warf ihr einen Blick zu, eine Augenbraue gehoben.

„Dass ich allen auf dieser Insel mit meinen neonweißen Beinen einen Schock verpasse?"

„Hey, du kriegst langsam etwas Farbe." Obwohl sie zugeben musste, dass er witzige Bräunungsstreifen hatte. „Deine Beine werden allerdings niemals so dunkel werden wie deine Arme und dein Nacken. Außer, du machst alle Aufgaben im Sommer künftig in Shorts."

„Dazu wird es nie kommen. Ich lass mich nicht gern kratzen, nur von deinen Nägeln auf meinem Rücken. Oder meinem Hintern."

Ein scharfes Einatmen und dann Gelächter trieb von ein paar jüngeren Paaren heran, die in die andere Richtung gingen. Sonora stand dichter davor, loszukichern, als je zuvor in ihrem Leben. „Du bist furchtbar."

„Sie sahen aus, als hätten sie mal erfahren müssen, dass alte Leute – tut mir leid, *ältere* Leute – immer noch Sex haben." Ashton drückte ihr die Finger, ging dichter an das Ufer und gestattete der Flut, sie mit jeder Welle zu kitzeln. „Zurück zu deiner Anmerkung, was sollen denn die anderen Leute nicht glauben?"

„Dass wir uns entspannen. Dass du nicht Stunden damit verbracht hast, ein System auf die Beine zu stellen, das uns den Sand abstreift, jedes Mal, wenn wir vom Strand zurückkehren. Heute Vormittag hast du bis acht Uhr geschlafen, und dann hatten wir auf der Veranda einen zweiten Kaffee. Kein Plan, keine To-do-Liste. Ich bin stolz auf dich."

Ashton zog an ihr, damit sie stehen blieb, und drehte sie, bis sie Seite an Seite nach Westen schauten. Die Meeresoberfläche schimmerte, weil Lichter darauf tanzten, die Sonne senkte sich langsam zum Horizont und den dünnen Wolkenstreifen, die dort warteten. Mit seinem Arm um sie gelegt, lehnte Sonora den Kopf an seine Schulter.

Zufrieden. Genau, wo sie sein sollte.

Er drückte ihr die Lippen auf den Kopf und brummte leise. „Ich habe aber eine To-do-Liste. Eine, die klüger und besser ist als jede, die ich jemals aufgeschrieben habe."

„Ach?"

Rechts von ihnen hatte eine Familie sich versammelt, um ebenfalls den Sonnenuntergang zu genießen, und kindliches Lachen und Schreie stiegen zum Himmel auf, während zwei Kleinkinder in der Brandung planschten und vor den eintreffenden Wellen wegliefen.

Der Vater sprang eine Sekunde vor, bevor der Kleinste umgeworfen wurde, schwang das Kind im Kreis und ließ es dann in die Arme seiner Mutter fliegen. Das andere Kind rannte, um sich der Gruppenumarmung anzuschließen, und sie alle brachen auf dem Sand in einen glücklichen Haufen zusammen.

Ashton drehte ihr Gesicht zu ihm. „So was eben. Zusammen zu sein, auf eine Art, die jemanden glücklich macht. Ich habe im Lauf der Jahre unsere gemeinsame Zeit genossen, aber das war mehr zufällig als geplant. Nicht mehr. Ich will für dich da sein, und ich brauche es, dass du für mich da bist. Von jetzt an stehst du ganz oben auf meiner To-do-Liste, Sonora. Immer, das verspreche ich."

Konnte sie noch mehr Glück spüren, ohne zu platzen? „Ich liebe dich."

„Gut." Er grinste, während sie ihm die Arme um die Taille legte und ihm die Zunge herausstreckte. „Ich liebe dich auch, Mrs. Stewart."

Der Sonnenuntergang war vermutlich an diesem Abend sehr schön, doch Sonora verpasste den Moment, in dem die Sonne letztendlich unter die Wellen tauchte. Sie war zu sehr damit geschäftig, bis zu Besinnungslosigkeit geküsst zu werden.

Die neue To-do-Liste gefiel ihr.

Die Rückkehr ins verschneite Alberta gleich nach seinem Geburtstag mitten im Januar war einfach nur fies. Obwohl Ashton die Ranch vermisst hatte, war es gut zu wissen, dass er nicht mehr jeden Augenblick an jedem Tag gebraucht wurde.

Er konnte sich nicht mal mehr dazu aufraffen, genervt zu sein, als überall, wo er auf Silver Stone auch hinging, die Helfer breit grinsten und kicherten, bevor sie sich wieder zusammenrissen.

„Seid ihr beide schon mit der Arbeit fertig?", fragte Ashton Tucker, als er seinem Neffen und Luke bei einem lockeren Plausch in der Hauptscheune begegnete.

„Wir sind niemals fertig, das weißt du doch", erwiderte Tucker ernst. „Wir sorgen nur dafür, dass wir uns auch auf die wichtigen Sachen fokussieren, wie du es uns beigebracht hast."

Luke zwinkerte Ashton zu, dann duckte er sich um Tucker herum. „Entschuldigung. Wichtiges Zeug ist zu mir unterwegs."

Als er seine Frau Kelli in eine Umarmung nahm und fest herumwirbelte, grinste Tucker noch breiter.

Ashton schüttelte den Kopf. Diese Jungen. Es spielte keine Rolle, ob sie schon über dreißig waren – es wurde einfach nicht leichter, sie zu verstehen.

Er beäugte Tucker. „Habe ich was verpasst?"

„Noch nicht", versicherte ihm Tucker. „Ein bisschen Rivalentum, das mal wieder den Kopf erhebt. Du weißt ja, wie es ist."

Gerade jetzt? Ashton hatte keine Ahnung. Aber andererseits war es ihm vielleicht auch ganz recht so ...

Die andere Sache, die ihm auf jeden Fall recht war, war die Veränderung in seiner Routine. Während er und Sonora auf Flitterwochen gewesen waren, hatten Tucker und Caleb den

Dienstplan neu geschrieben. Dann hatten sie Sonora von seinen neuen Arbeitsstunden erzählt.

Den ganzen ersten Tag, nachdem sie zu Hause waren, hatte sie darüber gewitzelt. „An manchen Tagen werde ich vor dir aus der Tür gehen“, scherzte sie.

„Unwahrscheinlich.“ Er zog sie am Frühstückstisch auf seinen Schoß und stahl sich noch einen Kuss. „Ich fühle mich schlimm. Als würde ich sie ausnutzen und nur die halbe Zeit arbeiten.“

Sonora streichelte Ashtons Wange. „Ich bin ziemlich sicher, sie kommen nur für die ganzen Tage auf, an denen du mehr als deine normale Schicht gearbeitet hast.“

Schon wahr. Außerdem war die zusätzliche Zeit im Bett am Vormittag mit Sonora nichts, aus dem man unbedingt wegeilen wollte.

Mit der neuen Routine konnten sie jeden Tag gemeinsam frühstücken und abendessen. Er ging immer noch zur Ranch, und sie arbeitete in der Tierrettung und verbrachte Zeit in der Stadt bei ihrer Familie. Ein süßes Muster begann sich auszubilden, und Ashton schätzte es sehr, dass so dieses neue Stadium seines Lebens aussah.

Es gab immer noch Fragen, die sie klären mussten. Sonoras Anspielung darauf, wie lange sie für die Tierrettung noch verantwortlich sein wollte, war eine davon.

„Im Lauf der Jahre haben eine Menge Leute gefragt, ob sie die Farm und die Tierrettung kaufen können, aber ich war nicht bereit, sie aufzugeben“, erwähnte sie eines Abends, während sie sich vorbereiteten, um auszugehen.

„Jetzt bist du es?“, fragte er.

Sonora dachte nach, dann schüttelte sie den Kopf. „Nein. Ich werde immer noch gebraucht, und ich genieße es noch immer, aber es ist nichts für die Ewigkeit.“

„Du bist auch gut darin“, sagte Ashton in voller

Aufrichtigkeit. „Vielleicht können wir es irgendwann so einrichten, dass die Arbeit an andere übergeht."

„Vielleicht." Sonora zog ihn dicht an sich, um ihn zu küssen. „Das ist allerdings ein Problem für einen anderen Tag. Komm schon. Machen wir uns bereit für die Party."

In ihrem Schlafzimmer zog sich Ashton vor ihr fertig an. Er setzte sich aufs Bett, lehnte sich zurück und genoss die Ansicht, als sie nach der Dusche aus dem Bad kam.

„Für mich musst du dich jetzt nicht beeilen", sagte er dreist zu ihr.

Sonora zwinkerte, dann zog sie ihren Bademantel aus und ging zum Schrank, um sich etwas zum Anziehen zu suchen. Er half ihr, das leichte Pflaster über ihrem neuen Tattoo zu wechseln, und freute sich zu sehen, dass es gut heilte.

Er war überrascht gewesen, als er herausgefunden hatte, dass sie den Termin gebucht hatte, während sie auf Hawaii gewesen waren, und ein paar Wochen nach ihrer Rückkehr hatte sie es frisch stechen lassen.

Sein Name bildete nun eine Welle, die direkt über dem Rand der Bikinizone brach, und sobald es mal grünes Licht gab, konnte er gar nicht erwarten, diese Stelle mit Küssen einzudecken, auf dem Weg zu anderen süßen Annehmlichkeiten.

Aber heute Abend gab es eine Feier der anderen Art. Das Team auf der Feuerwache, mit dem Ashton arbeitete, hatte eine Party für die leitenden Mitarbeiter organisiert. Die Versammlung war nur für Erwachsene, bis auf das Baby Justin, das an dem Tag angekommen war, als Sonora und Ashton auf die Inseln geflogen waren.

Brad und Hanna fuhren zum selben Zeitpunkt bei Brookes und Macks Haus in Heart Falls vor wie Sonora und Ashton. Es wurden Hände geschüttelt, obwohl er und Brad sich erst vor ein paar Stunden gesehen hatten.

„Ich habe die Schoko-Kekse dabei, die du magst, Ashton", erklärte ihm Hanna.

„Willst du dich etwa bei meinem Mann anbiedern?", fragte Sonora mit einem Lachen, während sie ihm ein in eine Decke eingeschlagenes Eintopfgericht reichte.

„Eher schon will ich ihn anfüttern." Hanna tätschelte Ashton die Schulter. „Crissy sagt, dich mag sie am liebsten."

„Das liegt daran, dass er ihre Klasse auf eine Tour durch die Feuerwache mitgenommen hat, und sie durften die Stange ausprobieren", sagte Brad, bevor er sich beschwerte. „Ich durfte die Stange nicht benutzen, bevor ich in der sechsten Klasse war."

„Ich wette, du warst nicht annähernd so anspruchsvoll", erwiderte Ashton. „Sie haben sich für alles interessiert, und ich konnte kaum mithalten. Mit Pferden lässt sich viel leichter umgehen."

Das Innere des Hauses war warm und roch wunderbar, Gewürzduft lag in der Luft. Alle versammelten sich in der Küche, manche arbeiteten, manche entspannten sich.

Madison hielt den kleinen Justin in den Armen, während Ryan an ihrer Seite stand. Sie waren neben der Kücheninsel und schauten bei Alex und Mack vorbei, während die Männer in Töpfen auf dem Herd rührten. Dahinter deckten Brooke und Yvette den Tisch, das Besteck klirrte leise. Brookes Schwangerschaftstop wallte, während sie sich bewegte, und die Wölbung ihres Bauches zeigte sich allmählich.

Sonora ging direkt zu Madison und lobte das Baby. „Er ist süß."

„Eure Flucht habt ihr gut abgepasst. Ihr habt es geschafft, der ganzen Aufregung zu entgehen", neckte Ryan Ashton.

„Beim nächsten Mal bin ich dann wieder dabei", versprach Ashton, bevor er Madison von der Seite umarmte. „Gut gemacht, Mama. Hübsches Baby. Ich kann bereits erkennen, dass er allen um ihn herum Freude bringen wird. Genauso wie du."

Einen kurzen Augenblick verzog sich Madisons Gesicht, bevor sie in Tränen ausbrach. Einen Augenblick später vergrub sie das Gesicht an Ryans Brust.

Ryan tätschelte ihr beruhigend den Rücken, während er Ashton anerkennend zunickte. „Verdammt, du bist gut."

„Doofe Hormone", beschwerte sich Madison, als sie sich schließlich zurückzog und über die Augen wischte.

„Versuch bloß nicht, eine Erklärung für Glückstränen abzugeben." Sonora stieß mit der Hüfte an die von Madison. „Er hat recht. Du und Ryan habt ein hübsches Baby gemacht, aber es hört nie auf, Arbeit zu sein. Man leitet sie an, während sie aufwachsen und wunderbare Leute werden, und das ist der echte Trick."

„Wie gut, dass noch weitere Kinder unterwegs sind", verkündete Alex, ein Glitzern stand in seinen Augen. „Um sicherzustellen, dass sie Freunde haben, mit denen sie das Aufwachsen teilen können."

Alle erstarrten und dachten darüber nach, was er meinte.

Madison blinzelte fest und hob dann eine Hand. „Ich nicht. Du liebe Zeit, das wäre ja wohl die schnellste Empfängnis der Welt gewesen. Und zu diesem Zeitpunkt auch eine unbefleckte Empfängnis."

Ryan lachte. „Die Tatsache gibt's auch noch."

„Wer dann? Außer Brooke offensichtlich." Sonora beäugte die anderen beiden Frauen. „Ich nicht. Ich habe nicht vor, ins Guinnessbuch der Rekorde zu kommen, indem ich die älteste Mutter aller Zeiten werde, außerdem habe ich schon vor langer Zeit entschieden, dass in meiner Gebärmutter Parkverbot herrscht."

„Bei mir gibt's auch immer noch ein vorübergehendes

Parkverbot", entgegnete Yvette. „Lasst uns doch mal etwas Zeit, zuerst zu genießen, ein Paar zu sein, bitte."

Alle Blicke huschten zu Hanna und Brad.

Brad hob ihre Hand und küsste ihr sanft die Finger. „Alex hat die Katze aus dem Sack gelassen, nicht ich."

Sie verdrehte die Augen. „Ihr Männer ratscht viel zu viel während der Nachtschichten auf der Feuerwache."

„Ach, komm schon. Sie ratschen genauso viel bei den Schichten tagsüber", erklärte Brooke, bevor sie sich vorstürzte, um Hanna zu umarmen. „Hurra für ein weiteres Baby, das unterwegs ist." Unterhaltungen, Feierlichkeiten. Ein Abend voll mit allem, was Ashton sich nur hätte wünschen können, besonders mit Sonora an seiner Seite.

Irgendwann stieß ihn Alex leicht in den Ellbogen und neigte den Kopf dorthin, wo die Damen begeistert über irgendein Thema sprachen. „Die Ehe steht dir. Und ihr. Ich freue mich für euch beide."

„Du hast auch jemand ganz besonderen." Ashton wies mit dem Kinn auf Yvette. „Ich hätte mir nie träumen lassen, dass du das durchziehst."

„Wir können beide von Glück reden, was?" Alex seufzte glücklich.

„Das stimmt."

Gute Leute, gute Freunde.

Sie verbrachten Zeit mit anderen und Zeit allein. Ashton tat sein Bestes, um Sonoras Geburtstag am 1. Februar zu einem denkwürdigen Ereignis zu machen. Sie nahm ihn mit, um die neuesten Mitglieder der Familien Stone/Fields zu besuchen. Die kleinen Mädchen, die Walker und Ivy adoptiert hatten, waren liebenswerte Gören, und Ashton war außer sich, als er entdeckte, dass er jetzt nicht nur Opa war, sondern Uropa.

Er genoss es, über den Boden zu krabbeln und so zu tun, als wäre er für sie ein Pferd. Vielleicht ging ihm auch der eine oder andere wenig liebenswerte Gedanke durch den Kopf, der sich an seinen Bruder richtete.

Nimm das, Steve, und merk es dir, Mr. Du-hast-keine-Kinder-und-ich-schon.

~

Es WAR nach einer weiteren Versammlung guter Menschen, nachdem die letzte Saat für die Veränderung gelegt wurde. Sie hatten gerade Tuckers und Ginnys lang erwartete Hochzeit gefeiert, und in der Stille nach dem Familienessen blieben nur sie vier.

Ashton und Sonora. Caleb und Tamara. Zwei Generationen von Aufsehern auf Silver Stone. Ashton, das letzte verbliebene Mitglied der ursprünglichen Mannschaft. Caleb, der solide den nächsten Grundstein darstellte.

Tuckers und Ginnys Hochzeit hatte ihre Familien offiziell vereint, und der Augenblick fühlte sich riesig an. Noch mehr, weil die beiden ihren Hochzeitstag auf den Jahrestag des Unfalls gelegt hatten.

Fünfzehn Jahre waren vergangen, seit sie so viel verloren hatten. Fünfzehn Jahre des Lernens und Wachsens und Zusammenreißens, um an diesen Punkt zu kommen.

Tamara lehnte an Calebs Seite, dann konzentrierte sie sich auf Ashton. „Ginny hat vor ein paar Wochen etwas erwähnt, was sie in den Tagebüchern ihrer Mom gefunden hat. Einen Plan, den Deb und Walter für die Zukunft von Silver Stone besprochen haben. Manches davon kennst du, weil du bei den frühen Unterhaltungen dabei warst."

Ein Teil der Zukunft, von der die Stones geträumt hatten, war nicht möglich gewesen. Doch im Rückblick konnte Ashton ehrlich sagen, dass er getan hatte, was er konnte, um andere

Teile davon geschehen zu lassen. „Deine Leute waren einfach die besten."

„Waren sie." Caleb neigte fest das Kinn. „Aber jetzt reden wir von dir. Und der Tatsache, dass sie Vorstellungen für den Zeitpunkt hatten, wenn du den nächsten Schritt gehen willst."

Ashton blinzelte. „Ich?"

Tamara nickte. „Ruhestandspakete, von denen manche ins Zahlungsregime von Silver Stone aufgenommen sind, aber es gibt eine neue Information, die Ginny entdeckt hat, die uns echt gefallen hat." Sie schaute zu Caleb.

Er räusperte sich. „Tut mir leid, dass wir das noch nie angesprochen haben, aber das hätten wir tun sollen. Es ist eine gute Idee, die viel zu lange gedauert hat, bis sie umgesetzt wird. Es gibt ein Stück Land, von dem Dad dachte, es würde dir gefallen, auf das man ein Haus bauen kann. Es hat eine Aussicht auf den See und ein Stück vom Fluss im Norden. Wenn Sonora dich also überzeugen kann, dass du nicht die ganze Zeit arbeiten musst, kannst du immer zum Angeln gehen."

Ashton erstarrte. „Land? Hier auf Silver Stone?"

„Dieser Ort war doch schon länger deine Heimat als für irgendeinen von uns", erklärte Caleb.

„Falls du lieber bei Sonora zu Hause bleibst, helfen wir euch stattdessen damit", bot Tamara an, legte kurz die Hand über die von Sonora. „Aber ihr lebt doch beide eindeutig gern auf dem Land. Das werden wir so geschehen lassen, solange es möglich ist."

Ihr eigenes Haus auf dem Land von Silver Stone. Ashtons Kehle wurde trocken, als hätte er einen Knochen verschluckt. Er zog Sonora dichter heran. Sagte nichts – versuchte nichts zu sagen, denn in diesem Augenblick wäre es ganz offen gesagt nicht über seine Lippen gekommen.

Sonora drückte ihn fest, dann wandte sie sich süß an Caleb

und Tamara. „Dankeschön. Von uns beiden. Es ist nicht nur ein Haus, das ihr uns anbietet, sondern eine Heimat. Das wissen wir."

Ashton nickte, traute seiner Stimme immer noch nicht über den Weg.

Aber andererseits – er vertraute dieser Stimme. Mit allem, was er hatte.

Sonora konnte sich zu Wort melden und sagen, was sie brauchten, denn so viele Jahre lang hatte sie zugehört und gelernt, und jedes einzelne Ding, das sie machte, war darauf ausgerichtet, ihn glücklich zu machen.

Ashton erhob sich, dann nahm er Calebs Hand und nutzte sie, um den jungen Mann fest in seine Arme zu ziehen. Sonora umarmte Tamara, und um sie herum schien die Welt ein bisschen heller zu leuchten als vorher.

An diesem Abend zurück im Haus nahm Ashton Sonora in seine Arme. „Wegen dieses Angebots von den Jungen."

Er stutzte und schüttelte den Kopf.

„Fahr fort. Für dich sind sie doch immer die Jungen, für uns beide." Sie zuckte mit den Schultern. „Ich sage nicht, dass wir alt sind, aber älter sind wir auf jeden Fall."

„Schon richtig." Ashton schaute sich langsam im Raum um. An dem behaglichen Ort, wo Sonora so viele Jahre lang gelebt hatte. Beide hatten sie hier Erinnerungen. Gute und schwierige. Erste Male, Streit und sehr, sehr viel Gelächter.

Er hatte Erinnerungen an die Schlafbaracke, aber die waren gedanklich anders. Er hatte keine Verbindungen, die er vermissen würde, wenn er woanders hinzog.

Das war es, was er jetzt klarmachen musste.

Ashton schwang einen Finger um sie herum, deutete auf die Wände, die Fenster, alles. „Wir müssen nirgendwo neu bauen, das weißt du. Du hast diesen Ort, und er ist behaglich und gemütlich. Mehr allerdings war er ein wichtiger Teil deines Lebens. Ich möchte nicht, dass du ihn aufgibst, wenn du das nicht willst."

Sonora legte ihm eine Hand an die Wange. „Ich weiß. Aber dieser Ort ist auch mehr als das. Damals, als ich ihn gekauft habe, ging es darum, meine Unabhängigkeit zu finden und einen Neuanfang zu machen. Jetzt ist es auch eine Tierrettung und ein Versammlungsort für die Gemeinde, und manchmal ist es größer als das, was ich brauche. Aber vielleicht ist es genau die richtige Größe für jemand anderen." Sie schaute sich in der gemütlichen Umgebung um, dann wieder in seine Augen. „Es war ein gutes Zuhause. Es *ist* ein gutes Zuhause, aber es sind nur vier Wände. Du bist mein Herz, und zusammen sind wir das, was jeden Ort zu einem Zuhause machen wird."

Er küsste ihre Handknöchel.

„Außerdem könnten wir das neue Haus so planen, dass wir weniger Arbeit haben, und eine größere Badewanne bekommen. Ja?"

Er lachte leise los. „Ja."

Stille senkte sich herab. Das Feuer knisterte, während Sonora sich auf dem Sofa neben ihn schmiegte, und sie beide lasen still. Die Friedlichkeit unterschied sich wie die Nacht vom Tag von den stillen Abenden, die er so viele Jahre lang allein in seinen Räumlichkeiten in der Schlafbaracke verbracht hatte.

Voller. Leuchtender. Mehr.

Sie liebt dich, und das freut mich. Es ist deine Aufgabe, sie zu lieben und dich von jetzt an um sie zu kümmern, in Ordnung?

Ashton schaute sich um, fragte sich, wer gesprochen hatte. Niemand sonst war im Raum. Es lief keine Musik, keine Handys waren in der Nähe. Nur er, Sonora und Beauty, die sich am Feuer zusammengeringelt hatte, zufrieden seufzend, wie es nur ein alter Hund konnte.

Bildete er sich was ein? Vielleicht.

Doch die Worte hallten durch seinen Kopf, und er nahm sie als Wahrheit an, mit dem Innersten seiner Seele. Sonora zu lieben war das, was ihm immer bestimmt gewesen war.

Er nahm ihre Finger in seine und hielt sie fest.

Sie drehte sich zu ihm, eine Augenbraue fragend gehoben.

Er hob ihr Kinn und strich ihr über die Wange, eine zärtliche Liebkosung. „Ich rede nur mit einem Geist. Erkläre, wie sehr ich dich liebe.“

Kurz wurden ihre Augen groß, dann waren seine Lippen auf ihren. Ein Kuss. Und noch einer. Er hatte nicht vor, aufzuhören. Nicht mit dem Küssen oder dem Lieben.

Von jetzt an bis in alle Ewigkeit.

~

New York Times-Bestsellerautorin Vivian Arend lädt nach Heart Falls ein. Diese Weihnachtsgeschichten spielen in einem kleinen Städtchen in Alberta, Kanada, das sich in das sanfte Vorgebirge schmiegt. Es ist ein Genuss, dabei zu sein, wie jeder dieser Freunde das ewige Glück findet.

~

Weihnachten in Heart Falls

Ein Feuerwehrmann zu Weihnachten

Ein Soldat zu Weinachten

Ein Held zu Weihnachten

Ein Cowboy zu Weihnachten

Ein Rancher zu Weihnachten

~

Vivian lässt derzeit ihre vielen Serien übersetzen. Bitte besuchen Sie deren Website für alle aktuellen Informationen.

www.vivianarend.com/de

ÜBER DIE AUTORIN

Mit über 3 Millionen verkauften Büchern ist Vivian Arend eine *New York Times*- und *USA Today*-Bestsellerautorin von mehr als 70 zeitgenössischen und paranormalen Liebesromanen.

Ihre Bücher lassen sich alle einzeln lesen und haben keine Cliffhanger. Sie sind witzig, aber auch emotional, es gibt heiße Szenen und glückliche Enden. Für Vivian ist das der beste Job der Welt. Sie lebt in British Columbia, Kanada, zusammen mit ihrem langjährigen Mann – der Inspiration für alle Helden ist und ein bereitwilliger Gefährte auf Abenteuern aller Art.

www.vivianarend.com

www.ingramcontent.com/pod-product-compliance
Lightning Source LLC
Chambersburg PA
CBHW030134010826
48973CB00002B/556

* 9 7 8 1 9 9 8 5 0 8 2 0 4 *